肥沃的黄河滩 下

段艾生 [著]

作家出版社

## 二十七

韩秀秀正低着头和面,韩茅勺笑模笑样地走了进来:"恭喜,恭喜!"

"恭喜啥哩?"韩秀秀不知喜从何来,被抱拳作揖的韩茅勺弄蒙了头。

"恭喜你呀。你有大喜了!"

"成天挨呎还挨不够,能有啥喜?"

"大喜!大喜!"

"你就不要绕弯子了,有啥事就直说吧。"

"我去区里办事,听了一件天大的喜事。"

"你不要绕哄我了,我这几天心烦得要死。"

"你家大小子石山中了状元,考上了县一中。"

"啊——"韩秀秀把面盆一推,搓着沾在手上的面圪渣,"真的?"

"这还有假?我在区里办事的时候亲耳听说的。"

"他那脑子直得像根棍子,能有那灵气?"

"你别看石山这娃脑子直,其实心里比谁家的娃都机密。我刚才只把话说了半圪截,后面还有更喜人的。这山娃子不光考进了一中,还是咱们区里的第一。你说这不是中了状元是中了啥?"

韩秀秀心里美气得像吃了蜜桃似的,但脸面上却不咋的显露:"在区里考个第一第二也不是啥天大的喜事,要紧的是能多上几年学，多喝点墨水。咱这穷兮兮的山旮旯里，就是缺少有学问的。"

"是哩。咱村里的娃子要是都像山娃子，过不了几年，咱村就不会再受南韩的王八气了。"

"这和咱两个村的事有啥挂连？"

"咋能没挂连？不管是哪个朝代，不管是谁坐天下，肚里有墨水的人才能做官。墨水越多做的官就越大。咱村的娃子要是肚里都灌满了墨水，那不知道要出多少大官。要是都像山娃子这样将来都做了大官，他南韩家还敢欺负咱。咱村前些年打官司打不过人家，还不是吃了咱们官府里没人的亏？"

"做不做官倒没啥。不过，这有文化没文化，干起工作来就是不一样。像我这睁眼瞎，干起工作来就是吃力。"

"韩支书说得对。像我吧，也是个不识文断字的，就是使上吃奶的劲，也把工作做不好。"

韩秀秀忍不住"扑哧"一下就笑了。心想你韩茅勺连村干部也不是，怎么也打肿脸充大头。

韩茅勺发觉自个儿把话说差了，赶忙纠正："你看我，你看我。我咋能和你比。我是说像我这样的一般群众，不像当干部的一肚子学问。不过，这新社会，就是当一般群众，肚子里也应该装进三个核桃两个枣。"

韩秀秀见韩茅勺把自己心里话说了出来，反倒自己不好意思地红了脸："你看你多多心。我可不是说你。咱俩都是一样的睁眼瞎，谁也笑话不得谁。不管是当干部的还是当群众的，都应该学点文化。"

"你可不是睁眼瞎。你在游击队做饭的时候，好歹还识了不少字。"

"是哩，我给游击队做饭那阵，跟上人家学了几个字。"韩秀秀脸上有了愠色。

韩茅勺见自己又把话说差了，搓着手不好意思地赔不是："你看我这猪脑子，你看我这猪脑子。"

韩秀秀脸更红了："你这话没说差。我在游击队就是个做饭的。

做饭的也不丢人。给游击队做饭还丢人？"

"你看我，你看我。越老越不沉稳，越老说话越不把门。"韩茅勺油黑的脸上渗出了豆大的汗珠。

"你看你，我越说你越把我的话往歪处想。我说的都是实打实的正经话，没有一点儿旁的意思。"

"是哩，是哩。"韩茅勺用一只手抹了一把脸上的汗，与另一只手合在一起搓了起来。

韩秀秀见自己越解释越出拐，话头子就不好再在这上头扭圈圈了："茅勺，你就不要老抓住我的话把子不放。我今天和你说个正经事。"

"说吧，说吧。"韩茅勺只顾搓手，窘得连眼皮也不敢抬了。

"我说呀，我家石山考上了一中，我要硬说心里不高兴，那就是哄人的话。可我心里也愁哩。"韩秀秀说着，白白的脸上真的浮现出一层愁云。

"娃考上了状元，你高兴都高兴不过来，还有啥愁的？"韩茅勺见韩秀秀一脸正色，没有笑话他的意思，手也就不再搓了。

"我家石山好好歹歹算是上了个像样的学，可村里还有这么多娃崽念不上学。咱们能不能让村里的娃崽都上上学，都学上点文化？"

"这是大好事呀。"

"可咱们村都是些没文化的，谁给咱们村的娃子当老师哩？"

"是哩，是哩。"韩茅勺摸着脑袋，原地打开了转转。

转着转着，猛然在自己的腮帮子上扇了一个亮亮的耳刮子："你不记得。你还小的时候，咱们村和南韩村打架，县上派了一个戴金丝眼镜、说话摇头晃脑的牛干事。那家伙可是一肚子学问。咱是不是把牛干事请来教咱村的娃子？"

"是不是？要是真有这么个人就把这人请来。"

"是哩，是有这么个人。"

"咱这地方穷家败舍的，不知道人家愿意不愿意来。"

"愿意不愿意，还挡得住咱去请他？"

"那这事就交给你了。"

"好多年的事了，不知道这人死了没有。"韩茅勺摸着脑袋嘿嘿嘿笑。

"你这话说得忒难听了。不管老人家在世不在世，你去摸个实底再说。"

"能行。那我明天就去？"韩茅勺说完，转过身就走。

韩秀秀忽想起话还没说完，追出去喊住韩茅勺："茅勺，你去了后多说几句好话。不管人家有啥要求，你都应承下来。"

韩茅勺不住地点头哼哼，脸上笑漾漾地走了。

韩秀秀一夜没有合眼。

她之所以一整夜没有入睡，一半是因为她家的大小子考上了县一中，高兴得睡不着；一半是因为村里的娃崽成天晃来晃去学不上文化，将来大了和村里绝大多数前辈一样，拿着书本干睁着眼一字不识，她愁得睡不着。韩茅勺此次去县里，也不知道能不能把牛干事请来。

在炕上翻来倒去，思来想去，在漆黑的夜色中一直干瞪着眼。好不容易有点睡意了，窗户上的纸已经开始发亮。

她不能再睡了，再睡就耽搁了早上要开的村干部会。

韩茅勺去县里给娃崽们请老师已经走了三天，不仅老师没有请回来，连韩茅勺自己的人影也没见着。

天黑两个来时辰的时候，七女敲开韩秀秀家的门，又一次问韩茅勺多时回来。

韩茅勺从村里走了后，七女已经到她家打问了好几回，说茅勺不回来肯定是被外面的坏女人勾走了。

韩秀秀心里失笑：就你男人那个黑不溜秋、丑头裂瓜、二尺有余三尺不够的侏儒样,哪个女人瞎了眼会看上他、会勾搭他?城里的女人心大得很、眼高得很,能看上你家茅勺?

心里虽这么想,但嘴上却给七女说宽心话:"你不要胡冤枉茅勺。你看茅勺是那样人吗?"

七女哭了:"那茅勺咋走了几天不回来?莫不是被哪个坏男人害了?"

韩秀秀见七女哭了,赶紧用好话劝说宽慰:"现在是啥世道,谁再胆大,还敢把一个好端端的大活人给害了?"

"又没有坏女人勾他,又没有坏男人害他,你说他一走好几天咋不回来?"

"没事的。茅勺不回来,我猜着是那老师不好请,茅勺在那里磨人家哩。你就放九九八十一个心吧,兴许是明天后天,一个囫囫囵囵的茅勺肯定会提着一搭子好吃的好穿的回来见你。"

七女笑了:"那我就不说啥了。要是茅勺不回来,我就朝你要人。"

七女从韩秀秀家回到家里,上了炕连衣服都没脱,斜躺在炕上就呼噜噜做开了美梦。嘴角上还不住地往外流着白色的黏沫。

七女放心地回去睡起了大觉,而韩秀秀却翻来覆去睡不着。他怕韩茅勺万一真的有个三长两短,她还真没法向这个憨女人交账。

第二天,韩秀秀正在少盐没味地吃中午饭,韩茅勺领着一个又瘦又高的后生回来了。

"韩支书,你看我给你请来一个多好的老师!"韩茅勺人还没进屋,就可着嗓门喊了起来。

韩秀秀急忙放下手里的碗,站起来对韩茅勺说:"哎呀,你可回来了。你要再不回来,你女人就要叫我赔人了。"

韩茅勺牛烘烘地说:"我又不是憨憨,还能跑丢了?"

那后生走到跟前,韩秀秀心里迷惑了:不是让你请牛干事吗,怎么请了这么年轻的一个后生。

碍着后生的面不好明说，韩秀秀只是满眼狐疑地在后生身上不住地打量。

韩茅勺看出了韩秀秀的心思，忙上前说："这是牛干事的大小子。牛干事没请动，就请了牛干事的大小子。别看这后生年龄不大，肚里的墨水一点儿也不比牛干事少。"

说着，就踮起脚对着韩秀秀的耳根，鬼眉溜眼地悄悄说："牛干事老糊涂了。我多了个心眼，就把他娃硬箍来了。"

韩茅勺的话被后生听见了，脸色咯噔一下就变红了。

韩秀秀忙打圆场："牛干事请不来，把牛干事的小子请来也不容易。快坐，快坐。"

韩秀秀拉着后生的衣服，热情地往炕沿上让。

后生红着脸说："不……不……不客气，不……不……不客气。"

韩秀秀心想：这文化人倒挺害羞哩。

韩茅勺看着那后生，脸上泛着得意的神态。

韩秀秀笑嘻嘻地问候那后生："路上走乏了吧？快上炕歇歇。"

"不……不……不乏。"那后生结结巴巴地说。

韩秀秀又笑道："你看我光顾说话，忘了问老师的尊姓大名了。"

"免……免……免尊，免尊。我……我……姓……姓牛，叫……叫……牛……牛墨然。"

韩秀秀心想：这后生和她见了面后，从开始说第一句话起，就一直磕磕绊绊，总是不能一口说一句囫囵话，难道是个结巴？不过，结巴不结巴也不打紧，只要教书不碍事就行。

"牛老师，你上炕歇着，我给你弄饭去。"

"不……不……不着急……急……急吃……吃……"

牛墨然的"饭"字还没说出口，韩秀秀就说："歇着吧，走这么远的路早饿了。"

韩秀秀的话说完后，牛墨然的"饭"字才憋了出来。

韩秀秀赶忙扭过身,捂住嘴往饭厦里走。

过了一会儿,韩秀秀就把饭给牛墨然拾掇好了。

韩秀秀把饭菜端到桌子上后,坐在一旁看牛墨然吃饭。

牛墨然被看得不好意思了,就结结巴巴地说:"我……我……我吃……吃了饭……饭,能……能……能给……能给学生……学生……学生上课……上课吗?"

"上课的事先不忙,先把你吃饭的事定下来。"

牛墨然没到过村里,弄不明白韩秀秀的意思,定定地看着韩秀秀不说话。

韩秀秀知道他没听明白她的话,就把意思挑明:"到村里吃饭有两种吃法。一种是吃派饭,一种是吃定饭。你要是愿意吃派饭,我就给你找一个木头板板,把学生娃娃的名字写到上面。你一天吃一家,从头到尾轮着吃。吃完一轮再从头接着轮。你要是愿意吃定饭,我就在村里找个人家固定下来,每天专门给你做饭。"

"那……那……那你说……你说……你说咋吃?"

"要叫我说,你还是吃派饭好。吃定饭老是一个人做,老是一个味,时间一长就吃腻了。吃派饭一天一家,一家一个味,胃口能倒开。"

"那……那……那就吃……吃派饭。"

"好。吃饭的事咱就这么定了?"

"定……定……定了。你看……你看……你看我……我今天……能……能上……上课吗?"

韩秀秀想了想说:"你要是实在着急,明天一早再上也不晚。再着急也不在乎这一半天。"

"你看我……你看我……你看我……"

韩秀秀忙把头朝前凑了凑,神情专注地看牛墨然。

"能不能……能不能白天……白天给……给学生……学生上课,晚上……晚上……给……给……给大人……大人上课?"

韩秀秀听了牛墨然的前半句，还以为牛墨然让她看他。等到牛墨然后半句说完，才知道她把话听差了，差点儿又笑了出来。

她赶忙憋住："不用那么忙，给娃崽们上了课就行了。"

"你……你……你不……不知道，城里头……里头……都办……办起……起了成人……成人扫盲班。咱迟早……迟早也得……也得办。"

"这怕不行。"

"咋……咋不行？"

"你白天教了娃里们，晚上又教大人们，我怕把你累着。"

"不……不……不累，能……能行。"

"咱们先试上几天。要是把你累不着，咱就这么办。要是把你累着了，你就光教娃儿们。你看我说的这行不行？"

"行……行……"

韩秀秀怕和牛墨然说话耽误他吃饭，撒了个谎说："你慢慢吃，我出去把办学的事安顿一下。"

"能……能行……能行……"

第二天天还没亮，韩茅勺就从七女的被窝里爬出来，在村子里从南头绕到北头，从东头绕到西头。

每走几步，他就站在原地，用手卷成喇叭筒撑到嘴上，像打鸣叫嗓的公鸡一样，把脖子伸得长长的，使出全身的劲吼喊几声：

"各家的大人赶紧起来——各家的大人赶紧起来——赶紧把自家的娃崽吼喊起来——赶紧把自家的娃崽吼喊起来——赶紧把各家的娃崽带到村子后面的土地庙里——赶紧把自家的娃崽带到村子后面的土地庙里——咱们村的学校今天正式开学了——咱们村的学校今天正式开学了——"

各家的大人听到韩茅勺的喊声，纷纷从热乎乎的被窝里钻出来，把沉睡中的娃崽叫醒，三三两两地领着娃崽往土地庙走。

韩茅勺吼喊完后，仰着脖颈牛皮烘烘地走到土地庙。见牛墨然已经进了庙房，各家的大人和娃崽也来得差不多了，就返回身去叫韩秀秀。

"韩支书，娃们和大人们都到了。"韩茅勺笑嘻嘻地说。

"牛老师去了吗？"韩秀秀正在把五小子石岭搂在怀里喂奶。

"到了，到了。"韩茅勺笑得满脸都是圪皱纹。

"你先头前走，我给娃喂了奶就去。"

韩茅勺刚出院门，韩秀秀就把石岭的脑袋从怀里推出来："别吃了，娘还有事。"

石岭奶没吃够，咧开嘴就哭。

韩秀秀一把扯住，抱到东房里交给红果："娘——你把岭岭看住，我去土地庙把牛老师上课的事安顿一下。"

红果把石岭抱进怀里，对秀秀说："娃有我哩，你赶紧去吧。"

石岭见秀秀要走，哭得更凶了。

红果撩开衣襟，把自己的干奶头喂进石岭嘴里。

石岭把红果的奶头吐出来，睁着眼一边看秀秀，一边张开嘴挣命似的哭叫。

韩秀秀上去就在石岭尻子上扇了几下，板着脸吓唬："再哭！再哭我把你的尻子打烂！"

石岭停住哭叫，鼻涕眼泪地看着秀秀。

韩秀秀一边系着衣服上的扣子，一边风风火火地往外走。

"吱呀"一声，石岭一听见娘娘关院门的响声，张开嘴又哇哇大哭起来。

韩茅勺人小腿短。虽然他的两条短腿扑踬得挺欢，但脚下就是不出路。他前脚进了庙房，韩秀秀后脚就迈进了庙院。

娃崽们和大人们把庙房挤得满满当当。韩秀秀还没走进庙院，就听见里面传出"嗡嗡嗡"的说话声。

"韩支书来了！韩支书来了！"韩茅勺从人群里钻出来，站在讲台上大声说。

庙房里的"嗡嗡嗡"声立刻停了下来，猛然间静得连掉下一根针都能听见。

韩秀秀走到讲台上，看了看娃崽们和大人们，又看了看讲台下面的牛墨然："牛老师，你上来。"

牛墨然红着脸站到讲台上。

韩秀秀对着众人说："这就是咱们村请来的牛老师。别看牛老师这么年轻，可他满肚子都是学问。我们村能请到牛老师这样年轻的好老师，是咱们村娃里们的福气，也是咱们全村人的福气。派饭的板板已经写好了，咱们就按板板上的名字一家挨一家往下轮。不管轮到谁家，都要拣最好的给牛老师吃。要是牛老师在谁家受了委屈，谁家的娃子就不要来上学了。今天先从我家开始。头天牛老师在谁家吃饭，谁家就把饭板板传到跟在你家后面的那一家。明天该是韩茅勺家。茅勺，你现在就把饭板板接了。"

韩茅勺接过饭板板，望着饭板板"嘿嘿嘿"笑。

韩秀秀把饭板板递给韩茅勺，接着对大家说："本来咱们村请牛老师来，是专门教咱村娃里们的，可牛老师非要连咱村的大人们教了。牛老师说，县城里已经给大人们办起了扫盲班。看来这扫盲班不是哪个人的意思，是上级组织的安排。既然上面有这个安排，咱村迟早也得办。趁牛老师来了咱们村，咱们就和娃里们的学堂班一搭里办起来。牛老师白天教娃儿们，晚上教大人们。大人们记住，吃了夜饭，不管男的女的，只要能腾出手，就都到这里听牛老师上课。"

韩秀秀说到这里，扭过头看着牛墨然："牛老师，你给大家讲几句。"

牛墨然摆摆手："不……不……不讲了……"

"那好，现在牛老师给娃里们上课，大人们都出去。"

大人们走出教室，全聚在门口朝里看。

他们没见过老师咋的上课,一个个伸长脖子看稀罕。

"牛老师,你就开始给娃里们上课吧。"

牛墨然拿起粉笔在韩茅勺昨天刚刷好的黑板上写下"日月水火土"五个字:

"同……同……同学们跟……跟我……跟我念……我……我念一下……同……同……同学们就跟……跟我念……念一下……"

牛墨然用一根杨木做的教鞭指着写在最前头的"日"字念道:"日……日……日……日……日……"

娃里们跟着齐声念道:"日……日……日……日……"

"不……不……不对……你……你……你们不要……不要管……管老师……老师日……日……日几下,你们只能……只能日……日……日一下。"

教室里面的娃崽和教室外面的大人"轰"的一下就笑了。

"回去!都回去!娃里们上课,你们有啥好看的?"

韩秀秀走出教室,把大人们撵出庙院。

返回教室时,看见韩茅勺饶有兴趣地站在那里,没好气地说:"茅勺!你也回去!"

韩茅勺不知趣,厚着脸皮笑道:"我听一会儿,我听一会儿。这上课还怪有意思的。"

"啥有意思没意思!叫你走你就走!"

韩茅勺见韩秀秀和他翻了脸,赶紧自己给自己打圆场:"我就说要走,怕牛老师凶喊不住娃里们,想在这里多招呼一会儿。有你在这里招呼,我就放心了。"一边说着,一边往教室外面走。

韩茅勺出了庙门,韩秀秀也出了教室。但她没有出庙院,站在教室外面细心听着里面的动静。

教室里没了大人,牛墨然立刻像换了一个人一样。

他把脸板起来,话头子也硬了起来:"哪……哪个要再不听话,我……我这教鞭可不认人!现在跟我念:日……日。"

娃里们便不敢再像刚才那样，学着牛墨然的磕巴样，没完没了地"日日日"说出一连串的"日日日"了。

一个胆大的娃崽独独一个人学着牛墨然结巴着说了两个"日"字，牛墨然怒气冲天地走到那娃崽跟前，用教鞭在那娃崽的桌子上狠狠地敲了一棍："干……干……干啥?!"

吓得那娃崽"吱溜"一下软瘫到桌子下面。

牛墨然"呼呼呼"走到讲台上，凶凶地说："念！跟……跟我念！"

"日……日——"

娃崽们跟着齐声念："日——"

"月……月……月——"

"月——"

"水……水……水——"

"水——"

"火……火……火——"

"火——"

"土……土……土——"

"土——"

韩秀秀见牛墨然把娃崽们镇住了，就放心地离开了土地庙。

阳婆婆还没落山，韩秀秀和婆婆就给牛墨然把晚饭拾掇好了。

她把饭厅里的方桌用抹布擦净，把碟子、筷子和碗摆列开。

农户人家的方桌平日并不咋的用，只有招待贵客和辈分高的亲戚才偶尔用一下。

平常吃饭就在小桌上吃，有时连小桌也不摆，各人端着饭碗随意坐到小凳、炕沿或门槛、门墩子上往嘴里划拉。

男人们有时还端着大海碗或小瓷盆到大街上边聊边吃。

更有个别的还边吃边串门。

把饭菜摆好后，韩秀秀就喊牛墨然吃饭。

牛墨然朝韩秀秀笑笑："一……一块吃。"

韩秀秀说："你吃，我和娃里们还有他奶奶在灶房里吃。"

按照乡下的习俗，女人是从不上桌陪客的。

韩秀秀虽然当了干部，但这个规矩她还从未破过。

在游击队的时候，她也是等队员们吃了她才吃。

马文魁和刘老虎一开始邀她一搭里吃，她说啥也不。两人就说："秀秀同志，咱这是革命队伍，你咋还那么封建？你和我们一搭里吃饭怕啥？"

韩秀秀红了脸说："不怕啥。"

嘴里说不怕，人却退出来钻到了厨房。

牛墨然不懂这些，客气地说："那……那就都叫来一块吃。"

韩秀秀猛然发觉牛墨然说话不咋地磕绊了，就想这后生原先说话可能并不是很结巴。可能遇上生人生面才结巴得厉害。以后慢慢和村里人惯熟了就好了。

于是，她劝慰牛墨然：

"牛老师，你大概没和村里人打过交道。村里人就这样。心肠厚实，脸皮子也厚实。你给他个脸，他就蹬着你的鼻子上头哩。你给他个冷脸凶悍点，他嘴里就不敢没正经地胡咧咧。"

"不好意思，不好意思。"牛墨然竟然变得一点儿也不结巴了。

"你看，你这不是说话说得顺溜了吗？"

"哪……哪……哪……哪里。"牛墨然又结巴开了。

韩秀秀后悔不该把话挑破，赶紧把话绕开："牛老师，你一会儿给大人们上课，可不敢给他们好脸。你给了他们好脸，他们就给你炸了锅。"

牛墨然不说话，只是一个劲点头。

"那你吃吧，一会儿我领你去上课。"

韩秀秀说完，扭转身走进饭厦。

村里的大人几乎全都到了土地庙，有的女人怀里还抱着吃奶的娃。

教室里的凳子上全都坐满了人，过道里也站满了人。

牛墨然本来心里一再告诫自己：不要紧张，说话不打磕绊。但一看这黑压压的阵势，反倒结巴得更厉害了。

"乡亲……亲……亲……亲……"

乡亲们的"们"字还没说出口，男男女女们便一下"哗"地笑开了。

韩秀秀站起来吼道："笑啥？有啥好笑的？我看谁再笑！谁再笑就给我滚出去！"

话刚说完，自己竟憋不住笑了，急忙用手捂住嘴假装咳嗽。

咳嗽了一阵，韩秀秀把手拿开，露出一脸凶相："都把两片子嘴给我抿得紧紧的！都把耳朵竖起来老老实实听！"

说罢，转过脸对牛墨然说："牛老师，你开始讲吧。"

牛墨然本来想先和大家说几句客套的开场白，见大家都笑，就放弃了，用教鞭指着黑板："今……今……今天咱们第……第……一天……一天上课。"

大家听说要"一天上课"，就又想笑，但看见韩秀秀凶凶地瞪着他们，就憋住了。

牛墨然用教鞭指着黑板上的"日月水火土"最前面的那个"日"字对大家说："今天咱们就学……学它。"

牛墨然怕自己又像白天教娃崽们那样说出一连串的"日"字引得众人哄笑，就把"日"换成了"它"。

为了不使自己再因紧张而结巴，牛墨然背着身把眼睛盯在黑板上："跟……跟我念，日——"

"日——"大家一起念道。

"日——"

"日——"

念了十几遍，牛墨然把黑板上的"日月水火土"几个字擦掉，独独写了一个大大的"日"，把脸转向众人："大家……大家自己念。"

大家便杂七乱八地念了起来。有几个男的故意脸朝天张着大嘴怪声怪气地吼喊："日——日——日——日——"

引得众人又一阵哄笑。

韩六六的女人水白菜站起来说："老师，你给我们讲讲，这'日'是啥意思。"

旁边一个男人用胳膊肘捅她："憨尿，连日也不知道？"

"呸！"水白菜故作怒容，狠狠地吐了那男人一脸口水。

众人又是一阵哄笑。

牛墨然一本正经地说："这'日'字有几种意思。一种是指太阳，就是咱们常说的阳婆婆。一种是指时间长短，就是咱们常说的日子。最常用的就是一天的意思。"

"你是不是说一日就是一天，一天就是一日？"水白菜说。

"是的，是的。"

"那不行。"

牛墨然一脸疑惑，但没有说话。

"一天一日还差不多，一日一天谁能受得了？"

水白菜话音刚落，众人便哈哈大笑。

韩黑虎弄清了北韩村请老师教书的实底后，心想你北韩村在人的数目上压不过南韩，就想从文化上占上风。别以为你北韩人是猴精猴精的精尿，我们南韩人是憨尿憨蛋的憨尿。你北韩村会请老师，我们南韩村就不会？于是，他和村里几个干部一合计，从县城里请来了牛墨然的爹牛干事。

牛干事本来不想到南韩村当老师，但经不住南韩人软磨硬泡，推辞了几番，便盛情难却地说："我老了，不像年轻人精力那么旺盛了。我怕我难当此任,把村里人给耽误了。如果这样,我可真就担待不起了。"

韩黑虎笑着说:"不怕,没那么旺盛就没那么旺盛。只要您老人家肯到我们村教我们,就是给了我们天大的面子,我们不会嫌你不旺盛。不管最后的结果怎么样,我们都不要您老担待。不管有什么,都由我来担待。"

说到"都由我来担待"时,韩黑虎还专门给牛干事拍了拍自己的胸脯。

牛干事看着韩黑虎满腔热忱的样子,说了一句极其普通的客套话:"既然盛情难却,老朽便只好恭敬不如从命了。"

韩黑虎装出一副老成海涵的样子:"您老人家别客客气气地恭敬了,只要能从命我们就非常感谢您老人家了。"

牛干事见韩黑虎不要他"恭敬",只要他"从命",心想这人说话咋一点儿也不谦逊。反过来又一想,觉得这人没有文化,没有理解"从命"二字的意思。只好心里默叹一声:唉——没文化真可怕。

没想到,韩黑虎为了进一步表达自己的真情诚意,竟然又补了一句更没文化的话:"从命也好,认命也好,我们都要服从命运的安排。天命不可违嘛,谁让咱们这么有缘哩?"

牛干事斜了韩黑虎一眼,心里暗自笑了一声:这个人虽然有点冥顽,但却冥顽得有几分可笑。罢了罢了,就冲人家这股对农村教育的一片热心,也不应违了人家的一番好意。

于是,牛干事默默地向韩黑虎点头应允,无言地接受了韩黑虎的热诚邀请。


牛干事给娃里们讲的第一课不是像他儿子那样讲"日月水火土",而是从农人们常用的东西讲起。

他讲的第一个字是被子的"被"。

经过了新社会的洗礼,他不再像过去那样古板了。说起话来,极少有"之乎者也"了。

他教娃里们认字,也不是像他儿子那样直不愣登。他用的是启发式教学。

上学的娃里们都到齐后,牛干事在黑板上写了一个大大的"被",让娃里们认。

娃里们不认得,一个个都把指头吮在嘴里直摇头。

牛干事叫起坐在前面的韩二娃。

韩二娃是韩猛子的二小子,是个心眼很实的娃崽。

牛干事问:"二娃同学,老师问你,你们家睡觉在哪里睡?"

二娃咬着指头含混不清地说:"在炕上。"

牛干事和蔼地说:"把指头拿出来,清清楚楚回答老师的问题。"

二娃把指头拿出来,又用嘴含住了袖口。

"老师再问你,你们家炕上是啥?"牛干事仍然和蔼地问。

"是席子。"二娃的回答仍是含混不清。

"正确,很正确。那么,你家席子上是啥?"

"是炕单。"

"正确,很正确。那么,你家炕单上是啥?"

"是褥子。"

牛干事见离被子不远了,就面带笑容地说:"正确,正确,越来越正确了。好,老师再问你,你家褥子上是啥?"

"是褥单。"

牛干事摇摇头,但脸上很快又露出笑容:"不要急,不要急。你慢慢想想,你家褥单上是啥?"

"是我娘。"

娃里们"轰"的一下就笑了。

牛干事不笑。心里暗想:既然有了你娘,你娘身上就该是被子了。这已经离他要教同学们的那个"被"字只差一步了。他耐着性子,继续启发二娃:"好,好。你家褥子上是你娘。不错,不错。那么,老师再问你,你娘身上是啥?"

"是我爹。"

娃里们大笑不止。

牛干事板起脸,气呼呼地呵斥道:"混账!你们家的被子呢?"

"早叫我爹蹬到炕下头了。"

娃里们笑得更欢了。

牛干事没有憋住,忍不住"扑哧"一下也笑了起来。

## 二十八

韩茅勺双喜临门。

头一喜是他终于如愿以偿当上了北韩村的村长。

村长原先是韩秀秀兼着。区委书记韩铁柱给她说了好几回,不让她再兼村长。

她说:"南韩村的韩黑虎不是也兼着村长?"

韩铁柱说:"那也不符合规定,区里最近准备让你俩把村长位置一块儿腾出来。"

韩秀秀掂来掂去,才把这个位置让给了韩茅勺。

第二喜是他女人七女给他产下一个和他长得像一个模子里脱出来的又黑又小的小男娃。

给娃取名时,七女的意见是让娃叫个猫猫或狗狗。

韩茅勺不同意:"那多难听。像我这名字,老让人家取笑我是臭茅屎勺。起不下好名,娃大了就怨咱大人。我看就叫个黑板吧。"

"黑板?就是学堂里那东西?"七女失笑道。

"笑啥哩?黑板这名好着哩。娃们学文化都是从黑板上学的。起这名是让娃以后有文化。"

七女用指头点点韩茅勺,笑着说:"黑板就黑板吧。"

按照老辈子留下来的规矩,女人生产以后,男人和女人一百天之内不能近身。

有人说,这个规矩是封建迷信。意思是女人们生娃崽的时候下面大出血,被一些人比喻成血口喷人。生下娃崽后,那地方好长时间还哩哩啦啦,血水不止,日里八脏,会给男人们身上沾上秽气。

有人说,这个规矩是科学。意思是女人们生下娃崽后,会给女人们那里造成很大创伤,男人们这个时候跟女人们同房,会给女人们造成更大的创伤,甚至会给女人们留下终生难愈的病根。

迷信也好,科学也好,反正是要停止和禁止干那种事情。

至于为什么要对男人们严密封锁一百天,那就没人能解释得了了。这个时间段极有可能是从"伤筋动骨一百天"这句老话里演化而来。

为了防止韩茅勺不守规矩,绿豆在七女身边整整守了一百天。给黑板过了百天,绿豆当天就回了家。

绿豆前脚刚走,韩茅勺就急不可待地圪蹭到七女身边,浑身圪圪缩缩地笑着说:"我能看看娃吗?"

和黑板躺在一个被窝里的七女笑着说:"又不是旁人的娃,咋不能看?"

韩茅勺动手要掀被子,七女挡住不让。

"不敢掀。把娃冻着。"

"那我咋看?"韩茅勺搓着手,嘻嘻嘻笑道。

"伸进来摸摸。"

韩茅勺把手伸进去刚摸了一下,大惊失色地说:"呀!这娃咋吃这么胖?"

七女叽叽叽笑了。"摸到哪里了?摸到我的大腿上了。往上摸。"

韩茅勺把手往上一挪,又吓了一跳:"呀!这娃头发咋这么长?"

七女笑得更欢了:"胡摸啥?摸到我那地方了。往下!"

韩茅勺把手往下挪了挪,像摸了老虎尻子似的,浑身猛然一颤,把手从被窝里抽出来:"不得了了,这娃咋一生下来嘴就这么大?"

七女嘎嘎嘎笑了起来:"憨尿!摸到哪里了?摸到我那里头了!"

韩茅勺顾不得把娃冻着冻不着,霍地把被子掀开:"呀!原来你啥也没穿?"

七女不答话,光着身子嘎嘎嘎地笑。

韩茅勺三下五除二脱光衣服,饿虎扑食一般扑了上去。

日急慌张地还没忙乱几下,韩茅勺就"啊呀"一声,像塌了架子的黄瓜秧子,软塌在七女身上。

七女搂住韩茅勺的脖子问:"美不美?"

"美!美炸了!"

"你不要光管你美。"

"咋哩?你刚才不美?"

"美着哩!可以后就美不了了。"

"不怕!我以后一天和你干一回美事。"

"我不是说这事。"

"那你是说啥事?"

"你当了村长,成天跟在秀秀尻子后头忙乱。我又得奶黑板,又得弄锅灶,还得到村子后头弄水。咱两个一天到晚各忙各的,累得爬都爬不起来了,还有劲再干这事?"

"奶娃弄锅灶是女人家的事,到村子后头挑水的事嘛,应该是男人们的事。不过,你说得也对。我当了村干部,时间就不那么便当了。"

"你不会在院里掏上一个井?院里有了井,不就省了咱俩往村子后头跑?"

"能行!我明天就给你掏一个井。"

韩茅勺说着,就又翻身爬到七女身上:"我这会儿就把你身上这个肉井掏掏。"

七女顺手把刚才被韩茅勺掀到一边的被子扯过来,把她和茅勺、黑板一块蒙了起来。

333

第三天，韩茅勺把大舅子韩六六叫来和他一块掏井。

他拿着短把铁锹在院子里往地底下挖土，韩六六往柳条筐子上拴了一根麻绳往上吊。

一连掏了三眼井，但三眼井都是乌黑乌黑的黑窟窿。

往常村里人掏井，掏个丈把来深就见了水。韩茅勺掏了一丈多深，抓起泥土捏捏湿漉漉的，但就是不见有水出来。

韩茅勺气得胡咉乱骂："日他先人，累得老子尿都软了，连他娘鳖的一股尿水也没有。"

在院里玩耍的黑娃说："姑夫，在这里掏掏。"

黑娃没穿鞋，用脚指头指着地。

黑娃是韩六六的娃崽，还不够上学年龄，水白菜怕他一个人耍出事来，就让他跟着他爹耍。

韩茅勺嫌他添乱，心烦地说："你懂你娘的卵，爬到一边去！"

七女照着韩茅勺的尻子就是一脚："你才懂你娘的卵！掏不出水怨娃？娃说在哪里掏，你就在哪里掏掏怕啥？"

韩茅勺嘿嘿干笑了几声，撅起尻子就在黑娃说的那地方掏了起来。

才掏了八尺来深，就挖到了泉眼上。

韩茅勺见出了水，赶紧就往上爬。

紧爬慢爬，还是湿了半截裤子。

七女抱住黑娃亲个没完："我的乖娃，你咋知道这儿有水？"

黑娃揉着被七女亲疼了的脸："我也不知道。我刚往那里一站，眼睛就跳得厉害得不行。"

这事儿传到村里，传到外村，好多人就神秘兮兮地说黑娃是个神娃，身上附了水母娘娘的灵气。

于是，一些人掏井的时候就请黑娃看测。

说来日怪，黑娃测的水位虽不是测得十拿十稳，却也有七八成水势很旺。

乐极生悲。

韩茅勺正在为自己连得两喜乐得屁颠屁颠的，冷不防冒出一件邪门事一下把他的兴头全浇灭了。

这邪门事出在他的娃崽黑板身上。

黑板刚过半岁那天，七女把黑板顶在头上到马家区赶集。

赶完集回到半路上的时候，一团团像锅底一样的黑云疙瘩突然从天边飞奔而来。

几声闷雷响过，鞭杆似的雨柱就疯狂地抽打在七女和黑板身上。

母子俩前不着村，后不着店，躲没躲处，藏没藏处，直愣愣地让瓢泼大雨足足浇了半个时辰。

虽然七女脱了上衣把黑板裹得严严实实，但黑板还是被淋得吱里哇啦，浑身透湿。

回到家里，黑板得了伤寒。

黑板发热的时候，身上烧得像烧的木炭一样烫人。

黑板发冷的时候，身上又像冬天里的冰蛋子一样冰凉。

黑板被折腾得一会儿捏着拳头翻白眼，一会儿又鸡爪风似的抽搐成一团。

韩茅勺心疼得抱着黑板狗娃猫娃地直叫，黑板难受得则像狗娃猫娃似的吱哇。

绿豆听说后，赶紧叫韩六六牵着手圪扭着小脚跑来。

黑板不知道是睡着了，还是被折腾得迷糊了，静静地躺在韩茅勺怀里。

"娃咋了？"绿豆一进门就问。

"不知道。刚刚还叫唤得不是人声。"

七女像盼来了救星，拉着绿豆的手哭了："你快看看，还要把我吓得屙到裤子里哩。"

绿豆摸摸黑板的头,又摸摸黑板的脚,这才松了一口气:"我还以为娃咋了,把我吓得软瘫的,路都走不成了。"

韩茅勺瞪着七女:"你个尿人!好好的日你娘赶尿啥集?"

"茅勺,你都三四十的人了,咋说话鼻子不照嘴?你不日他娘日谁哩?日我哩?"绿豆不高兴地说。

韩茅勺赶紧笑笑:"我哪敢骂你。我是让她气的。你说她好好的不在家里待着,非要跑那么远赶集。她要不赶集,娃能淋了雨?娃能得了病?"

绿豆见茅勺把棍子往七女头上打,就为自己的女子辩解:"赶集咋了?七女就不能赶集?七女就应该成天憋在你这狗窝里不出门?你嫌她赶集,你嫌她出门,你干脆拿根绳子把她的腿捆住算了!"

"捆就捆,你以为我不敢捆?"韩茅勺二杆子劲上来了。

韩六六一把扯住韩茅勺:"你厉害啥?你厉害你娘鳖哩?你今天捆捆七女试试,看我不把你的鳖爪子剁了!"

韩茅勺惧怕韩六六,话头子软了许多:"又不是我要捆,是娘要我捆。"

"嘬住你那鳖嘴,再说我把你的鳖嘴缝住!"韩六六火气更大了。

韩茅勺怕韩六六和他动手,就真的嘬住自己的鳖嘴不言声了。

绿豆见六六给自己撑腰,便没完没了地数落茅勺:

"你咋哩你?你当了村长你就厉害得吃人?你当了村长你就敢骑在我母女头上屙屎屙尿?你骑在我母女头上屙屎屙尿还不让我母女吭个声?还要让我母女把你的尻子眼舔干净?

"娃淋了雨,娃得了病,你不怨你,你怨我七女。

"我七女咋了?我七女就不兴出个门?我七女就不兴赶个集?我七女要赶集,你就不能陪着她?你日能你咋不把老天管住?你日能你咋不给老天下道命令?你才当了个烂鳖村长你就不是你了?你要是当了县长省长,还不张狂得蹦到天上?你以为人家秀秀让你当村长是看上你的本事了?你要是能踢能咬的,人家能让你当村长?你当了村长就咋了？还不是人家秀秀尻子后头的一个影子？还不是一头戴了朵花的毛驴，人家让你走东，你就不敢走西，人家让你拉磨，你就不敢拉碾？"

韩茅勺对绿豆的数落嘴头子上不再顶抗，心里头却恨不得拿黑板的尿屎布塞进她的嘴里。

他一边咬着牙根子不出声地骂：日你先人，你西瓜皮擦尻子——没完没了了？一边低着头，轻轻摇晃着怀里的黑板，在炕沿下来回走动。

"哇——"黑板猛地大号一声，挣命似的哭了起来。

"娃咋了？娃咋了？"绿豆停住唠叨，关切地问。

韩茅勺没有搭理绿豆，只是加大了对黑板的摇晃力度。

绿豆见韩茅勺不理她，就掉转头喊七女："七女，快看看娃咋了。"

七女走近一看，"哇呀"大叫一声。

"咋了？咋了？"绿豆看不见，被七女的叫声吓慌了。

七女慌不成声地说："黑板……黑板脖子上起了……起了一个大疙瘩。"

韩六六和韩茅勺慌忙一看，黑板脖子上果然有个疙瘩，并且还像正往里面充气的猪尿脬似的往大长。一开始有核桃那么大，一会儿就有馒头那么大，再后来就和反扣的饭勺一样大了。

绿豆并没有看见黑板脖子上会往大了长的疙瘩，圪翻着干瘪瞀眼说："娃脖子上长了个疙瘩？和狗蛋脖子上的疙瘩一样？"

七女慌慌地说："不是狗蛋那种。是一种会往大了长的。"

绿豆赶忙摸着黑板脖子上的疙瘩："日怪了，日怪了，我活了大半辈子，还没见过这种会往大了长的。"

七女从韩茅勺怀里把黑板接过来，抱住黑板，把奶头塞进黑板嘴里，一边喂黑板吃奶，一边抖动着说："我娃不哭，我娃不哭。"

黑板不哭了，"扑唖扑唖"在七女怀里吃奶。

吃着吃着，黑板脖子上的疙瘩便突然"呜呜呜"地往小了变，又变回了一开始的核桃那么大。

韩六六在旁边看见，惊得眼睛瞪得像黑板脖子上的疙瘩那么大："哎哟——日怪死了，黑板脖子上的疙瘩怎么又变回去了？"

韩茅勺和七女这才发现黑板脖子上的疙瘩真的又变回原来的样子。

韩茅勺看着黑板脖子上的疙瘩，惊讶得嘴张得窑门一样："日了他娘的怪了，怎么又变得像核桃一样大了？"

七女"剜"了韩茅勺一眼："日谁的怪？你咋不说日了他爹的怪？"

韩茅勺见自己又把话说走了嘴，急忙把自己的嘴捂住不言声了。

七女把奶头从黑板嘴抽出来，眼睛对着黑板脖子上的疙瘩眯着眼睛仔细看。

正吃得津津有味的黑板又哭了起来。还没哭几声，脖子上的疙瘩又"日日日"地往大了长。

七女"哎呀"一声："娃脖子上的疙瘩怎么又往大了长开了？"一边说着，一边赶紧又把奶头塞进黑板的嘴里。

绿豆虽然看不见，但已从七女、茅勺和六六说出的话里头，听出了事情的大概，便不停地叨叨说："这是啥病？这是啥病？一会儿往大了长，一会儿往小了缩，一会儿又往大了长，祖宗八辈也没见过这样的病。"

脖子上长会变的疙瘩，绿豆没见过，北韩村所有的人都没见过。老早以前到现在，村子里有不少人长过这种疙瘩，但一开始长成啥样就是啥样，没有哪个人的疙瘩又会往大了长，又会往小了缩。

韩茅勺心里暗想：莫非这娃中了邪了，脖子上长了一个鬼疙瘩？

想是这么想，但却不敢说出来。

"这是啥病吗？这是啥病吗？"绿豆嘴里仍是不停地叨念，"这不成了小娃子常得的疝气了？敢是娃长了个气蛋长错了地方？再长错地方也不能跑这么远呀？你长到腿板上，你长到肚子上，你跑到脖子上干啥？我看看，我看看，我看看娃腿板里的蛋蛋在不在？"

绿豆摸了摸黑板的腿板，被黑板的怪病弄得更糊涂了："娃的蛋蛋在哩呀。两个蛋蛋一个也不少呀。莫非是娃多长了一个蛋蛋？多出来的这个长到脖子上了？"

黑板慢慢停住了哭，脖子上的疙瘩又开始往小了缩。缩到和核桃那样大就不缩了。

黑板哭累了，便在七女的怀里睡着了。

七女把黑板放到炕上，用小被子盖在黑板身上。

几个人你叹一声，我吁一声，谁也说不清黑板到底得了什么病。

过了一会儿，沉睡中的黑板"哇"的一下又哭开了，脖子上的疙瘩又往大了长开了。

慌得茅勺、六六、七女和绿豆轮番抱着黑板哄，却怎么也哄不下。

七女想起自己刚才的喂奶止哭的招数，便对抱着黑板的绿豆说："我再给娃喂个奶。娃嘴里含上奶头就不哭了。"

韩六六说："快别让娃哭了。娃一哭，那疙瘩就往大了长。"

绿豆把黑板递给七女："快让娃吃奶，快让娃吃奶。"

七女抱过黑板，急忙从怀里掏出奶头喂进黑板嘴里。

黑板停住哭声，咕叽咕叽就吃开了。吃了一阵，用舌头把七女的奶头往外一推，闭着一对小眼，就又睡着了。

绿豆"咳"了一声："你们这年轻娃们，啥也不懂。小崽娃哭闹闹啥哩？不是屙尿下了，就是肚子饿了。以后娃哭，先看看娃的腿板里有没有屎尿。要是娃腿板里有屎尿，就把娃屙下的屎尿拾掇干净；要是娃腿板里没有屎尿，那就是娃肚子饿了，就赶紧拿奶头喂到娃嘴里。要是娃也没屙下，也不吃奶，那就肯定是娃身上不爽快，有了病。"

说到"病"字，绿豆就把话拐到黑板的怪病上："娃得的这病不是小病，得赶紧抱到医院好好看看。"

韩茅勺心里早被黑板脖子上的疙瘩闹得一点儿辙也没了，急得问绿豆:"到哪里看?到区里卫生院?"

绿豆觉得不行:"卫生院?卫生院能看了这大的病?娃这是大病。大病不到大医院能看了?干脆把娃弄到县医院。"

几个人趁黑板睡着上了路。

绿豆抱着黑板坐在小板车上,茅勺和六六轮换着拉,七女空着手跟在小板车后面。

黑板的运气还算不赖,正好碰上省里组织的地方病巡回医疗团来了绛州县。

坐诊的是省里下来的医生赵大夫。

赵大夫还没说话,韩茅勺就把黑板得病的前前后后说了一遍。

赵大夫很有耐性,直到韩茅勺说得实在没话说了,赵大夫才慢悠悠地说:"你们村得这病的人多不多?"

"不多。没人得过这种病。"韩茅勺答道。

"不会吧,这种病不可能只是一个人得。"赵大夫满脸狐疑。

"咋不会。我都快活了一辈子了,还没见过这种疙瘩会长的病。"绿豆抢着说。

赵大夫笑了笑说:"你们把我的话理解错了。我是说你们村脖子上长疙瘩的人多不多?"

"多哩,好几十个哩。"韩茅勺把话抢了过来。

"你们村脖子粗的人多不多?"赵大夫又问。

"这倒不多,有十几二十个。"韩茅勺又答。

"你们村骨节大的人多不多?"赵大夫继续问道。

"多,多,有百十来个。"韩茅勺继续回答。

赵大夫本想再问"你们村像你这样个头长得不大的多不多",觉得这样问太伤韩茅勺的面子,便拐了个弯说:"你们村的人个子长得不是很高的人多不多?"

韩茅勺脸红了,光是哼哼叽叽不说话。

韩六六见韩茅勺不好意思说,就替韩茅勺说:"不多,只有几个。"

绿豆听了半天，不见大夫说黑板的病，急得又把话抢了过来："大夫，你咋光问村里的事不说我娃的病？"

赵大夫这才感觉到自己刚才的问话不对头。人家大老远来给孩子看病，自己不说人家孩子的病，而是没完没了地问村里的事。他点点头表示道歉，有意识地笑了笑："这孩子得的是一种瘿病。"

"啥？羊病？我家连羊也没有，我娃咋能得了羊病？"韩茅勺把"瘿病"听成了"羊病"，赶紧向赵大夫解说。

"不是羊病，是瘿病。"赵大夫耐心解释。

韩茅勺痴愣着眼，没有听懂。

赵大夫苦笑了一下，继续耐心解释："我说的瘿病，不是马牛羊的羊，不是绵羊、山羊的羊，是一个病字框下一个婴儿的瘿。"

韩茅勺还是没听懂："我闹不清到底是哪个羊，你就说我娃得的这病是个什么样的病？"

赵大夫指着黑板脖子上的疙瘩说："这种病分好几种。疙瘩上能看见青筋的叫筋瘿，疙瘩发红的叫血瘿，颜色和正常皮肤一样的叫肉瘿，摸着硬邦邦的叫石瘿，摸着软乎乎的叫软瘿。像这孩子这样，一生气就往大了长的叫气瘿。瘿病是过去的叫法，现在叫甲状腺肥大，甲状腺素亢进，简单的叫法叫甲亢。"

几个人越听越糊涂，直愣愣地看着赵大夫。

赵大夫见自己的话他们听不懂，就换了一种说法说："医学上叫这种病叫瘿病，叫甲亢，也就是我们平常人说的大脖子病，大骨节病，小矮人病。"

几个人这回听明白了。尤其是赵大夫最后说到的"小矮人病"时，韩茅勺的脸和脖子"腾"的一下就红透了。

"这病能不能治？"韩六六问。

"能治。这要看你们愿意不愿意治。"赵大夫说。

"咋治？"韩六六又问。

"做手术。"赵大夫把头往下顿了一下。

韩六六摇摇头："啥叫做手术？"

"做手术……做手术……"赵大夫斟酌了一会儿才想出一个合适的词，"做手术就是拿刀子割掉。"

几个人听说要动刀子，吓得呆若木鸡。

绿豆抢先说："可不敢动刀子，割不好还要把娃的脖子割下来。"

"有没有不动刀子的办法？"韩茅勺试探着说。

"没有。目前来说还没有。"赵大夫摇着头说。

"那，那就不治了。"一家之主的韩茅勺咬咬牙，为黑板治病的事拍了板。

"你们现在不愿意做也行。回去好好商量商量，商量好了再来。像这孩子这种病，在一些地方非常普遍。这种病叫地方病。我们这次下来，是专门调查治疗这种病的。过几天我们专门到你们村，帮你们村治疗治疗，教一教你们怎么预防。"

"这种病还能防住？要是防住了我们以后就不会得这病了？"韩茅勺脸上露出了喜色。

赵大夫点点头。

"以后这种病能防住，那这种病已经得了能不能治好？"韩茅勺满怀希望。

赵大夫又点点头。

韩茅勺搓着手，不好意思地说："像我这……这……"

赵大夫摇摇头："像你这样的没有办法，但以后有办法预防。我是说你孩子得的这种病能治。"

韩茅勺心里的希望破灭了，话里带出了几分沮丧："那……那我们就回去了。"

"好，你们先回吧。回去注意一下，尽量不要让孩子生气，不要让孩子哭。只要孩子不哭，不生气，孩子脖子上的疙瘩就不会往大里长。"赵大夫站起来刚要送客，忽然又想起了去他们村的事，"哎——你们还没有告诉我你们是哪个村的。"

"北韩村的。"

"是哪个区的?"

"马家区的。"

"回去给你们村领导说说,我们过几天去你们村。"

韩六六指着韩茅勺说:"他就是我们村的村长。"

赵大夫没想到站在他面前的这个小矮人竟然是村长,就想这个村得甲亢的人一定很多。要不然,怎么可能让这样的人当村长?这样一想,就更坚定了他要去北韩村的计划。他握住茅勺的手说:"好,你回去准备一下,我们三天之内就到。"

三天头上,赵大夫果然如约而至。

陪同赵大夫的韩铁柱介绍了赵大夫的身份后,韩茅勺才知道赵大夫是省里地方病巡回调查医疗团的团长,赶紧把对赵大夫的称呼改成赵团长。

韩秀秀把村里得病的情况汇报完后,赵团长用商量的口气说:"你们看我能不能一两天之内给村里人讲讲地方病的治疗和预防?"

"这有啥难的。村里人说多会儿叫就多会儿到。你现在要讲,我现在就能把人都给你叫来。"韩秀秀笑着说。

"好!那我就现在讲。"赵团长显得很高兴。

"那哪行?走了这么远的路,连歇歇也不歇歇,还不把你累坏?"韩铁柱劝道。

"走个路就能累坏?你们下面的干部成天靠两条腿走来走去,走到那里就不工作了?没那么娇气。赶紧把大家召集起来。"赵团长催韩秀秀。

韩秀秀站起来刚要迈腿,转过身看韩铁柱。

"看啥哩?赵团长客气几句,你就真的不让赵团长歇歇再工作了?坐下。陪赵团长歇歇再说。"韩铁柱对韩秀秀说。

"不行,不行。"赵团长连连摆手,"我们这次下来时间很短,任务很重。能往前赶就往前赶，节省下时间多去几个地方。"

"入乡随俗嘛。到了我们这里，你就听我们的。把你们累坏了我可担待不起。"韩铁柱笑着对几个陪同赵团长一起来的大夫说。

"照你这么说，耽误了我们的工作，你这个区委书记就能担待起了？不用说了，赶紧召集人吧！"赵团长把手一挥，不容分辩。

"茅勺，你到外面喊喊，叫人都到碾盘那里。"韩秀秀说着，掂起暖水壶往赵团长和各位大夫的白瓷茶碗里续水。

坐在那里半天没说一句话的韩茅勺抬起尻子，朝众人笑笑，刚出院门就喊了起来："男人女人都听着，不管干啥都把家伙撂下，都赶快往碾盘那里走，听省里的首长赵团长讲话——"

赵团长刚喝了一口茶，"噗"的一下就笑了，嘴里的茶喷了坐在对面的韩铁柱一身："我多会儿升了大官，一下就成了省里的首长？"


赵团长是站在村子中间的石头碾子上讲的课。

几个穿白大褂的大夫和韩铁柱、韩秀秀、韩茅勺则坐在碾子上。

村里人围着碾子，有的坐在砖头上，有的坐在干树根上，有的干脆直接坐在地上。少数讲究点的，把鞋脱下来垫在尻子下面。

赵团长看着好笑，但嘴里却没笑出声音。

韩秀秀把他介绍给大家后，他就讲了起来：

"我们这个地方病巡回调查医疗团，是省里派下来的，是帮助乡亲们治疗和预防地方病的。那么，大家可能会问，什么叫地方病呢？地方病和我们这些在座的乡亲们有什么关系呢？

"大家知道，在咱们这个村，有的人脖子比平常人长得粗；有的人骨节比平常人长得大；有的人个子比平常人长得矮；还有的人脖子上长了肉瘤。有人叫这种病叫粗脖子病，有人叫这种病叫大骨节病，而医学上把这种病叫甲亢。我们之所以来咱们村，就是要帮助大家治疗和预防这种病。那么，大家又要问，这种病是怎么得的？是从娘肚子里得下的？还是从娘肚子里出来得的？要回答这个问题，我就不得不从医学上给大家讲一讲——

"我们每一个人身上都长着一样东西，这个东西的名字叫甲状腺。这个东西虽然长在我们身上，但我们平常却看不见、摸不着。只有这个东西得了病以后，才能看得见，才能摸得着。那么，大家还会再问，这个东西到底长在哪里？

"大家看，这个东西就长在这里——"

赵团长用手指着自己的喉结："也就是说，它隐藏在我们的下巴颏下面的气管上。"

众人听了，纷纷抬起手捏弄自己下巴颏下面的喉管。

"对。就是大家用手捏的那个地方。"

赵团长看看大家，接着讲道："这个东西一共有两个，有榆树叶那么大。左边这个略微小一些，右边这个略微大一些。

"那么，这个东西是干什么用的呢？这个东西是管运血的，全身所有的血都要经过它上下运送。它不仅是个运血工具，还像咱们平时筛粮食用的筛子一样，是管过滤用的。同时，它还是一个体温调节器。这个东西出了毛病，人的身上就会发热或者发冷，就会生出一种破坏我们身体的东西，就会让我们的脖子变粗，就会让我们的骨节变大，就会让我们的个子长不大，还会让我们的脖子长疙瘩、长肉瘤。如果这个东西生了病长得太大，还会让我们的耳朵听不见，让我们的嘴巴说不成话，让我们变成聋子，让我们变成哑巴。"

赵团长停了停，接着又说："一般来说，这种病是生下来以后才得的。但也有没生下就得的。没生下来得这种病，和我们的妇女有关。要是哪个女同志有这种病，怀上孩子后，女同志身上的甲状腺跑出来的东西，就会伤害胎儿，就有可能让胎儿也得这种病。因为这种病只是在一些个别地方普遍产生，所以，我们把这种病叫地方病。

"那么，大家又要问了，这种病为啥只是一些个别地方的人得，而其他地方的人不得？经过我们调查研究，发现凡是得这种病的地方，食用的水里面都少一样东西，这个东西就叫碘。咱们村吃的水里面是不是缺碘，我现在还不敢下结论。但要让我猜的话，我觉得缺碘的可能性很大。到底缺不缺碘，我们走的时候带些水回去做个化验。那么，我讲到这儿，大家更会关心地问了，这种病能不能治疗？能不能预防？怎么个治疗？怎么个预防？下面，我就给大家讲讲这方面的知识——

"刚才我不是给大家讲了吗，咱们这个村饮用的水里面，很有可能缺碘缺得很厉害。既然咱们的水里面缺碘，那我们的办法就是不再食用这种水。怎么才能不再食用这种水呢？我们的办法是打井，打深井，打一百米二百米的深井。另外，我们现在吃的盐也不能再吃了。吃什么盐呢？吃一种经过加工了的盐，吃一种里面掺了碘的盐。这种盐我们会建议政府很快给大家供应。那么，已经得了这种病的人更会关心地问，这种病到底能不能治疗好？"

赵团长从人群里看了看得了甲状腺病的人。

见赵团长用眼睛盯着得了甲状腺病的人，没有得甲状腺病的人也跟着看开了身边得了甲状腺病的人。

得了甲状腺病的人全都不好意思地低下了头。

赵团长把手往下一摁，接着刚才的话继续讲："得了这种病也不要太灰心，太失望。但也不要抱的希望太大。因为这种病有的能治，有的就不能治。像脖子上长疙瘩长肉瘤的这种，这里面有的就可以做手术，用手术刀割除。其他的吗，目前来说还没有办法。好了，我今天讲了这么多，不知道大家能不能听懂，不知道对大家有用没用？谢谢大家！"

赵团长说到这里，朝众人抱拳致意。

韩铁柱带头鼓掌。

众人也跟着鼓掌。

"太好了！太好了！"韩铁柱握着赵团长的手说。

韩茅勺站起身也迎了上去。因为和人高马大的赵团长个头相差太大，只好踮起脚握住赵团长的手，重复韩铁柱说过的话："太好了！太好了！"

众人见韩茅勺几乎被赵团长揪扯得脚跟离了地,"轰"的一下就笑了。

韩茅勺松开赵团长的手,脑门子上渗出一层汗来。

# 二十九

过了谷雨,县打井队的一干人马和全套机器被一辆卡车拉到了北韩村。

这是赵团长为他们做的好事。

离开北韩村的第二天,赵团长就以地方病巡回调查医疗团的名义分别向县、地、省三级政府打了一个报告,简要说明了北韩村地方病的严重情况和治疗预防建议。

绛州县政府并地、省政府:

最近,我们在绛州县马家区北韩村进行了详细调查,发现该村群众身患地方病情况非常严重。全村共有人口二百八十三人,竟有二百五十六人不同程度地患有甲状腺病,患病人数高达百分之九十点四六。其中一百四十四人患大骨节病,七十六人患粗脖病,二十三人患侏儒病,一十三人患痴呆聋哑病。患大骨节病者,上下肢体关节突出肿大,发作时疼痛难忍;患粗脖病者,颈部粗大如柱。严重者颈部长有如妇女乳状的肉瘤,筋骨暴凸者有之,血液充瘀者有之,皮色晶莹剔透者有之,瘤体坚硬如石者有之。更为严重的是,我们在该村竟发现一例极为罕见的瘤体随情绪喜忧而消长的气瘿患者;患侏儒病者,其身高大多不及常人身高的三分之二,严重者竟不及常人身高的二分之一,状如五岁以下幼童。患痴呆聋哑病者,嘴斜眼歪,涕液涎泪糊满面部,外部表情喜怒奇异,傻相十足。严重者,饮食屎尿无以自理。

经过研究分析,我们查明该村之所以患甲状腺病者人数如此众多,原因有三:一是该村群众长期饮用肮脏不堪的雨水、河水和污物侵染的浅井水;二是该村食用的食盐含碘成分不足;三是患病者的母体父体遗传。

为了祛除人民群众之痛苦,贯彻人民卫生为人民的方针,地方病巡回调查医疗团全体成员郑重建议:一、由县医院对北韩村患者进行重点治疗;二、无偿为该村打凿深水井一眼,以改善水源,净化饮体;三、不加价为该村供应加碘食盐。

特此报告,恭请审批。

地方病巡回调查医疗团

不到半个月的时间,地方病巡回调查医疗团的报告就被三级政府批转下来。

无偿给北韩村打一眼深水井,就是这个报告的其中一项。

其他两项,县政府也正抓紧落实。

听说县打井队免费打井,韩秀秀和村里人自然是十分喜欢。

但这口井打在哪里好呢?村干部和村里人踌躇不决,难以定点。打在村后的山上吧,山上的果树啦啥的倒是能浇上,但村里人吃水就不方便了;打在村子里头吧,村里人吃水就不用跑么远了,但山上要用水就够不着了。

韩秀秀愁得不行,就和打井队的李队长商量。

没想到李队长全然不把韩秀秀和村里人的意见当一回事。只见李队长脸色不悦地说:"这事不用你们操心。操心也是白操心。我们手上有勘测队给我们的图纸。井往哪里打,图纸上说得清清楚楚。"

韩秀秀心里虽不高兴,嘴上却没说啥。

韩茅勺憋不住了:"打在山上也好,打在山下也好,只要打合适就好。"

李队长不满地看了一眼个子长得不起烂山的韩茅勺,一棒子就呛了过去:"什么山上山下!给了你星星,你倒伸手要开了月亮。打在山上干啥?给你们打井让你们吃哩,还管你们浇地?"

韩茅勺不敢多嘴多舌了,背过脸就和韩秀秀嘀咕起来:"李队长是个啥尿人。看他那脸难看的,像咱村欠了他多少钱。咱这井钱是政府出的,是他出的?这会儿他不要日能,打不出水看他那脸往哪里放?"

韩秀秀心里有气,脸面上却不表露:"不管谁掏这钱,反正咱村没出。再说,就是叫咱村出咱村也出不起。这事咱就不要说二话了,由人家想咋就咋吧。"

"我也没说不由他呀。可他也不能不把咱这村干部不当人看呀?政府给咱村打井,咱村连个说话的权利也没有?"韩茅勺仍是喋喋不休。

韩秀秀不耐烦了:"你要啥说话的权利?你有啥话要说?"

韩茅勺仍不知趣:"六六家的黑娃不是会看井吗?让黑娃也给咱村看看。"

韩秀秀忍不住发开了火:"看啥看!封建迷信你也信?咋哩?你也信封建迷信那一套?你也想搞封建迷信那一套?你这村长不想干了?"

韩茅勺见韩秀秀火气大得吓人,赶忙自己骂开了自己:"怨我多嘴,怨我多嘴。我也知道我这人笨得和猪一样。人家不把我当人看我不生气,可人家看不起你我就有气。"

韩茅勺话是这么说,心里却想:人家小看你你生气,你老小看我我就不气?再咋着我也是个村长,也在村里排老二。你平日心里有我没有?你哪一次商量事情把我当人看?

"有完没完?"韩秀秀和韩茅勺翻了脸。

韩茅勺掉头就走,心里恨道:你个女霸王!我就不信北韩的天能叫你老这样一手遮死?

正在韩秀秀和韩茅勺为打井的事生气的时候,南韩村的支书韩黑虎和新上任的村长韩猛子也为打井的事生气。

"韩支书,你知道吗?"韩猛子说。

"知道啥?"韩黑虎问。

"北韩打井的事。"

"不知道。"韩黑虎假装道。

"县打井队昨天去了北韩。"

"是吗?"

"北韩打井的钱一分钱不出,白打。"

"是吗?"

"花销全是政府给出。"

"是吗?"

韩猛子见韩黑虎老是"是吗是吗"地卖关子装糊涂,心里骂道:是吗你娘个鳖!这么大的事你不知道?你日你娘你日着装睡着干啥?你不就是故意在我跟前摆你的臭架子吗?我让你摆!我看你能摆到啥时候!心里这么想着,嘴上却不这么说:

"哎呀——这么大的事你就一点儿也不知道?群众早都吵翻了天。你猜人家说咱两个啥?说咱两个屎包!说咱两个窝囊!说咱两个不为群众办事!"

"是说咱俩吗?"韩黑虎听得不舒服了,心想你韩猛子算个啥。村里人说闲话,轮得上说你?

韩猛子见自己的话韩黑虎不爱听,急忙纠正道:"说是说了我两句，但其旁的就是全说你。你在咱村是主事的，可不把炮口都朝了你。"

"哎——咱村的事多会儿是我一个人说了算？哪个事情咱们没有研究？"

"没有，没有。都是集体研究的，都是集体商量的。"

"我还以为群众说我办事不民主哩。"

"民主！民主！"

"民主？民主怎么都说我？"

韩猛子一时想不出词，哼唧了半天才说："这，这，这也不能怪群众。不不不，这也不能怪你。叫我掏实心说，像你这样民主的支书，十村八乡也找不出一个。怪就怪我们这几个村干部，跑个腿传个话还行，一遇大事就没招了。你要不拿大主意，凭我们几个，村里还不知道乱成啥样。"

"乱不了。有你们几个哩，能乱了？"

"乱不了，乱不了。我们都和你是一条心。"

"和我一条心干啥？应该和群众一条心。现在群众想打井，你说你有啥好主意。"

韩猛子摸着脑袋想了一阵，试探着说："咱咋办哩？像人家北韩？把巡回团请来？"

韩黑虎摇摇头。

"咱们到县上跑跑？"

韩黑虎摇摇头。

"实在不行，咱们自己凑钱？"

韩黑虎仍然摇头。

"那就没办法了。可再没办法也不能去找韩铁柱吧？"韩猛子熬煎得紧皱眉头。

"对了！我看这事就得找区委韩书记。"韩黑虎终于开了口，说话的时候眼里放出亮光。

韩猛子脑袋摇得拨浪鼓似的："不行，不行。人家韩书记是北韩村的，咋能向着咱们南韩村？"

"韩书记是咱们全区的书记，是咱们全区的父母官。韩书记咋能像你说的那样没水平？"

"照你的意思，咱们非找韩书记不行？"

"对！就得找韩书记。你赶快去学校一趟，让牛干事帮咱写个情况，咱们拿上报告找韩书记。"

韩铁柱开完会刚回到办公室，韩黑虎和韩猛子就走了进来。

"韩书记，忙哩吧？"韩黑虎笑着问候。

"不忙。有事哩？"韩铁柱笑吟吟地说。

"有事，可不是啥急事。"

"既然大老远来了，有啥事不说的话不是白来了？坐下。坐下说吧。"

"我们村也有一些得地方病的。要是论人头，没有北韩村的多。上面对北韩村重点支持，我们当干部的也没意见。可群众的想法就不一样了。听说上面要给北韩打井，就吵吵着也要打井。我们几个干部商量了一下，想自己凑钱打，但凑来凑去，连零头也没凑够。愁得没法子，就只好来找你。"

"好啊。你们能为群众着想，都是好干部呀。可咱区里也没钱，恐怕一下不好办。你们看能不能这样：你们写上个报告，由区里帮你们递上去。有时间的话，我到县里帮你们说说，看能不能批下来。"

韩黑虎从口袋里掏出牛干事写的那份报告，双手捧给韩铁柱："我们胡写了一个，不知道行不行。"

韩铁柱看了看，摇着头说："不要光写打井的事。供应加碘盐和治病的事也可以写上。"说着，就掏出笔，在报告的后面加上了"不加价供应加碘盐"和"给予重点治疗"两项。

"谢谢韩书记，谢谢韩书记。"韩黑虎急忙道谢。

"好了，你们回去吧。我三两天要到县里开个会，我亲自把这个报告给你们送上去。"

七天之后，南韩村的报告就批下来了。不过，在打井费用上打了个折扣：县政府只给他们出三分之二的钱，剩下的由村里支付。其他两项和北韩村一样。

韩猛子不满意："北韩村能一分钱不掏，咱们为啥就出这么多？太不公平了。还是朝里有人好办事。韩铁柱到底向着人家北韩村。"

韩黑虎骂道："你个没良心的狗东西，没脑子的猪八怪。不是韩书记给咱说话，咱连一分钱也要不下。咱能跟人家北韩比？人家有多少人得地方病？咱们有多少人得地方病？这事办得够满碟子满碗了。都像你这样不识好歹，韩书记以后还咋工作？"

韩猛子急忙改口："我又错了，我又错了。还是你水平高，还是你觉悟高。"心里却恨道：高你娘的鳖！

北韩村打井的事果然让韩茅勺不幸而言中。县打井队忙活了半个来月，果真打了一个干窟窿。

自从打井队在北韩村正式开机放锤后，偏僻宁静的小山村便打破了成百上千年的沉寂。不论白天还是黑夜，村里总响着发电机呜隆隆的轰鸣声和"呜噜呜噜——咣"的机锤声。

在悦耳动听的机声和锤声中，满怀希望的北韩人在一天一天地盼着，胸有成竹的李队长绕着井位一圈一圈地转着。

五十米下去了，不见水。

一百米下去了，不见水。

一百五十米下去了，仍然不见水。

锤绳用尽了，机锤一寸也不能再往下下了。

北韩人的希望破灭了，李队长的圈子不转了，喧闹的山村又一次沉寂了。

正在北韩人和李队长愁闷不语的时候，县政府的话传了下来：北韩村的深井继续打。无论有多大困难，一定要为北韩村打出深水井。

人民政府的决心，重又点燃了北韩人心中的希望。而经历了一次沉重打击的李队长，再也没能重现往日的自信和自高了。

商议井位问题的会议在韩秀秀家召开。区委书记韩铁柱亲自到场，韩秀秀、韩茅勺和村干部全部在场。

当然，李队长作为特邀也在场。

韩铁柱首先开言："上级领导非常关心我们北韩村的打井问题。听说打井失败后，县委马文魁书记，县政府刘老虎县长，县里其他领导都非常着急。县领导当即指示：北韩村人民是具有光荣传统的人民，他们为抗日战争和解放战争付出过巨大牺牲，作出过巨大贡献。人民政府无论如何也不能让富有斗争精神和牺牲精神的老区人民，再在病魔的折磨下痛苦煎熬。一定要想尽一切办法帮助老区人民打出深水井，一定要不惜一切代价帮助老区人民把病魔赶走，一定要竭尽全力帮助老区人民过上幸福健康的生活。"

李队长等韩铁柱传达完上级指示后，表情非常沉痛地做了自我检讨："我对打井失败负有全部责任。在确定井位问题上，我不民主，不尊重当地党组织的意见，犯了严重的官僚主义错误，给政府和人民造成了严重损失，我向党组织检讨，向北韩人民检讨。"

韩茅勺心里笑道：活该！叫你再牛逼！叫你再不听我的话！

韩茅勺正要发言，被韩秀秀截住：

"我代表北韩村党支部，代表北韩村全体群众，感谢县委、县政府、县领导对我们北韩村的关心和支持。打井失败了，主要责任在我们村干部，在我个人。我作为北韩村的支部书记，对不起党和政府的关心支持，我向上级领导做检讨。"

"好了，都不要检讨了。现在要紧的是赶快把井位定下来。韩茅勺同志，你说说你的想法。"韩铁柱见韩茅勺还没发言，怕他也跟着再做检讨耽误时间，就把话题扭过来看他。

韩茅勺原本打算借机会比低比低李队长，听了几位的发言，反倒觉得自己原先的想法太没水平。见韩铁柱点他的名，赶紧顺着大家的话把往下说：

"打井没打成，不怨李队长，也不怨韩支书。地下的水在暗处，又不像河水在明处。咱又不是神仙，能看到地底下。要叫我说，咱还是让黑娃给咱看一下。黑娃给外村看了不少，一看一个准。黑娃是咱村里人，也让他为咱村服务服务。"

听了韩茅勺的前几句发言，韩铁柱还觉得他的水平提高得很快。听到末尾，眉头就皱了起来。

韩秀秀觉得不对劲，打断了韩茅勺的话："你这是啥话？怎么能在这样的会上说这样的话？有正经的说正经的。封建迷信那一套，到外面说去！"

"好了，你们研究吧。我回区里还得开个会。"韩铁柱说完，就起身走了。

李队长拿出图纸，指着图上的黑点说："按照勘测队勘测的情况，咱们北韩村有三个水位。咱们已经用了一个，还剩下两个。你们看看，咱们在这两个里头选哪个好。"

韩秀秀和韩茅勺不识图。看了一会儿，越看头越大。

李队长见他们看不懂，就指着图纸说："这个黑点在咱们放碾盘的那地方。这一个哩，在咱们韩村长家的院子里。"

韩茅勺见李队长叫他叫开了村长，就喜欢得咧开嘴笑了："是哩，是哩。李队长说得对。"

李队长、韩秀秀一干人一齐看着他，一齐竖起耳朵听他往下说，没想到他"叭唧叭唧"拍了两下自己的脑袋，停住笑叹气说："坏了，我在院里掏了个井，不知道是不是把这个黑点掏了。要是把这个黑点掏了，那咱们村就剩下一个黑点了。"

韩茅勺不笑了，李队长却笑开了："不怕。你们要是定下来在这个位置上打井，不影响我们操作。"

"那就好，那就好。"韩茅勺摸着脑袋重又笑了。

韩秀秀拿不定主意，就对李队长说："咱们的会就开到这里吧？我看咱们是不是都再好好想想，看定在哪里合适？"

"能行。但最迟明天就定下来。"李队长一边说着，一边往外走。

韩茅勺见李队长往外走，跟在后头走着说着："好好的一个黑点让我给日塌了。"

韩秀秀送走李队长和韩茅勺，做好饭刚准备吃，韩茅勺笑嘻嘻地又回来了。

"韩支书，我回去叫黑娃看了一下，说碾盘那里水势旺着哩。"韩茅勺高兴得身上发抖。

韩秀秀看了看，没说话。

"韩支书你不知道。黑娃一走到碾盘那里，眼皮子就忽搭忽搭跳了起来。姑夫，姑夫，这里有水！这里水大！"

韩茅勺一边通身哆嗦，一边搓着手说："要叫我说，咱们这井就搁到碾盘那里打吧。"

韩秀秀没好气地说："不搁到那里搁到哪儿？搁到你家？"

韩茅勺光顾高兴，没注意韩秀秀的脸色："那咱咋？给韩书记汇报一下？"

韩秀秀火了："去呀！我没说让你不去呀？我没把你的腿拴住呀？我没把你的嘴堵住呀？"

韩茅勺碰了一鼻子灰，心里凉凉地走了出来。

停了几天的机声和锤声又在北韩村响了起来。

不过，这一回人们再听那机声就不像上一回那样听着好听了。

机锤每砸一下，北韩人的心里就咯噔一下：可不敢再打干窟窿了！可不敢再打干窟窿了！

李队长也不围着机器再转圈了，几乎整天整夜守在机器旁。

机锤进到八十米的时候，一个流量很大的泉眼被砸开了。

李队长急忙指挥队员们把机锤吊上来，把八寸的潜水泵放下去，抽了好长时间也没把水抽退。

北韩人高兴得趴下就喝，半大后生和小娃崽们跳进水里撒欢。

几个女人哭得满脸是泪。

李队长"哎呀"一声倒在地上，救了好半天才醒了过来。

没日没夜地连着熬了十几天，把李队长的身子彻底熬败了。

为了能让北韩村的群众早一天吃上干净健康的水，李队长累倒在打井工地上了。

牛墨然没有和村里人一样喜形于色，但心里却十分感动，十分激动。

正当北韩人和县打井队队员们为打井成功而欢呼雀跃时，牛墨然却一个人悄悄回到自己住的屋里，以北韩村党支部和全村群众的名义，给省、地、县三级党委政府写了封热情洋溢的感谢信。

信中详尽叙述了北韩人祖祖辈辈忍受甲状腺病的身体痛苦和精神折磨、男女老少打心眼里对祛除病魔的热切期盼和无奈等待、打井过程中的艰难和辛劳、人们喝上深井水后的欢乐和激动。表达了对党和政府的无比而真诚的感激。表示了北韩村干部群众以实际行动报答党和政府的决心。

牛墨然念给韩秀秀听了后，韩秀秀很高兴，很感谢，叫他给省、地、县党委政府发去。

牛墨然多抄了几份，另外还发给了省报、地区报和县广播站。

县广播站连着广播了三天，省报和地区报在一版分别加了一个块头很大的评论发表。

村里人先是津津有味地听广播，接着又让牛墨然一遍又一遍地给他们念省报和地区报寄来的报纸。

南韩人对北韩人八辈子也遇不上的红火眼馋得要死，也忌恨得要死。眼馋也好，忌恨也好，最后只能化作一声又一声的叹息，一回又一回的摇头。

在南韩人的摇头叹息中，打井队的人马和机器搬到了南韩。

李队长一来，就拿着图纸和韩黑虎、韩猛子商量在哪里下锤。

韩黑虎怕图纸上的黑点没有把握，明里说我们和群众商量商量，暗里让韩猛子找北韩的黑娃给看一看。

天黑下后，韩猛子按照韩黑虎的吩咐，提了两包点心、一包糖蛋去求黑娃的姑夫韩茅勺。

韩茅勺一开始板着脸说啥也不行，等韩猛子把礼物放到他家的炕头上后，就压低嗓门对韩猛子说："不是我不行。咱两个村过去打过架，我们北韩也吃了不少亏。这都过了多少年，老把这放在肚里还不早沤烂了？冤家宜解不宜结嘛。可你并不知道我的苦处。这村里的事哪能由得了我。我是怕人家秀秀不行，怕村里群众不行。"

韩猛子见韩茅勺一口一个不行，就矮了头用自己的热脸贴韩茅勺的冷尻子："好我的茅勺哥哩。咱两个谁跟谁。你是个村长，我也是个村长，都是在人家手底下活人。你要不给我这个脸，我回去就没脸见人家黑虎了。你就权当帮老弟一回吧。"

"好我的猛子弟哩，你这是为难我哩。秀秀和村里人要是知道了，你还让不让你老哥在秀秀和村里人面前抬头？"

"好哥哩，我求你了。你要叫我给你磕头，我这就给你跪下了。"

韩茅勺拉住正往下跪的韩猛子："做啥哩？做啥哩？我应下你还不行？"

"那我就代表南韩村党支部和南韩村全体群众谢谢你了。"韩猛子把从韩黑虎那里学来的一套用在了这里。

"谢不谢倒是小事，贵贱不敢让人知道了。"韩茅勺仍不放心。

"我要是把这事漏出去，我就是你的娃。"韩猛子发誓。

"你回去吧。明天吃了晌午饭，我带黑娃过去。"

"我走了。完了后我再谢偿你。"韩猛子点头哈腰从韩茅勺家退了出去。

第二天，韩茅勺如约领着黑娃去南韩村看了井。

回来后，韩茅勺把韩猛子送给他的把那包糖蛋分出一半，搁在手心里对黑娃说："黑娃，你看姑夫手里是啥？"

"糖蛋！"黑娃高兴得蹦了起来。

"想吃吗？"韩茅勺圪眯着眼睛，把糖蛋握在手心里问黑娃。

"想！"黑娃伸出小手就要从韩茅勺手里拿。

韩茅勺赶紧把手缩回来："要想吃姑夫的糖蛋，就得答应姑夫一件事。"

黑娃点点头，把指头放进了嘴里。

"去南韩看井的事不要给人说，连你爹你娘都不要说。"

黑娃又点点头，眼睛盯着韩茅勺的手不放。

韩茅勺这才把糖蛋放到黑娃的手里。

黑娃咯嘣咯嘣就吃开了。

"好吃吗？"韩茅勺摸着黑娃的头。

"好吃。"黑娃吸溜吸溜地说。

"你看，姑夫还有哩。"韩茅勺把剩下的那一半让黑娃看。

黑娃不说话，伸出手又要要。

"姑夫先给你留着。你要不说看井的事，姑夫再给你。"韩茅勺想用剩下的这一半彻底堵住黑娃的嘴。

"我不说。我不说。"黑娃连着说了五六个"我不说"。

"好娃，到外面耍去吧。"韩茅勺一脸得意。


白白得了南韩村两包点心，韩茅勺的心里舒帖炸了。他和七女关住院门、屋门，美美地吃着笑着。

吃着吃着，两口子就黏黏糊糊地你喂我一点儿，我喂你一点儿。

再后来就干脆互相从对方的舌头上舔着吃开了。

然而，韩茅勺万万没想到，南韩村的这两包点心好吃难消化。

黑娃那天给南韩村看了三个井位。韩黑虎选了一个和图纸上的黑点合卯的地方下锤。

也不知道是勘测队勘测得准，还是黑娃看井看得好，打井队的机锤才下去二十来米就见了水。

韩黑虎高兴得掏出烟给李队长和队员们一人敬了一根。敬了一圈，自己也衔了一根美滋滋地抽。

韩黑虎一边抽一边想：茅勺这个憨尿，一包糖蛋和两包点心就把他日哄了。

机锤一下一下地往下砸，韩黑虎心里一声一声地暗暗笑。

笑了没有几天，开了花的脸就变成了一副苦瓜相。

锤绳放尽了，水量却还是开头那么大。

才四寸的潜水泵，不到半袋烟工夫就抽干了。

韩黑虎这才醒过来似的对着韩猛子骂开了："茅勺这狗日的，把咱给日哄了！"

韩猛子急忙劝说："不怕。不行咱再打一个。"

韩黑虎没好气地说："打啥？拿啥打？人家北韩是政府大包干，咱却自己出了那么多。再打还有钱？是县里头给咱们钱哩？还是咱村的人会屙钱？"

"不行咱再给上面写个报告。"

"尿本事不大，尿得倒怪高！"

韩黑虎说着，气呼呼地就走了。

一样的打井，一样的有地方病，北韩村一分钱不掏，水势还那么旺。不要说人，就是把驴马猪狗这些牲畜的嘴全加上，敞开肚子也吃不退。

而南韩村自己出了那么多钱，打出的水还没有尿水水多。

韩黑虎病倒了。

这天傍黑，韩黑虎正端着一碗黑乎乎的草药水往下喝，猛听见墙上的广播匣子里广播南韩村的一篇表扬稿。

原来，古板的牛干事见打井队为南韩村打出了深井水，也不和韩黑虎商量，就一个人兴哉哉地学着儿子写了一篇感谢信，发到省、地、县三级党委政府和新闻单位。

省报和地区报见重了北韩村那篇，又没有北韩村的典型，就没有发。

县广播站正苦于缺稿源，就把这篇稿子也连着广播了三天。

本来为打井的事已经把韩黑虎气得够喝一壶了，这篇表扬稿就使韩黑虎更是气上加气、火上加火。

听着听着，韩黑虎手里的碗就掉到了地上，"叭"的一下摔了个稀巴烂。

牛干事写的表扬稿把韩黑虎的药碗打破了，韩茅勺的脸却被韩六六打烂了。

黑娃看井的事从南韩传到北韩后，北韩人比南韩人还要生气。

村里人一见韩茅勺走过去，就在背后指着韩茅勺的脊梁骨"呸呸呸"吐口水，骂他是叛徒、内奸，骂他是南韩村的大走狗。

韩六六指着韩茅勺的鼻子，往韩茅勺脸上狠狠地吐了一口痰："你是啥狗东西？你身上还有人味没有？"

"咋啦？我咋啦？"韩茅勺还想在韩六六跟前摆村长的架势。

韩六六啪啪就是两个耳刮子："你说咋啦？你咋啦你不知道？你领上我家黑娃干啥去了？"

韩茅勺抹着脸上的鼻血，嘟嘟囔囔地说："又不是我非要去，是你家黑娃要去。"

"啥？他要去？他要去你就去？他不懂事憨得吃屎哩，你也不懂事憨得吃屎哩？"

韩六六伸出拳头又要打。

七女抱住六六的后腰叫喊："你打他干啥？你要打你就打我！"

韩茅勺抹着脸上的血，低着头就往屋里钻。

韩六六仍然不解恨地站在院子里对着韩茅勺家里的窗户，一声接一声地对走进屋里的韩茅勺叫骂：

"啥鸡巴村长！眼小得啥东西也敢吃？

"嘴馋得舌头都拖到地上了，拖到茅槽旮旯里了？

"南韩人给你送几块点心就把你买通了？要是给你送一摊子屎，你也和狗一样趴在那里'扑唧扑唧'往嘴里吃？

"吃屎不顾眉眼的狗东西，不怕把你吃得撑死？"

韩六六骂了一阵，临出院时，"咣当"一声，狠狠地把韩茅勺家一扇院门甩到门框子侧面的墙上。

韩茅勺龟缩在屋子里，连个大气也不敢出一下。

七女圪缩在韩茅勺旁边，夹住尻子眼屁都不敢放一下。

## 三十

雁过留声，雀过留影。

韩茅勺自以为他领着黑娃去南韩村看井的事谋划得严丝合缝、滴水不漏，没承想黑娃给南韩人看了一个像屎水水一样多的水井，惹恼了韩猛子，惹恼了韩黑虎，也惹恼了南韩村所有的男男女女。

他闹不清是韩猛子因为黑娃看井的事让韩猛子丢了脸面专门把这事捅漏了，还是韩黑虎因为南韩村井水远远不如北韩村的井水旺在这事上有意报复他，抑或是他那天和黑娃在南韩村看井的时候被南韩人看见将这事不经意地风传到北韩的。

他想得脑仁子生疼生疼，也没能圪翻清到底是哪个圪节上出了拐、哪个圪枝上出了哪。

然而，不管这事是哪里出了圪拐、哪里出了圪哪，反正这事在南韩村吵得炸了锅，在北韩村吵翻了天。

南韩人在这事上是恨他、咒他、骂他，北韩人在这事上唾弃他、指戳他、剁点他。

唾沫星子淹死人，指着蛋子戳死人。

韩茅勺因为贪吃南韩的一包点心，韩茅勺吃里扒外，刀刃舔血，两头不讨好，里外不是人的做派，惹得南北两韩群情激愤，众怒沸腾。

韩茅勺的脸被韩六六打烂了，韩茅勺的脊背被村里人戳烂了，韩茅勺的祖宗十八代被骂得土头灰脑。

他躲在家里，整整一天不敢出门；他躺在炕上，展展一夜没合一眼。他难受得心里如刀割，他痛苦得满脑子如针刺。好不容易熬到天色麻麻亮，十分难活地爬起来到河滩地里瞎胡溜达。

初夏的晨风轻轻吹着，刚刚变黄的麦子泛着一重又一重的微波。温馨和煦的晨曦中，栖息在树枝上的小鸟欢快地唱歌。

韩茅勺对这一切浑然不觉，浑身热燥得如同得了伤寒一样。

他一会儿怨韩猛子拿两包点心和一包糖蛋日哄了他，一会儿怨韩黑虎不讲信誉出卖了他，一会儿怨黑娃没给南韩把井看准，一会儿又怨自己鬼迷心窍做下了鲁事。

怨韩黑虎的时候，韩茅勺在心里狠狠地骂韩黑虎：日你先人！你嫌南韩的水量小。你狗日的有本事求我干啥？我要不让黑娃给你看井，你弄不好也得像北韩打头一个井那样打个干窟窿。

怨韩猛子的时候，韩茅勺握着双拳骂韩猛子：你日你先人！你个吃鼻涕厕脓的软东西！黑虎要把黑娃看井的事往外说，你不会把他的嘴给我堵住？照你这个尿样，看你哪天能从人家韩黑虎手心里活出来。

怨黑娃的时候，韩茅勺闭住眼睛骂黑娃：你个小兔崽子！你帮人看了那么多井，又看准了那么多，为啥就单单给南韩看得不准？你要是给南韩看准了，咱俩去南韩日鬼的事能露了馅？

怨自己的时候，韩茅勺摸着胸口骂自己：你活了半辈子的人了，脑子眼咋糊涂得和一盆糨糊一样？吃了人家一尿点东西，就让大舅子把脸扇烂了，就让村里人把脊背戳烂了，就让自己在村里刚刚树起的那点威信丢尽了。这以后还有啥脸在人家韩秀秀跟前发表意见？还有啥脸在村里人跟前显露自己的本事？

"喳喳喳——喳喳喳——"两只喜鹊在一棵又高又大的树尖上翘着尾巴大叫。

喜鹊当头叫，喜从天上来。自古以来，喜鹊就被人们当作吉祥鸟。每当喜鹊迎面飞来或是立在头顶上"喳喳"欢叫，人们就抬起头来仰视喜鹊："报喜哩！报喜哩！"

然而，心烦身躁的韩茅勺这会儿听了喜鹊的叫声，觉得比报丧的乌鸦叫得还难听。

他气不打一处来地从地上拾起一块瓦片，朝着枝头上的喜鹊"日——"的一下扔了出去，差点儿打到一只喜鹊的脑袋上。

受了惊吓的喜鹊"喳喳喳"尖叫着飞向远处。

把树上的喜鹊打走后，韩茅勺站到渠堾上向南韩方向望，影影绰绰看见有人弓下身子割麦子。

韩茅勺转怒为喜，心里纳闷地失笑起来：麦子还没熟好就把人家割倒，再着急吃新麦面也不能急成这样呀？憨屄！憨屄！纯粹的憨屄！

细一想不对劲：谁再憨也不能憨成这样呀？一个人憨了还能那么多人也憨了？莫非是南韩人过来偷麦子？他急忙从渠堾上下来，摸着满是伤痕的脑袋想：是哩！是哩！肯定是南韩人偷麦子。

他忽然想了起来：昨天韩六六刚打完他，韩秀秀就打发人叫他。

他一开始还以为是说他领着黑娃到南韩看井的事，去了后才知道是南韩派人要他们的麦子。

他原先以为出了黑娃看井的事，村里有啥事韩秀秀就不再和他商量了。别说和他商量事了，他这个村长能不能干成都还是个悬事。

他怎么也没想到，韩秀秀对他领着黑娃到南韩看井水的事只字不提，反倒心平气和跟他商量怎么处理南韩人要麦子的事。他当时心里禁不住对韩秀秀十分感激：这女人心眼宽、肚量大。要是一般人，早把他这个村长撂到一边了。

韩猛子黑着脸坐在炕沿上，自顾自抽自己的旱烟。

韩秀秀见韩茅勺来了，脸色很不好看地对韩猛子说："我们村长来了，你有啥就说吧。"

韩猛子连看都不看韩茅勺一眼，冷冷地说："没啥说的。原先说得好好的，你们村每年给我们村八十石麦子、八十石玉米。好几年了，我们村没见过你们村一粒麦子、一粒玉米。咋哩？欠了我们村的麦子玉米有了理了？欠了我们村的麦子玉米不给就没事了？"

韩秀秀的话比韩猛子的话还冷："我刚才已经给你说了，我现在当着我们村村长的面再说一遍：新中国对旧政府和外国签订的一切不平等条约都一笔勾销了，我们村和你们村在旧社会订下的不平等契约也得一笔勾销。"

"是哩。好几年了，你们为啥不说这话？你们干啥去了？现在说这话安的啥心？"韩茅勺话头子也很硬。

"干啥哩？等你们哩！看你们哩！等你们给我们送！看你们守不守信用！"韩猛子朝韩秀秀瞪起了眼睛。

韩茅勺把话接了过来："我们韩支书刚才不是说了？旧中国和外国办的不平等事都不算了，我们和你们在旧中国办下的事也不能算！"

韩猛子冷笑一声："脱了裤子撵狼哩——胆大不顾羞！尻子大的烂尿村子，竟敢把自己比成中国政府那么大。你们就不想想：你们是中国政府？你们是毛主席？你们是周总理？"

韩秀秀和韩茅勺答不上来，憋了半天说不出一句话。

韩猛子冷笑着看看韩秀秀，又看看韩茅勺。

韩茅勺耍开了蛮："原先谁和你订的？原先谁和你订的你找谁去！"

韩猛子没想到韩茅勺来这一招，便和韩茅勺以蛮对蛮："谁订的？韩成根订的！我们找韩成根去！我们把韩成根从坟地里刨出来和他说！"

"你敢！"韩茅勺吼了起来。

"不敢不是人做的！"韩猛子一边吼着，一边气呼呼地走了出去。

韩茅勺想到这里，立马断定割麦子的人就是偷麦子的南韩人。心里不禁暗喜：老天有眼，又给了自己一次立功的机会。你们不是骂我是叛徒吗？我这个叛徒就把这个事报告给你们。看你们还说不说我是叛徒。怪不得刚才喜鹊在我头上喳喳喳叫，原来还真有喜事。

"南韩村偷麦子哩——南韩村偷麦子哩——"韩茅勺一边往村里跑，一边扯开喉咙大叫大喊。

听见喊声，人们纷纷走出院门打问。

韩茅勺停住，绘声绘色地给人们讲他发现南韩人偷麦子的过程。

讲完之后，就又一边喊一边往韩秀秀家走。

喊着走一阵，停下来讲一阵。停下来讲一阵，又喊着走一阵。

喊叫着走到韩秀秀家的时候，尻子后头已跟了大半个村子的人。

韩秀秀从屋里出来，院子里已经站满了愤怒的人群。

还没等韩秀秀问话，韩茅勺就抢先把他发现南韩人偷麦子的事前前后后详细说了一遍。

"咋办哩？咋办哩？"韩茅勺一声接一声地问韩秀秀。

"咋办哩？咋办哩？"村里人七嘴八舌地问韩秀秀。

"咋办？大家说咋办？"韩秀秀一时也想不出个好招。

韩茅勺抢先说："你别管这事了，我领上人把他们打出去！"

"不要打，把他们撵走就行了。"韩秀秀怕再像前些年那样弄出人命来。

"行！我这就去！"

韩茅勺威风凛凛地把手一挥："男人们跟我走！"

韩秀秀又一次给韩茅勺交代："记住，千万不要打人。把他们撵走了，咱再回头商量咋办。"

"记住了！"韩茅勺转过身把手举得高高的，"走！"

韩茅勺领着众人走了一阵，韩秀秀放不下心，急匆匆地去追韩茅勺他们。

半路上，浑身热血沸腾的韩茅勺早把韩秀秀的话丢到了脑后，还自鸣得意地想了个绝招：

他把人分成两拨，从东西两边对偷割麦子的南韩人来了个迂回包抄。他心想这就像打仗捉俘虏一样，抓住他们后让他们交代是谁在前头领头，是谁在后头主谋，到时候在韩秀秀和村里人面前再立一功。

南韩人发觉后，赶忙渡河撤退。腿脚利索的跑脱了，反应迟钝的却被包了"饺子"。

身材矮小的韩茅勺跳起来在一个二十来岁的后生脸上"叭"地扇了一耳刮子："说！谁让你们偷我们的麦子？谁领你们偷我们的麦子？"

"说你娘的鳖哩！"那后生抱住韩茅勺"啪"的一下摔到地上。

两人扭扯到一起在麦地里滚来滚去。

几个北韩人围过去，有的揪扯那后生的衣服和头发，有的在那后生的身上、腰上、尻子上乱踢乱蹬。

没有跑脱的南韩人见了，便也上去和北韩的人扭打到一堆。

由于寡不敌众，南韩人多数挂彩。

两家正打得难解难分，昏天黑地，韩秀秀气喘吁吁地赶来大声喊道："打啥哩？打啥哩？都给我起来！"

韩秀秀虽然嗓子都快喊破了，但人们好像没有听见似的，仍然一股劲地互相揪扯、互相厮打。

喝喊不住，韩秀秀就把正在使劲揪扯那个后生耳朵的韩茅勺一把揪起来："谁让你打人家？谁让你乱来的？"

在地上滚得土头土脑的韩茅勺大口大口地喘着粗气："人家打咱哩，人家打咱咱还能不还手？"

众人见韩秀秀把韩茅勺拉开了，这才互相松开手直愣愣地看着韩秀秀。

韩秀秀对南韩的人说："你们回去吧。以后不要再干这事了。"

南韩的人刚要走，韩茅勺大叫："不行！白割了咱们的麦子？让他们赔！"

"对！让他们赔！让他们加倍赔！"北韩人乱糟糟地嚷了起来。

韩茅勺指着刚才把他摔倒的那个后生："你狗日的胆子不小，还敢把我往倒里摔？你说，你狗日的叫啥？"

那后生狠狠地朝地上吐了一口带血的唾沫，瞪着韩茅勺不说话。

北韩的人有人认识那后生，对韩茅勺说："他叫三毛。"

韩茅勺正抬手准备扇三毛一耳刮，韩猛子把他举在半空中的手扭住，一脚把他踹得滚到地上。

跑脱了的那部分南韩人回到村里，把北韩人捉住十几个南韩人的事一说，韩猛子二话不说，领上南韩的大批人马就杀了个回马枪。韩猛子他们渡河过来时，竟没有一个人发觉。

南韩人见自己的援兵赶来，士气大振，"哗"的一下就朝北韩人大打出手。

混打之中，连专门赶来制止打架的韩秀秀也裹了进去。

南韩人和北韩人打架的时候，马家区区委书记韩铁柱正领着县卫生局的局长、干事和区里的五六个人往北韩村走。

他是专程给北韩村送加碘盐的。

按照上面领导的批示，政府要给南韩和北韩办三件事：一件是给这两个村各打一眼深井，一件是给这两个村得了地甲病的患者治病，还有一件就是给这两个村送一批不加价供应的加碘盐。

打井的事已经落实了，治病的事因为两个村的地甲病人怕挨刀子落实不成。

供应加碘盐不仅是自古到今从来没有的事，也是人民政府关心和解决病区人民疾苦的大事。因此，县委书记马文魁、县长刘老虎对第一批加碘盐的供应非常重视，专门派卫生局长代表县委、县政府亲手送到病区人民手中。

县里领导对第一批加碘盐如此重视，区委书记韩铁柱当然就不敢不把这件事当成一件大事，当下表示自己亲自陪同卫生局长把第一批加碘盐送到南韩和北韩。

韩铁柱一开始打算先去南韩，意思是自己是北韩人，先给北韩送怕南韩人说他偏心北韩。

卫生局长坚持不改变原来的计划,说先去南韩还是先去北韩,这是县里面定的。再说,北韩的病情比南韩重得多。先去北韩是理所应当的。

下级服从上级,韩铁柱只好按卫生局长说的办。

进了村里,韩铁柱觉得不太对头。

以往天一发亮,村里人早都开始了一天的忙乱,今天怎么阳婆婆都升起了三竿子高,咋连个人毛毛也不见?

回到家里见到他娘红果一问,才知道村里又出了大事。他不好意思地对卫生局长和局长带来的干事说:"你们先喝口水歇歇,我去河滩里看看咋回事。"

说完,就带着区里的几个人风风火火地往河滩地里赶。

韩铁柱赶到河滩的时候,北韩人早被南韩人打得趴在地上不能动弹了,而南韩人也已打得精疲力竭再也打不动了。

"你们干啥?你们打啥?有啥事情不能坐下来商量?有啥问题不能互相让?值得动手打架吗?值得打成这样吗?"韩铁柱站在中间,一脸威严地训斫。

所有倒在麦地里的南韩人和北韩人都一起朝韩铁柱看。

北韩人的眼里充满企盼,而南韩人的眼里充满恐惧。

"你们两个村的干部都干啥去了?有啥矛盾不能在一起好说好商量?你们解决不了还有区委,还有区政府。为啥就不找区委?为啥就不找区政府?"

人们一边听着,一边扑扑嗒嗒从地上起来,一起朝韩铁柱和区里的人围拢过来。

"今天的事先到这里,各村的人先回各村。明天上午,你们两个村的负责人到区里汇报。"

南韩村的人从地上拾起镰刀往回走,北韩村的人拍拍身上的土也准备往回走。

三毛一边走一边不服气地说:"区委算啥?还不是韩铁柱说了算?只要他出面,南韩还能有好果子吃?"

韩茅勺追上去扭住三毛:"你狗东西说啥?你有本事到韩书记跟前说去!"

"说就说,怕尿啥?"

三毛本来随便瞎说,被韩茅勺一激,犟劲上来了。他返回身"噔噔噔"走到韩铁柱跟前,拿镰刀指着韩铁柱说:

"韩铁柱我告诉你,你不要不把南韩人放到眼里。你要敢在这事上歪过嘴说话,我们南韩人饶不了你!"

韩茅勺怕三毛手里的镰刀伤着韩铁柱,冷不防从后面抱住三毛。

三毛以为韩茅勺要把他往倒里摔,使劲往前一挣,一下把韩茅勺甩出去老远。

韩茅勺又要往前扑,三毛抡起镰刀左挥右舞。

韩铁柱怕三毛手里的镰刀伤人,就上去去夺,被镰刀刃一下砍到颈部的动脉上。

红色的鲜血像泉涌一样冒了出来。

韩铁柱只觉得天旋地转,"扑腾"一下倒在地上。

在场的人全都乱了手脚,慌忙上去掐韩铁柱脖子上的动脉,反倒掐得韩铁柱上不来气了。

在部队上知道点战地救护的王二毛急忙脱下衣服,撕下自己的袖子,把韩铁柱的脖子包扎起来。

"快送医院!"

王二毛一喊,把众人喊醒了。

几个后生抬起韩铁柱就走。

没走出一里远的时候,韩铁柱的脸上就没了一点儿血色。

人们把韩铁柱放下来,摸了摸身上,早已凉得没了一点儿热气。再摸摸鼻口,连一丝凉气也不往出出了。

韩秀秀扑到韩铁柱身上,张开嘴还没哭出声,就一下昏死过去。

韩铁柱没有被抬进村里。

按照绛州这一带的习惯，人死在外面就不能再进村了。

韩铁柱是死在送往医院的半道上的，但这位不讲迷信的共产党员，还是被不是共产党员而讲迷信的人搁到了村子外面。

村里人一边忙着搭灵棚，一边和刚刚醒过来的韩秀秀商量是不是给铁柱娘报丧。

韩秀秀摇了摇头，意思是先不要告诉老人。

村里的女人们知道了，一个个跪在韩铁柱的灵前放声大哭。

红果虽然老得嘴里没了牙齿，但耳朵却不背。听见外面的哭声，便猜想村里死下人了，扭着小脚出门打问。

问了好几个人，都摇着头不说死了谁。老人心里就越发有一种不祥的感觉，寻着哭声加快了脚步。

走到跟前一看，见自己的儿子直挺挺地躺在门板上，老人身上一软，倒在地上就再也没有起来。

韩秀秀扑过去就哭，哭了几声就又昏过去了。

下半夜，韩四小拿着两包点心分别摆在韩铁柱和红果的灵前献了献，眼泪巴巴地看着韩秀秀半天不说话。

韩四小是南韩村唯一一个来北韩村吊丧的。

北韩人对南韩人恨得入骨，没有一个人搭理韩四小。

韩四小临走时，把一张纸递给韩秀秀，泪水"哗哗哗"地往出流。

不等韩秀秀说话，韩四小丢下韩秀秀就哭着走了。

韩秀秀把手里的纸条递给牛墨然。

牛墨然把纸条展开，从里面掉出两根白花花的骨头。

牛墨然把骨头捡起来，对着那张纸看了好几遍，死活不说纸上写的啥。

村里人问急了，牛墨然才说："这事不能让你们知道，只能让韩支书一个人知道。你们先到一边避一避,我念给韩支书一个人听。"

众人听了,就都抹着眼泪一步一回头地走散开。

牛墨然脸色凝重地说:"韩支书,这字从笔体上看,是我爹代韩四小写的。我可以不可以念给你听?"

韩秀秀点点头。

牛墨然念道:

"秀秀,我有一件事憋在肚里几十年没有说出来。你爹在的时候,我想和你爹把这事说清楚,但话到了嘴边又咽了回去。我现在实在憋不住了,不得不把这事和你说了。我说出来,不管你信也好,不信也好,哪怕你就是骂我,我也不会说啥。我把这件事说给你,我就是现在死了也能闭上眼睛了——

"秀秀,不知道你记得不记得,三十多年前,咱们县出了一件传得特别悬的事情。说是后山里不知道是哪个女人生了一个嘴里长着两颗牙的女娃,这女娃一生下来就笑着喊了一声娘。全县的人都说这女娃是个灾星,要给全县人带来灾难。结果,咱们县真的就又是旱灾,又是水灾,后来还遭了鼠灾。你可能不会想到,这个女娃就是你——

"生你的时候,是我们村现在的支书韩黑虎娘接的生。当时你一生下来的时候,嘴里面确实长了两颗牙,你没有叫娘,只是含混不清地'哇'了一声。但黑虎娘硬说是叫了一声'娘'。黑虎娘说是妖胎,非让我把你弄死扔了。要不扔的话,就会给南韩带来大灾。我当时吓得像喝了迷魂汤一样,糊里糊涂把你扔了。但我扔你的时候,没听黑虎娘的,给你留了一条活命。我一再和黑虎娘叮咛,这事千万不敢说出去。不知怎么回事,这事还是风言风语地传了出去。不过,黑虎娘还算守了点信用,把生这女娃的人编成了后山的一个不知道姓啥叫啥的女人——

"我万万没有想到,你爹成根把你从寒天冻地的河滩里捡了回去。你爹为了你,受了不少咒骂和暗气。你爹和你娘都是好人。要不是他们，你早都不在人世了。一想起这事，我就骂自己不是人，枉穿了两条腿的裤子。老天爷就是给我头上降下再大的灾难，那也是我该有的报应。

"我今天给你说这事，不是图你认我这个没有人性、没有良心的亲生老子。我是想给你说，南韩人和北韩人是同一个祖宗、同一个根。我们两个村再也不能这么争个没完、打个没完。

"你男人被南韩人打死了，你婆婆也被儿子的死疼死了。你心里不好受，我这个造了孽的人心里也不好受。我现在没有啥说的，只想着我们两个村再不要争斗了，再不要互相打死人了。为了不使两个村再起争斗，我和你爹三十多年前一人拿菜刀剁下自己的一根指头，但我们俩的指头白剁了，两个村还是没完没了地你争我斗，老是死人。我一直把你爹和我的指头保存着，现在送给你，只愿你一看见这两根指头，就想想你九泉之下的爹，想想我这个没有良心的人。"

韩秀秀拿着那两根白花花的骨头看了好大一阵，又拿起那张纸看了好大一阵，突然放声大哭。

众人听见，赶紧跑来劝说。

不管众人如何劝、如何说，韩秀秀捧着骨头和纸，哭得惊天动地，哭得众人眼泪直往外流。

韩秀秀和韩铁柱的儿子韩石山、韩石峰、韩石岭扑过来，和娘娘抱在一起，哭得昏天黑地、撕心裂肺。

漆黑的夜空，韩秀秀娘儿四个的凄惨哭声，传遍了黄河滩，传到了村子里，传到了村子后面的后山上，传到了黄河对岸的南韩村。

凄惨的恸哭声惊动了天上的雨神和雷公电母。

伴随着几道白色的闪电和几声沉闷的雷响，天空中"哗哗哗"下起了大雨。

# 三十一

大难之后，必有洪福。

韩秀秀经历了丈夫和婆婆相继离别的祸难后，意想不到的喜事便一桩接一桩地降临到她的头上。

丈夫和婆婆去世七七忌日那天，阳婆婆刚刚从东山后面露出半个脸来，一只喜鹊落在她家院子东南角的皂角树上，"喳喳喳"地叫了起来。

"娘，喜鹊报喜哩。"二儿子石峰对韩秀秀说。

韩秀秀心里难过，没理儿子的茬儿："去，到外面抱柴火去。"

石峰走出院子，从院墙根满满地抱了一捆晒干了的玉米秆。

皂角树上的喜鹊"喳喳喳"又叫了起来。石峰从玉米秆后面歪过头看了看，走进饭厦把玉米秆放到柴火灶前："娘，你听，喜鹊真的给咱报喜哩。"

"好憨娃哩，今儿个是你爹和你奶奶的忌日，娘心烦得要死，哪有心思想啥喜不喜的。"

韩秀秀说着，揭开锅盖，往锅里添了几瓢水，蹲在灶前，抓了一把玉米秆塞进灶洞，划了根火柴点着。扭头看了一眼还不太懂事的儿子，鼻子一酸，两颗热辣辣的泪珠滴到燃烧得噼噼啪啪的柴火上。

皂角树上的喜鹊"喳喳喳"又叫开了，叫得比前几回更凶。长长的尾巴一翘一翘的,没完没了地扯着嗓子使劲地叫,好像不引起人的注意就绝不罢休。

韩秀秀被喜鹊的叫声聒噪得受不了了,可着嗓门喊了起来:"石峰!石峰!快把那个畜生赶走!"话还没说完,汪在眼窝的泪水一下涌了出来。

石峰见娘哭成了泪人,赶紧跑到院里,捡起一块瓦片,照着叫得正欢的喜鹊甩了出去。

快速飞来的瓦片打中了喜鹊的尾巴。正在兴头上的喜鹊吓了一跳,慌忙惊叫着飞过村子,消失在朦朦胧胧的后山。

石峰手里扔出的瓦片吓坏了报喜的喜鹊,也把急匆匆向韩秀秀家走来的韩茅勺吓出了一脑门冷汗。

和皂角树上的喜鹊一样,韩茅勺也是来报喜的。

天蒙蒙亮的时候,韩茅勺正迷迷瞪瞪地睡着,乡里的通信员擂响了他家的院门。

韩茅勺把两条又干又黑的短腿蹬进裤筒,一边把上衣往身上披,一边嘴里不干不净地嘟囔:"娘的个鳖。哪个丧门星,弄得老子连个安稳觉也睡不成。"

开了院门,见是乡里的通信员,急忙换了一副笑脸:"贵客贵客。乡里的大领导一大早登门,有啥要紧的公事?"

通信员走进屋子,见韩茅勺的女人韩七女正背过脸穿上衣,白白的脸"腾"的一下就红了:"不好意思,不好意思。咱两个到外面说吧。"边说边往屋外走。

"怕啥哩?又不是外人。"韩七女系好衣扣,冲通信员笑了笑,拿起笤帚扫了扫炕沿,"坐吧。坐吧。"

韩茅勺把已经退出门槛的通信员一把拽住,让到韩七女刚扫过的炕沿上。

通信员满脸为难:"韩村长,有个事我也不知道咋办。"

"嗨,多大的事?还能难倒你这乡里的大领导?"韩茅勺收住笑,装出一副难不倒的样子。

"韩村长,你快不要一口一个大领导了。我就是乡里的一个跑腿传话的,哪里是什么大领导?大领导是韩书记他们。你一口一个大领导地叫我,折我的阳寿哩。"通信员红着脸,低着头,从衣服兜里掏出红色的油光纸。

"那叫你什么?总不能直呼你的大名吧?大呼小叫地叫你的名字,还让旁人笑话我这村干部连起码的礼数也不懂?"韩茅勺话虽然朝着通信员说,眼睛却盯着通信员手里拿的那张纸。

"你以后叫我小马行不行?"

"行。我以后就叫你小马领导行不行?"

"那也不行。"

"这也不让叫,那也不让叫,那你要我叫你什么?"

"你就叫我小马,后面的'领导'二字就免了。"

"行。以后就叫你小马。"

小马把手里的那张红纸往高托了托,一脸为难的样子。

韩茅勺见小马一直抖弄手里的那张红纸,便猜想小马说的那件难事就写在这张红纸上面。

"你看看。你看看这事怎么办?"小马把手里的红纸递给韩茅勺。

韩茅勺从小马手里接过红纸,圪眨着眼睛看着红纸问小马:"这上面写的啥?"

"你看看就知道了。"小马也圪眨着眼睛看韩茅勺。

"我不认识字。"韩茅勺看着红纸对小马说。

小马"扑哧"一下差点儿笑出声来:这人真怪,不认识字你对着那张红纸看啥?装得像模像样的,看来是个装逼货!

小马想笑但不敢笑。

韩茅勺把红纸又递给小马,干笑着对小马说:"你给我念念,这张纸上面说啥哩?"

小马把红纸接到手里，但没给韩茅勺念红纸上面的字，而是指着红纸，皱着眉头对韩茅勺说："韩支书的大小子韩石山考上了西北农业大学。"

"咳——我当是啥事，闹了半天是这事呀。"

韩茅勺摆出一副很有主意的架势："这有啥难办的。这是好事呀。"

"一开始我也是这样想。昨天晚上乡里的领导给我说了这事，叫我今天一大早就通知咱韩支书。我当时心里想的也和你这会儿一样。今天早上一上路，觉得这事不是太好办。人家韩支书刚没了男人和婆婆，心里正难过得和啥似的。咱今天和韩支书见了面，要是喜眉喜眼地报喜吧，人家正服重孝，显得咱不识事理。咱要是给人家哭丧着脸和人家说这事，又显得咱还不如喜鹊，圪翻不清啥是个喜啥是个悲。"

小马愁眉锁眼地说着，左右为难地一直挠自己的脑袋。

韩茅勺心下暗喜：这个还没脱了胎气的憨小子。别看你人模人样地在乡里干事，论起见识，比我这当村长的差得没远近。韩秀秀眼下是很难过，可你却不晓得韩秀秀正需要有个喜事冲一冲身上的秽气。白白送人情的好事，你却当成个没法挖抓的难事。这事有啥难的，直来直去地给韩秀秀说了不就得了？

心里是这么想，嘴上却不这么说。他拍了拍又短又窄的脑门，露出一副难死人的苦相："听你这么一说，这事还真是个难办的事。"

"你看，你看。我说是个不好办的事，你还不信。你说说，这事是不是咋办也办不好？"

小马把这话给韩茅勺说了后，脸上的愁云消散了，但心里的愁结并没有解开。

"是哩，是哩。"韩茅勺拍打着脑壳，抓着头发歪着脑袋，显出一副和小马一样愁得没法再愁的表象。

"老哥，你当了多年的村干部，你比我经得多、见识广。你可得帮老弟把这难办的事办了呀。这事要是办不好，我回去可是给乡领导交不了账呀。"

"咱两个谁和谁,说这话就见外了。你老弟有了难处,老哥我还能爬到柳树上看河涨?"

韩茅勺拍拍小马的肩膀,换了一副热心帮人的口气:"不要愁,不要愁。这事再难,老哥也要帮你办好。这样吧,你先回去,告诉乡里的领导,就说韩支书这头通知到了,韩支书挺高兴,感谢乡领导的关怀。通知韩支书的事老哥帮你办好。"

"有老哥帮忙,小弟就放心了。"

"放心吧,放心吧。"

"我走了。"小马把石山的录取通知书递给韩茅勺。

韩茅勺把通知书揣进怀里,假装客气地对小马说:"急啥哩?吃了饭再走。"

"不了。乡里还有一摊子事。"

"那行。那就不多留你了。耽搁了你的正事老哥可担待不起。"

"老哥你太客气了。你帮小弟办了这么大的难事,小弟可得好好谢偿你哩。韩支书那头,还得你老哥多担待。"

"你看你,咱两个谁跟谁?老说这些,你可就把老哥当外人了。"

"不说了,不说了。"

小马一边嘴里说着感谢的话,一边点头哈腰地从韩茅勺家走了出来。

韩茅勺把手臂叉在胸前,看着一步一回头的小马,得意的微笑堆满瘦干瘦干的黑脸。


还没等通信员小马出了村子,韩茅勺就兴冲冲地连早饭都顾不上吃,一溜小跑跑到韩秀秀家给韩秀秀报喜。

刚走到韩秀秀家的院墙外面,石峰打喜鹊的瓦片就从树上落下来,紧擦着他的耳朵梢子掉到地上。吓得他"哎呀"一声叫了起来:"干啥哩!干啥哩!把我的脑瓜子砸破了?!"

石峰听见韩茅勺的叫声，跑出院子，吓得把指头含到嘴里愣愣地看着凶得像要吃人似的韩茅勺。

"刚才是谁拿瓦片砸我？"韩茅勺凶神恶煞般地朝站在院门外面的石峰喝问。

石峰咬着指头含混不清地说："我不是砸你，我是打树上的喜鹊。"

韩茅勺见那差点儿砸到他头上的瓦片是韩秀秀的儿子扔的，赶忙收起满脸的凶相，换了一张满面笑容的脸说："不要紧。我还当谁拿瓦片砸我哩。"

石峰看见韩茅勺由凶转笑，便把含在嘴里的指头拿出来，往后退了一步靠在院门的墙上。

"韩支书！韩支书！"

韩茅勺前脚一进院子就喊了起来。

韩秀秀答应了一声，赶忙用手把脸上的泪水擦掉，从灶前站起来。

"韩支书，我给你报喜来了。"

韩茅勺闯进饭厦，咧着嘴嘿嘿笑着，高兴得就像自己得了个金元宝一样。

韩秀秀直愣愣地看着兴冲冲的韩茅勺，悲哀的脸上透出几分疑色。

"咱石山哩？咱石山哩？"

"石山？石山上后山砍柴去了。"

"咱这石山可不得了了！"

"石山咋了？"

"你看，咱石山可给咱北韩长脸了。"

韩茅勺从怀里掏出西北农业大学的录取通知书，哆哆嗦嗦地端到韩秀秀脸前。

韩秀秀看着红色的通知书，如同云罩雾遮一般。

"咱石山考进了西北农业大学。"

韩茅勺激动得浑身打战。

韩秀秀接过通知书，脸上看不出一点儿喜色。

"韩支书，这可是比天还大、比地还大的大喜事呀。"

韩茅勺黝黑的脸上竟然泛出紫红色的红晕："你说说，你说说，你说咱石山这不是给咱北韩村的老先人脸上都贴了金？不要说咱这北韩村几辈子才出这么一个人才，就是咱这十里八乡多会儿出过这么一个人尖子？"

不管韩茅勺把石山夸得如何金贵，也不管韩茅勺把石山考上大学说得如何了不得，韩秀秀脸上始终没有露出一丝韩茅勺迫切期望看到的欢喜和激动。

对韩秀秀来说，石山能考上大学，确实是一件让人高兴的喜事。这喜事不仅让她出乎意外，也让全村人出乎意外。但这出乎意外的喜事，怎么也不能冲走她心中的悲哀，怎么也不能掩饰住她连着失去两位亲人的痛苦。

她捧着西北农业大学的录取通知书，迈着缓慢而沉重的脚步，走到丈夫和婆婆的灵位前，缓缓地跪到地上，突然浑身颤抖，放声大哭。

撕心裂肺的哭声传出屋外院外，飘荡在北韩村的上空。

韩秀秀用泪水把石山送走后的第二天，县委书记马文魁、县长刘老虎又一次来到北韩村看望韩秀秀。

马书记和刘县长再次向韩秀秀表达了党组织和人民政府对烈士家属的深切慰问后，把一张任命韩秀秀为马家公社党委书记的任命书递给了韩秀秀。

马文魁说："我们代表县委、县政府对韩铁柱同志不幸因公殉职再次表示慰问。同时，我们也正式通知你：根据省里的统一安排，马家区正式改为马家公社。县委任命你为马家公社党委书记。"

站在旁边的韩茅勺心里一下高兴起来，心想韩秀秀一走，就轮上他当北韩村的支部书记了。从此之后,他就正儿八经、顺理成章地坐到了北韩村一把手的位置上。他万万没有想到,韩秀秀对这件从天而降的大好事却做出了他思谋一辈子也想不到的反应。

韩秀秀捧着任命书,缓缓地举到胸前,哽哽咽咽地说:"我感谢组织对我的关怀,感谢组织对我的信任,感谢组织对我的培养。我是一个农家女,我是被反动政权逼得参加了革命,我是在党的培养下才成了一个农村女干部。我没有太大的能力,也没有多少文化。我现在虽然认得几个字,可让我当一个公社的党委书记,我没有那么大的能力。我希望组织上还让我当北韩村的支部书记,我希望组织上让比我有文化、比我有能力的同志当马家公社的党委书记。我谢谢领导,谢谢党组织。"

韩秀秀一边说着,一边哭着,泪水从眼眶掉下来,落在墨迹未干的任命书上。

马文魁眼睛湿润地说:"韩秀秀同志,这是党组织再三慎重考虑才作出的决定。你是我们党的好党员,是我们党的好干部,应该服从组织决定。"

韩秀秀看着被泪水打湿的任命书,话里头带着哭声,带着乞求:"我是一名党员,我是党的干部,我应该服从党的决定。可让我当马家公社的党委书记,我实在是干不了。我说的这些话,是一名党员的心里话,是一名党的干部的心里话。我希望党组织能听听一名党员的心里话,能听听一名党的干部的心里话。"

马文魁和刘老虎简单地交换了一下意见,从韩秀秀手里接过湿漉漉的任命书:"韩秀秀同志,我们尊重你的意见。但是,任命你为马家公社党委书记的决定,是县委经过集体研究的。我们回去再研究一次。如果县委最后决定你担任马家公社的党委书记,希望你能服从组织。如果县委决定其他同志担任马家公社的党委书记,希望你继续做好北韩村的党组织工作和全村的工作。你看这样行吗?"

韩秀秀眼泪汪汪地看看马文魁,又眼泪汪汪地看看刘老虎:"我服从决定,我希望组织上能考虑我的意见。"

马文魁和刘老虎与韩秀秀握过手后,心情沉重地离开了北韩村。路上,两人眼里都流出了滚烫的泪水。

和马文魁、刘老虎一样,韩茅勺也为韩秀秀的举动流下了泪水。不过,韩茅勺的泪和马文魁、刘老虎的泪又不一样。他流的是伤心的泪、怨恨的泪。

当他看见马文魁手里捧着那张盖着"中国共产党绛州县委员会"大红印章的任命书时,心里暗暗为韩秀秀终于为他腾下北韩村党支部书记的位置而高兴,为他终于可以坐上北韩村第一把交椅而欢喜。可他怎么也没想到,韩秀秀面对破格提拔的天大好事竟然做出了那么冷淡的反应,竟然用一句接一句的感谢话那么执拗地谢绝了。那执拗不是一般的执拗。那执拗没有一丝可以更改的意思。煮熟的鸭子飞了,到手的好事荒了。他伤心得当时就想哭,气恨得当时就想骂。当着县长书记的面,他没有胆量发泄,更没有胆量骂娘,只得把一肚子的悲伤和恼怒强逼着咽了下去,只得强装出一副惋惜面相把县长书记送出村子。

送走马文魁和刘老虎后,韩秀秀和韩茅勺谁也没跟谁说话,各自默不作声地回到了自己家里。

韩茅勺一进家门,就火山爆发似的破口大骂起来:"日你先人!日你先人!"

把饭菜摆到饭桌上等韩茅勺回来的七女以为韩茅勺要日她的先人,便不问青红皂白地跳起来和韩茅勺对骂开了:"我倒日你先人!我倒日你老先人!"

韩茅勺见闷在葫芦里的七女和他对着日开了先人,知道七女把他骂韩秀秀的话当成了骂她自己,想解释又一句说不清,嘴一闭就把泪水憋了出来。

七女见男人哭了,知道男人刚才的话不是骂自己,十有八九又在外面受了欺负才气成这样的，才难过成这样的。她急忙掏出日里八脏的手绢擦了擦韩茅勺脸上的泪水用软话说："好我的勺勺哩，谁又在外头气我的勺勺了。你有啥气，你有啥火，你就朝我发。你气死了，我和娃里们咋活哩？"说着说着，自己倒抽抽搭搭地流起了泪。

几句贴心贴肺的爱怜话，一下把韩茅勺愤恨的河坝捅开了。韩茅勺放开闸门，咧开嘴"哇哇哇"号啕大哭。

七女用手绢擦了擦自己脸上的泪，又擦了擦韩茅勺脸上的泪："你给我说，哪个王八蛋欺负你了？"

"还有哪个王八蛋？秀秀！"韩茅勺咬牙切齿。

"她咋欺负你了？"

"她心眼黑。她不让我干支书。"

"她现在不是当着支书吗？咋的能让你当支书？一个村还能有两个支书？"

"县里让她当公社书记，她不干。她非要占着支书这个茅坑不起来。她要当了公社书记，支书这个角不就给我腾出来了。"

"公社？公社是个啥东西？"

"公社就是原来的乡，原来的区。原来的区后来改成了乡，现在又改成了公社。"

"公社书记？公社书记是不是就是铁柱原来当的那个区里的书记、乡里的书记？"

"是。"

"那不是提拔了吗？那不是跨了好几个圪台提拔了？"

"是。"

"跨了好几个圪台往上上她都不干？"

"是。"

"县里多会儿让她到公社当书记了？"

"刚刚。刚刚马书记和刘县长宣布的。"

"她说她不干了？"

"说了。"

"马书记、刘县长听她的?"

"人家听她的干啥?她不干人家不会安插旁人?想干的人多哩,手里有热馍还愁没人吃?"

"马书记、刘县长说让旁人干了?"

"没说这话。回去研究研究。"

"啥叫研究?"

"商量商量。"

"还要商量哩?还要商量就是还定不了呀。"

韩茅勺眼前一亮:"对呀。要是定了就不商量了。"

七女把手一摊:"还没定的事你气啥哩?还没定的事你哭啥哩?"

七女的话,像是扑扑晃晃将要熄灭的灯捻子被一根针又挑亮了似的,仿佛又把韩茅勺的官路带来了光亮一般。

韩茅勺立时把哭脸变成笑脸,咬着牙轻轻在七女胖乎乎的脸上拧了一把:"还是我女人心眼多,还是我女人心眼多。"

七女用指头在韩茅勺的脑门上狠狠地戳了一下:"憨尿蛋!连这都翻不机密,还想当支书?"

韩茅勺一把把七女搂进怀里:"好我的日能虫,快给你这憨尿蛋男人说说,咋地才能让你这憨尿蛋男人当上支书?"

"这有啥难?你去找找马书记、刘县长,就说咱们村秀秀日能得很,本事大得很,水平高得很,让秀秀到公社当书记,对韩秀秀是好事,对咱们马家公社也是好事。"

"对。我今天就去。"韩茅勺松开七女,高兴得在屋里转过来转过去,转过去转过来。转着转着,忽然把脸一板:"不对。我要这么找人家马书记和刘县长,人家还不怀疑我急得想当支书撵人家秀秀?"

"他们咋能知道你撵秀秀?"

"你以为马书记、刘县长是啥人?比咱心眼多得多哩。咱这点心眼,还不让人家一下看出来?"

"那咋办?"七女没招了。

韩茅勺得意地笑道:"刚刚你比我心眼多,现在你就没我心眼多了。你没当过干部,根本就摸不着当干部的门道。当干部不比当旁的。你要想干个啥,你不能自己说,你得让旁人说。这事我不说,我让群众说。"

"群众?群众谁给你说?"

"我以全村群众的名义,给马书记和刘县长写一封信,就说秀秀本事大、能力强,又是打小就参加革命的农村老干部,见识多,经验多,早就该提拔了,早就该当党委书记了。"

"群众愿意?"

"咋不愿意?谁再憨,也不能憨得在人家秀秀的前程上使绊子呀。我写好信,让群众一个一个在信上按手印。"

"你会写信?"

"我不会写,我不会让人写?"

"你让谁写?"

"让学校的小牛老师写。"

"小牛老师给你写?"

"他?巴不得哩。我现在就去找他。"

韩茅勺刚一出屋,七女追出来扯住他说:"我想起来了。你不是说当干部想干啥不能自己说吗?怎么你就自己说去?"

"哟,我咋就把这茬儿忘了?对,我不能去说,我让咱六六哥去找小牛老师,让他给小牛老师说。"

韩茅勺把北韩村群众给马书记、刘县长写信的事办得特别顺心。他找到大舅哥六六一说,六六立马就去找小牛老师。

小牛老师一听,立马就把信写好,并在信的末尾写上全村大人们的名字。

六六拿上信,立马就一个一个上门让群众按手印。前后不到两天，手印就按齐了。

秀秀知道了这事，就对群众一个一个解释，说她没能力干公社里的书记，求众人不要在信上按手印。

众人虽然都夸韩秀秀谦虚，但还是一个不落地在信上按了手印。

六六拿上按满鲜红手印的信，第三天就送到了县里。

韩秀秀没法，只好紧跟着六六赶到县里，把原先给马书记、刘县长说的话又说了一遍。临出门时，还在书记、县长跟前掉了一阵企求的眼泪。

马文魁、刘老虎商量了半天，最终还是尊重了韩秀秀的个人意愿。

五天之后，一个叫武志安的人当了马家公社的党委书记。

消息传到北韩，村里人都为韩秀秀惋惜，都夸韩秀秀是个不图当官、只图做事的好支书。

韩茅勺则闷在家里，一连几天不露面。


人多势众，人多力量大。

为了鼓励妇女多生孩子，县里决定树一批"英雄母亲"，并要这批"英雄母亲"中，推出一个特别出众的"英雄母亲标兵"，在全县大力宣传。

县委常委会上，宣传部和妇联提供了一个一百人的候选名单。在这些候选妇女当中，大都是生了十个孩子的。最多的生了十三个，最少的也生了九个。

汇报稿是宣传部写的，但汇报人却是妇联主任。

"根据县委、县政府的安排，我们妇联和宣传部联合对全县十九个公社进行了摸底排队。经过对比筛选，我们列出了一个一百人的候选名单。在这一百个候选人当中，生了十三个的有两人，生了十二个的有三人，生了十一个的有七人，生了十个的有六十四人，生了九个的有二十四人。从这些候选妇女的身份来看，农村妇女最多，有八十三人；城镇妇女位居第二，有十五人；最少的是女干部，仅有两人。从这些妇女的年龄来看，大都是四十岁以上的，占总数的百分之六十九；四十岁以下的较少，占总数的百分之三十一。现在，我们把这个名单提供给领导，请领导研究决定。"

妇联主任说完，拿着一沓候选名单逐一给常委们一人发了一份。

刘老虎拿着名单看了看，抬起头问："你们有没有个初步意见？"

"有。"

"把你们的意见说说。"

"我们的意见是，从生了十三个孩子的两名妇女当中选一个作为英雄母亲的标兵在全县大力宣传。生了十三个和十二个的共有四人，列为英雄母亲。然后，从生了十一个孩子的七名妇女当中选出六个，也列为英雄母亲。"

"好。我看这个方案可以。马书记，你看呢？"刘老虎用征询的眼光看着马文魁。

马文魁沉吟了一下："这个方案总体上说还是可以的。不过，对英雄母亲标兵的人选，我谈一谈个人意见。我觉得，我们树英雄母亲，特别是英雄母亲标兵，应该从多方面考虑，既要考虑生孩子的数量，还要考虑有没有英雄事迹。如果光是考虑生孩子多少，而没有突出感人的事迹，那就只能叫能生孩子的母亲，而不能叫英雄母亲，更称不上英雄母亲标兵。关于英雄母亲的方案，我同意你们的意见。关于英雄母亲标兵，我的意见还是选一个有英雄事迹又生孩子多的妇女。总的原则，这个英雄母亲标兵要能硬硬邦邦树起来，响响亮亮叫起来。"

"马书记说得对。"刘老虎对妇联主任说，"你们说说，这一百个候选妇女当中，有没有符合马书记刚才讲的这几个条件的？"

妇联主任笑了笑："没有。"

马文魁笑着把候选名单放到桌子上，做了一个抹的动作："咱们可以不受这个名单的限制，只要这个妇女有英雄事迹，生的孩子比一般妇女多就行。最主要的是要考虑有没有英雄事迹。"

"我有一个。"刘老虎快人快语,"北韩村的党支部书记韩秀秀。韩秀秀生了五个孩子,少是少了一点,但质量比一般妇女生的孩子高。老大考上了咱们国家的名牌大学——西北农业大学。她个人也是咱们全县最出名的女干部。她十几岁就参加了革命队伍,用裤带勒死过一个日本兵,是抗日女英雄;她冲破腐朽枷锁的束缚,抗婚不从,自主婚姻嫁给了咱们的游击队员韩铁柱,是反封建英雄;她带领全村群众大力开展农村社会主义建设,是生产英雄;她的丈夫韩铁柱为了维护集体财产献出了宝贵的生命,是英雄家庭。因此,我推荐韩秀秀同志为英雄母亲标兵。"

刘老虎光考虑了韩秀秀英雄的一面,却没考虑韩秀秀当年抗婚不从,就是抗的马文魁书记。

刘老虎说到韩秀秀抗婚时,马文魁脸上掠过一丝令人不易觉察的红晕。

在座的人用眼光看向马文魁,马文魁则语气严肃地说:"好。这个人选非常好。我完全同意刘老虎同志的意见,非常赞同确定韩秀秀同志为我们全县的英雄母亲标兵。其他的十位英雄母亲,由你们妇联和宣传部商定。大家如果没有意见,英雄母亲标兵和英雄母亲的事就这么定了。"

众人一边说"没意见",一边起身退出会议室。

刘老虎这时才意识到刚才不该说韩秀秀抗婚的事。

## 三十二

西北农业大学最年轻的系主任罗亦农，把手里的一张报纸递给站在他面前的韩石山，又黑又大的眼里洋溢着按捺不住的喜悦："这张报纸你看过吗？"

"看过。"

"英雄母亲韩秀秀的事迹看了吗？"

"看了。"

"韩秀秀是你母亲吗？"

"是。"

"这篇文章我看了两遍，很感人。你母亲很了不起，是咱们中国妇女的骄傲。"

韩石山笑了笑，表情很平淡："我倒觉得是中国妇女的悲哀。"

"什么？"罗亦农非常吃惊，"你母亲抗过日，抗过婚，抗过反动政权，抗过贫穷，含辛茹苦生育了这么多孩子，难道还不值得你这做儿子的尊敬？难道还不值得中国妇女骄傲？"

"我很尊敬我的母亲，也不否认我的母亲是一位伟大的女性。但是，中国妇女的真正觉醒，中华民族的真正觉醒，应该是摆脱了几千年来束缚中国人民多子多福传统观念的觉醒，应该是打破生儿育女只讲数量不讲质量的生育观念的觉醒。如果我的母亲做到了这点，那才是中国妇女的骄傲，那才是中华民族的骄傲。"

"这么说你反对你的母亲多生孩子?"

"不是反对我母亲多生孩子,是反对所有的中国妇女无限制地多生孩子。"

"你敢于独立思考,敢于对前人的观念提出挑战,这很好。但是,我对你的观点持强烈的反对意见。"

"我知道。不仅你对我的观点持反对意见,许多同学也是这样。"

"看来,你在妇女生育问题上是孤立的。"

"是的。但真理往往掌握在少数人手里。为了使大家在生育观念上进行一场革命,我准备在班里摆一个生育沙龙,对传统的生育观念进行猛烈抨击。"

"好。希望你到时候通知我。"

韩石山从罗亦农的办公室出来后,罗亦农看着办公桌上的《马尔萨斯人口论概述》这本书,脑海里浮现出西北农大这段时期出现的关于人口问题的争论场景。

古今中外,在人口发展和妇女生育的问题上,均有各种不同的观念、观点。到了近代西方,还出现了激烈的争论和争执。以马尔萨斯为首的人口控制论,还引起了剧烈的轩然大波。

在漫长的历史长河中,主张多生理论和理念,不管是在官场,还是在民间,一直占据着绝对的统治地位。

这几年,一些人受西方人口理论和生育观念的影响,力主国家在制定政策时,引入西方的人口控制策略,形成了多生和少生两大势不两立的派别。

一般来说,家庭条件优厚、生活条件优越、出生和成长环境优良的人,普遍主张少生;而出生成长在边远地区、贫困地区、相对落后地区的人,则主张多生。

然而,出身于农村山区的韩石山同学,在这场争论中,却出乎意料地表现得非常异常和异类。

看了报纸上刊登的韩秀秀的事迹后,他本以为韩石山毫无疑义地坚定地站在主张多生这派这边,没想到韩石山竟然是一个十足的少生派。

韩石山的观点和主张,引起他的极大兴趣和关注。当他听说学生们要自发地组织一场关于人口问题的大辩论后,便决定要参加学生们组织的这场生育沙龙。因此,他告诉韩石山,学生们组织沙龙时,一定要通知他。

两天后的晚上,西北农大的生育沙龙如期摆开。罗亦农早早地坐在了学生中间。

正如罗亦农预想的那样,首先开讲的是生育沙龙的发起人韩石山。

人声鼎沸的大礼堂里,韩石山一脸严肃地走上讲台,恭恭敬敬向台下鞠了个躬,抬起头滔滔不绝地开始了他的演讲:

"尊敬的同学们,尊敬的罗老师。我今天发言的题目是:《无限制地生儿育女——我们中国妇女的悲哀,我们中华民族的劣根》。

"同学们,罗老师。首先,让我们一起翻开绵延无垠的中国历史,翻开浩瀚如海的世界历史,我们不难发现,几千年来,在民族如林、纷争不息的小小寰球上,只有我们的中国妇女生育能力最为强盛,只有我们的中华民族人口数量最为众多。然而,我们大家想过没有,我们拥有这么多生育能力如此强盛的妇女,我们拥有这么多的人口,为什么我们却比许多比我们人口少得多的国家落后?为什么我们却比许多比我们人口少得多的国家贫穷?为什么我们却被许多比我们人口少得多的国家打得一败涂地?问题出在哪里?症结出在哪里?根源又在哪里?一个字——人。一句话——人多,人太多,人多得超越了极限。

"毋庸讳言,人是世界上最为宝贵的财富。一个国家,一个民族,如果没有了人,没有了生儿育女的妇女,这个国家、这个民族,不仅谈不上发展、谈不上强大,就连最基本的生存也谈不上。但是,我们也应该清醒地认识到,任何事物都是一分为二的,都有一个物极必反的规律。作为芸芸众生中最高等的动物——人，难道就可以违背这一哲理吗？难道就可以违背这一规律吗？

"大家知道，每个人都长着一张嘴，每一张嘴都要吃饭；每个人都长着一个身体，每个身体都要穿衣。但是，人的数量在不断增加，而地球却不长大；我们的衣食需求在不断扩张，而自然界提供给我们的食物和衣物却非常有限。如果我们无限制地发展人口，无限制地增加人口，我们吃什么？我们穿什么？我们还有什么能力发展自己？我们还有什么能力强大自己？我们还有什么能力在强手如林的世界上永远立于不败之地？

"纵观古今中外，我们的国家要发展，我们的民族要强大，我们的人民要永远立于不败之地，我们就必须改变人口观念，限制人口生产，节省出大量的物质来发展我们的农业，发展我们的工业，发展我们的国防。只有这样，我们才能改变贫穷，我们才能摆脱落后，我们才能走向繁荣、走向富强！"

韩石山精彩异常的开场白，赢得了同学们的一片掌声。

在同学们的热烈掌声中，罗亦农走到台上，连珠炮似的向韩石山发问：

"尊敬的韩石山同学，请你回答：在中国和古埃及、古印度、古巴比伦这四个世界文明古国中，为什么单单留下了中国？难道是因为中国妇女比其他三个文明古国的妇女繁育能力强吗？称霸一时的德国法西斯为什么能被世界反法西斯联盟打败？难道不是世界上所有爱好和平的人民团结起来打败的吗？中国的抗日战争为什么能取得胜利？难道不是中国共产党团结和带领四亿五千万中国人民浴血奋战取得的吗？刚刚结束的抗美援朝为什么能以美国侵略者的失败而告终？难道是因为美国侵略者比我们的志愿军人数多吗？"

韩石山一时语塞。

同学们为罗老师精彩的发问纷纷鼓掌。

"这……这……"韩石山的脸憋得通红，吭哧了好大一阵，也没能说出一句话来。

韩石山"这这这"地吭哧了一阵，憋得脖子根也发红了。

"不要这这这了，赶快回答罗老师的提问呀——"

"吭吭哧哧吭哧什么？张开嘴说话呀？"

"答不上来就别憋了，再憋就把自己憋成浑身通红的红公鸡了。"

"下来吧！再不下来，我们就把你轰下来！"

一个叫李九红的同学从座位上站起来，像呼口号似的领着同学们高呼了起来——

"韩石山——"

"快下来——"

"韩石山——"

"快下来——"

罗亦农看了看异常尴尬的韩石山，抬起手向台下的同学们做了一个暂停的手势，又把食指放在嘴边"嘘"了一声，示意同学们安静。

韩石山出师未捷，一战即败，额头上冒出了一层热汗。

然而，人们没有想到，就在大家都以为韩石山就要败下阵来的时候，忽然看见韩石山灵机一动，急中生智，反过来向罗亦农也抛出了一连串的发问：

"罗老师刚才向我提了几个问题，请允许我也向罗老师提几个问题。请罗老师回答：第一次世界大战，小小的英国为什么能成为日不落的国家？为什么那么多的国家抵抗不住？第二次世界大战，德国、日本、意大利都是人数极少的国家，为什么那么多国家抵抗了那么长时间、牺牲了那么多人才取得胜利？日本侵略者在中国的出兵人数那么少，为什么中国一开始出战官兵比日本多得多而节节败退？美国在朝鲜战争中出兵人数比中朝两国的兵员少得多，为什么就打得那么吃力、那么费劲？"

罗亦农没想到被逼到死角、陷入困境的韩石山，突然会绝地反击、转守为攻，反倒把自己逼到了死角、拖入了困境。

就像自己提出的问题韩石山无法正面回答一样,韩石山向自己提出的问题同样无法正面回答。因为双方都在正面给对方设置了一条深不见底的大沟。不管是哪一方,都不敢、也不能往前多走一步。如果往前多迈一步,就会掉进万劫不复的深渊。

罗亦农想了一阵,忽然想起一个占领制高点的招数。

"正义的力量是不可战胜的。正义必将战胜邪恶。"

罗亦农回答得很坚决,但心里开始发虚。

"是的。正义的力量是不可战胜的。正义必将战胜邪恶。这一点我丝毫不予否认。但是——"

韩石山把手一摊,又抛出了一连串的发问:"为什么非要'不可'呢?为什么非要'必将'呢?难道就不可以不要单凭人数上的优势,并进而不要'不可'和'必将'这个前提吗?罗老师能不能给我说说,这个'不可'和'必将'里面,包含了多少人民的鲜血和生命?这个'不可'和'必将'里面,又包含了多少国家的残垣和废墟?为什么这么多的国家、这么多正义的力量,非要经过'不可'和'必将'这个痛苦的过程,非要付出这么大'不可'和'必将'的代价才能取胜?"

同学们对韩石山出奇制胜的反问报以雷鸣般的掌声。

"所以说,单凭人多、单凭人数上的优势,正义在战胜邪恶的过程中,必将付出巨大的'必将'代价,也必将遭受巨大的'不可'损失。"

韩石山乘胜深入,继续拓展他的演讲:"为了避免在正义战胜邪恶的过程中付出不必要的'必将'代价,为了免除正义在'不可战胜'过程中遭受'不可'的巨大的损失,我们必须改变和抛弃传统的人口观念,必须树立一个崭新的减少数量、提高质量的人口观念。然而,不幸的是,几千年来,我们的国家,我们的民族,一直徘徊在人多势众、多子多福的怪圈里。这种认识是糊涂的,这种观点是错误的。倒是二百年前英国一个叫托马斯·罗伯特·马尔萨斯的人口学家比我们清醒、比我们聪明。这位伟大的人口学家大胆地提出了与传统作对、与世人作对的人口观念：世界上不要这么多的人，不要这么多不该出生的人。

"公元一千七百九十八年，这位伟大的人口学家在一本匿名发表的小册子中向全人类发出一个发自肺腑的告诫：一个来到已有人满之患的世界的人，如果父母无力抚养他，而社会又无法使用他的劳动，他无权得到一点食物。实际上，他在地球上就是一个多余的人。在盛大的人生筵席上，没有他的座位。自然命令他离去，并立即亲自执行自己的判决。

"这位伟大的人口学家向我们提出了两个公理：第一，食物为人类生存所必需。人要活着就要吃饭，就要消费食物。我不知道有没有著作家，曾设想人类在这世间，能不食而生存。第二，两性间的情欲是必然的，且几乎会保持现状。人有性欲，就必定要生孩子，要繁殖，要传宗接代。过去、现在和将来，这两个公理都是人类本性的法则，就是神力也无法改变它。

"马尔萨斯以全球为考察对象，发现了两个级数：第一，人口在无妨碍时，以几何数率增加。第二，生活资料只以算术级增加。人口如果没有受到抑制，每二十五年增加一倍。人口增殖力，与土地生产人类生活资料力相比，是无限的巨大。

"马尔萨斯提出了解决人口过剩的两个抑制：第一，积极抑制。就是通过战争、灾荒、罪恶、苦难等各种途径进行人口的自然减员。第二，道德抑制。就是家庭困难的自觉地少生孩子，降低出生率，以防止新人口的盲目出生。

"马尔萨斯向我们指出了一条规律。就是土地肥力递减律。意思是说，如果在同一块土地上追加投资，超过一定限度以后，增加的收益就会依次递减，土地肥力将日益衰竭。

"为了控制人口增长和生活资料增长的速度，马尔萨斯又提出了一个适度。他说，人口数量在不断地增加，土地收益在不断地递减，这一进一退的运动如果加剧下去，超过极限时，社会就会发生严重危机，性混乱、弃婴、战争和流行病等等，就会接踵而来。因此，必须通过强有力的各种手段，使人口增长压低到生活资料的水平，使人类的行程保持在一个适当的限度之内。

"根据以上论述，马尔萨斯得出一个结论：无产阶级和劳动群众的贫困和苦难，不是由于资本主义制度造成的，而主要是由于人口增长速度速于生活资料增长这一人口自然规律造成的。

"综观马尔萨斯的人口论，我个人认为，马尔萨斯由于他的出身，由于他所处的历史时期，他在人口论中提出依靠战争、灾荒、罪恶和苦难抑制人口增长的手段，他得出的无产阶级和劳动群众的贫困和苦难，不是资本主义制度造成的，而主要是人口增长速于生活资料增长的结论是错误的、反动的，是我们所不能接受的。其他的思想观点，我们都应该接受，都应该拿来推行。

"然而，就是这样一个伟大的人口学家，这样一个伟大的人口理论，直到现在，仍然有人讥讽他，仍然有人攻击他，说什么马尔萨斯早已死了，已经去见上帝了，但是，马尔萨斯并不安分守己，他至今尚未长眠，他的幽灵仍然到处游荡。"

韩石山讲到这里，望了一眼听得目瞪口呆的台下同学，有意识地停顿下来。

站在旁边的罗亦农刚要开口说话，被韩石山一个手势止住："尊敬的罗老师，请你允许我讲完好吗？"

罗亦农点头默许。

"同学们，说到我们国家所面临的人口现状，大家可能比我还要清楚。新中国成立后，我们的人民彻底翻了身，我们的社会主义建设取得了举世瞩目的成绩。但是，我们也应该清醒地看到，人口多、增长快和土地少、资金少，是摆在我们面前的一个非常重要的矛盾。要解决这个矛盾，我们就必须控制人口。大家知道，我们国家现在有六亿多人口，人口增长率高达百分之十五。并且，这种高增长率今后可能还要加剧。

"为什么是这样呢？为什么会这样呢？原因有以下几点：

"一、现在结过婚的人数比新中国成立初期的时候大量增多。这样，生育的机会也就增加了。

"二、新中国成立以后，我们国家的医疗卫生和各种福利事业有了很大发展。这样，婴儿的死亡率就会大大降低。

"三、人民群众的生活大大改善，健康长寿的老人越来越多。过去是人活七十古来稀，而现在是人活七十多来兮。这样，随着死亡率的降低，人口数量必然呈现出增多的趋势。

"四、我们国家的社会治安秩序空前安定，人民群众死于非命的情况大大减少。这也是人口基数越来越大的一个原因。

"五、娼妓这一丑恶现象彻底消灭，不少尼姑和和尚还俗结婚，使得生育队伍进一步扩大。

"六、多福多寿多子和五世其昌、四世同堂等封建传统观念的影响还很深。少儿少女和无儿无女的家庭在农村受欺负的现象还存在。这是造成一些家庭多生快生的一个根源。

"七、政府对一胎多婴和子女多的家庭进行奖励和补助，甚至把生育子女多的妇女树为英雄母亲，更是助长了人们多子多福、无后不孝等落后思想的膨胀。"

韩石山咽了口唾沫，继续讲道：

"大家想想，如果我们的国家人口就这样不加限制地发展下去，那将会给我们的社会主义建设带来多么可怕的后果？我们国家的经济是有计划的，我们国家的生育也应当是有计划的。

"根据最新统计资料，我们国家的国民收入不到九百亿元，其中用于消费的就高达百分之七十九，用于积累发展的资金仅为百分之二十一。

"在目前的人口状态下，我们要提高人民群众的物质和文化水平已经非常吃力。而按现在的人口增长速度，每年要出生一千三百多万人，我们的经济建设和科学技术拖着这么大一个包袱怎么能发展呢？因此，人多固然是一个极大的资源，但也是一个极大的负担。我们要保全这个大资源，去掉这个大负担，就必须提高人口质量、控制人口数量。

"那么，我们怎样才能实行积极的人口控制政策呢？我的建议是：

"第一，实行定期的人口普查，对人口进行动态管理。

"第二，在实行计划经济的同时，实行计划生育，使人口生产和物质生产协调发展。

"第三，大力宣传计划生育的好处，使群众破除不孝有三、无后为大和早生贵子早得福、多生贵子多得福等封建残余思想。

"第四，实行晚婚政策，男子二十五岁、女子二十三岁结婚。

"第五，限制生育数量，一对夫妇只生两个、最多只能生三个。生两个以下的有奖，生三个的上税，生四个的征重税，四个以上的要重罚。

"第六，要推行避孕等节育措施，最大限度地减少生育机会。"

韩石山在一片掌声中结束了他的演讲。

罗亦农想说什么，但不知是被韩石山辩驳得理屈词穷了，还是顾虑和自己的学生争辩得面红耳赤有失师道身份而欲言又止。

鸦雀无声中，人口问题沙龙即将以韩石山全胜而告终时，一个身材矮小、和韩石山一同来自绛州县的同乡同学，也就是韩石山在演讲一开始第一炮几乎哑火时带着呼喊"韩石山——下台来——"的李九红，一脸气恼之色走上讲台对韩石山说：

"尊敬的韩石山同学，我很佩服你攻击前人、攻击尊师，甚至攻击政府的勇气和才气。你刚才向罗老师发问了那么多的问题，那么，能不能允许我向你提几个问题？"

"可以。"韩石山点点头，把讲台的中心位置让给了李九红。

"得罪了。"

李九红抱拳在胸前作了个揖："请韩石山同学回答，你们村和南韩村因为黄河改道,争了几十年,打了几十年,不知道死了多少人、伤了多少人。可是,据我所知,你们村没有胜过一次。请问,你们村难道不是因为比南韩村的人少而屡战屡败的吗?

"据我所知,你们村不管是在清朝也好,民国也好,还是新中国也好,在落实上面的政策时,都要挖空心思地采取一些所谓的变通措施,鼓励你们村的妇女多生孩子。请问,你们村为什么总是害怕自己的村子不如南韩村的人多?难道你们北韩就不能凭自己高质量的一小部分人去战胜人口比你们多出许多的南韩人吗?

"据我所知,你母亲和我母亲都是绛州县的英雄母亲,都是因为多生孩子而成为英雄母亲的。请问,你母亲是不是应该向国家交纳重税?是不是应该受到国家重罚?按照你的一个母亲只准生两个孩子的理论,你的三个弟弟是不是属于多余的人、不该出生的人?假如你在你们家不是老大,而是老三、老四、老五,请问,你自己是不是就成了多余的人、不该出生的人?

"大家刚才都听到了,你在演讲中一再指责:我们的国家因为人多而落后,因为人多而贫穷、因为人多而制约了经济发展。请问,我们的国家在人民当家做主后,短短的几年间,就做了旧中国几千年都做不成的事,工业、农业、各行各业都实现了大飞跃、大发展。请问,难道新中国的人比过去少了吗?你在演讲中口口声声咒骂我们的人民政府是造成人口无限制增长的主要原因,是新中国人满为患的罪魁祸首。请问,新中国鼓励妇女多生孩子,鼓励人口快速增长,是像一切反动政府一样愚蠢顽劣、反动透顶吗?"

韩石山脸色发青,嘴唇发紫:"你……你……你乱上纲,乱扣帽子。"

"哟——不要这么盛气凌人吗?不要这么蛮横霸道吗?你刚才向罗老师发了那么多的难,难道就不允许别人向你反问反问吗?闹了半天,你今天不是来辩论,不是来争鸣,不是摆沙龙呀?"

李九红叹了声气,摆出一副无奈的样子:"好好好,你伟大,你英明，你比你的祖师爷马尔萨斯还伟大，你比你的祖师爷马尔萨斯还英明。愚顽之人李九红不敢得罪你了。不过，糊涂之人李九红斗胆向你这位当代最伟大、最英明的人口学家献上一句俗得不能再俗的俗话：只许官府杀人放火，不许百姓点灯熬油。"

李九红说完，做了个鬼脸走下讲台。

在同学们的哄笑声中，韩石山满脸通红、满头冒汗。

## 三十三

五黄六月，热死老牛。

麦收前的芒种时节，正晌午的太阳自然是火辣辣的，把人烤得浑身冒汗。

韩黑虎勾着头、皱着眉，憋着一肚子的晦气，咬牙切齿地坐在房檐下的台阶上。

黄河对岸的北韩，相继冒出两宗"无限风光"、出尽风头的事：一宗是去年韩秀秀的儿子韩石山考上了国家重点大学——西北农业大学，这使韩秀秀和北韩人一下在黄河两岸的十村八乡风光无限，风头大出；一宗是韩秀秀当了"全县英雄母亲标兵"，披红戴花地骑着高头大马到处显摆北韩的女人和北韩的光荣史。

两宗让北韩人扬名全县的事，让韩黑虎觉得丢人败兴，很没面子。

这时，一只褐色的蚂蚱跳到了他的头上。

他禁不住心里暗骂：他娘的，北韩人跑到我头上欺负我，你个烂鳖小虫也跑到我头上欺负我？

他一把把蚂蚱从头上打下来，抬起腿正要一脚把蚂蚱踩死。没想到蚂蚱弓腿展翅，连跳带飞钻进了南墙根的草丛里。

他忽然由蚂蚱想到了北韩，心想你北韩不就像这蹦跶不了几天的蚂蚱吗？我就让你跳，我就让你往高里跳。跳得高，摔得重，摔死你个王八蛋!

韩黑虎想出了一个自以为绝妙的高招:让北韩人往高里跳,让北韩人跳得越高越好,让北韩人从高高的高处往下摔,让北韩人往死里摔,即使摔不死也摔他个半残废。

真是天赐良机,天佑南韩。从内心来说,韩黑虎一点儿也不敢小瞧韩秀秀,甚至觉得自己根本就不是韩秀秀这个女人的对手。但韩秀秀现在整天在外面忙着作英雄事迹报告,等于这只令他惧怕的母老虎暂时离开了虎穴。在这只母老虎归山之前,他要引诱暂时主持工作的韩茅勺往高里跳、往高里蹦,把整个北韩从高处往下摔、往死里摔。

想到这里,韩黑虎脸上露出了得意和奸笑。

第二天,韩黑虎按照他事先想好的计谋,领着南韩人敲锣打鼓,把一封粮食大丰收的大红喜报送到了公社,送到了公社武书记手里。

武书记很高兴地接过喜报,很高兴地对韩黑虎说:"不挨饿,不挨冻,一年到头天天吃白面馍馍,这是我们黄河儿女几千年想解决都没解决了的问题,也是我们黄河儿女对美好生活的最大追求。要是全公社都能像南韩这样粮食产量高产稳产,何愁全公社人民过不上美好幸福生活?好,明天我就带着全公社干部到南韩参观——"

韩黑虎没想到武书记接到他的喜报后会高兴得差点儿没掉下泪来,更没想到武书记竟然要带着全公社的干部到南韩参观学习。

于是,他回到南韩后,放下手头所有的事,赶紧准备明天的现场参观会。

薄云遮天,月色朦胧。

韩六六脱光衣服跟在韩茅勺屁股后头,从齐腰深的河水里往南韩大队的岸边渡去。

此时的南韩村已改为南韩大队,北韩村也改为北韩大队。

到了河边，两人把举到头顶的衣服拿下来穿上，哆哆嗦嗦地站在岸畔，凝目聚神地朝南韩大队的麦地探视。

韩茅勺之所以要和韩六六深更半夜像侦探一样潜往南韩大队，是因为南韩大队最近做了一件在全县"无限风光"的事，而这件"无限风光"的事，把原先"无限风光"的北韩大队压得"无显风光"，灰头土脸。

让韩茅勺怎么也不会想到的是，南韩大队吹牛逼竟然不怕把屁子眼努出来，蒙住眼睛说瞎话地向公社和县里发了一封粮食大丰收的喜报。

在这封喜报中，南韩大队不要逼脸地极尽自吹自擂之能，吹牛逼不管牛死活地把自个儿吹得神乎其神、天花乱坠。

他们不要逼脸地在喜报中大吹牛逼、特吹牛逼、猛吹牛逼地说：南韩大队在党支部的带领下，全体社员群众焕发出战天斗地的冲天干劲，小麦长势出现了历史上从未有过的丰收兆头。他们非常保守地估计，全大队小麦平均亩产最少可达三百多斤，长得最好的八亩小麦，亩产可达五百斤。

他娘的个鳖，这不是把牛逼吹到了天上？吹到了月亮上？

然而，让韩茅勺更没有想到的是，南韩大队虚报粮食产量的事，竟然把上面的领导吹得晕头转向，要求全县全公社向南韩大队学习。对南韩村这种吹牛逼不怕把牛逼吹破、不怕把牛逼吹坏、不怕把牛逼吹烂的做法，不知道上面的领导真不知道还是假不知道，竟然要在南韩大队召开什么现场观摩会。

白天，韩茅勺从公社通信员小马手里接过现场会通知书时，愣了好大一阵回不过神。

从老先人手里开始，南韩人种地从来没有比北韩人强过。他们除了打架比北韩人厉害，其旁的哪一样比北韩人强过？哪一样比北韩人厉害过？明摆着是胡吹牛逼，明摆着是瞎吹牛逼。

平心来说，今年的雨水比往年下得多，也下得是时候，小麦比往年长得也好许多。

平常年景，北韩的小麦一亩也就产个一二百斤，今年麦苗比往年长得壮实，秀出的麦穗比往年肥大，麦粒灌浆的当儿，老天又下了两天小雨，颗粒吸足了养分，一个个圆咕噜噜、实实在在。长得最好的也就产个三百来斤的样子，长得差的撑死也就能产二百五六。

南韩和北韩的地一样样的，年景一样样的，他们的地咋就能一下子产一千多斤？你南韩人再吹牛逼也不能这样吹呀，也不能不要鳖脸地把天都吹破呀。

韩茅勺越想越觉得荒唐，越想越觉得好笑。

一开始，韩茅勺怀揣着看热闹不嫌事大的心态，像看戏台子上故意出洋相露丑显丑的小丑表演那样，摸着肚子哼着小曲蔑视地看着对岸哂笑：吹吧，看你们能吹到哪里？看你们能吹成啥样？到时候吹破了牛逼吹塌了天，看你们的鳖脸往哪里放？看你们有啥好果子吃？

笑着笑着，韩茅勺忽然觉得不对头：南韩人把牛逼吹这么厉害图啥？南韩人把牛逼吹这么大干啥？还不是要和咱北韩人争高低？还不是要压北韩人一头？还不是要在县里头公社里头出风头露脸？

他娘的，你南韩人凭着人多，老想欺负我们北韩，老是欺负北韩人。旧社会为了和我们北韩争那块黄河改道后留下的滩地，一回又一回地找碴儿闹事打我们，便宜占是占了一些，但总体也没沾了什么大光。就凭你们这种光想从别人身上扣扒的伎俩，那还不是萤火虫的尻子，能有多少浓水？能有多大光亮？

新社会和旧社会不一样了，你南韩人光凭人多想怎么欺负我们就怎么欺负我们的时代一去不复返了。有新政府主持公道，有新政府给北韩人撑腰，以大欺小、以强凌弱的老一套不好使了，不好用了，不顶事了。

谅你南韩人再鬼诈，谅你南韩人花花肠子再多，你变个花样老子就识破不了你了？你换个行头老子就不认识你了？你以为老子看不穿你这透明花招？你以为老子看不破你这阴招损招？你这是明里欺负不成我们了，就暗里给我们耍阴谋诡计来，你是想在粮食产量上跳到我们头上，在粮食产量上把我们北韩村往死里压！

别以为我韩茅勺是个憨得吃屎喝尿的憨货，别以为你们使的这么个尿招把我韩茅勺哄骗了，别以为就你们南韩人会玩虚的，我们北韩人就不会玩虚的。

告诉你吧，我们北韩人不玩是不玩，玩起来比你们玩得大多了，玩起来比你们玩得强多了。

老子这会儿先装瞎子看不见，先装哑巴不吭气。今天夜里，老子先偷偷看看你们咋的个玩法，咋的个做鬼。等老子得了实底，再来一个更大的玩法，再来一个更大的妙招，不玩得你们傻了鳖脸，不玩得你们瞪了逼眼，就算我韩茅勺在北韩柱当了这么多年的干部。

想着想着，韩茅勺不禁哑然失笑：咳，这年头，吹牛逼也能吹成先进，吹牛逼也能吹成模范。既然这样，那咱就和南韩人比着吹牛逼吧，那咱就和南韩人比谁吹牛逼吹得大，谁吹牛逼吹得凶，谁吹牛逼吹得好吧。

怕尿啥哩？反正吹牛逼又不费多大劲，反正吹牛逼又不需要舍多大本。要是连吹牛逼都吹不过人家南韩人，那还不让人家南韩人把北韩人的脑袋别到裤裆里？那还不让人家南韩人把咱看扁了，看矮了，看没了？

真是老天有眼，又给了自己一个想都不敢想、打着灯笼都找不见的，让自己大展拳脚、大显身手、露鼻子露脸的大机会、好机会。

眼下，一直压着自己、罩着自己的韩秀秀暂时行使不上一把手的职权了。她现在正在外县忙着作"英雄母亲"的巡回报告，如同大将军离开大本营一样，她暂时不能向自己和北韩人发号施令坐镇指挥了。现在北韩大队就自己一个人端坐帐中，挂杆做主。自己如果要是能在韩秀秀离开北韩这阵当间成了产粮英雄，闹不好自己也能像南韩的韩黑虎那样，一下子就能在县里头和公社里头成了红人。

等你韩秀秀作完报告回来，我韩茅勺早已是全县全公社红得谁都知道的英雄和好汉。

这些年来，韩秀秀个烂鳖女人家，啥时候也不把我当人看，啥时候也要压自己一头。这一回咱再比搭比搭，看看你这个生产娃崽的女人是英雄，还是我这个生产小麦的男人是英雄。告诉你吧，闹不好等你韩秀秀作完英雄母亲报告回来，北韩大队的支部书记早都不是你韩秀秀而是我韩茅勺了。

过去，老戏里面讲：将在外，君命有所不受。而现在的北韩大队，将在外，无法再发号令。

韩茅勺喜欢得按捺不住了，当下抬起干瘦的尻蛋子，满脸堆笑地找到他的大舅子韩六六。

"哥，走，跟我办个大事去。"

"办啥大事？"韩六六眼睛瞪得像牛蛋一样大。

"啥大事？说出来吓你一跳。"不等韩六六再往下问，韩茅勺就急不可耐地把公社通信员如何通知他到南韩大队开现场会，他如何计划去南韩大队侦察情报，如何在粮食产量上压南韩人、压韩秀秀的打算一五一十地一股脑儿地说给韩六六。

韩六六听了，先是愣了一下，随后就顿悟其妙地说："你真厉害！你真厉害！不说了，我这会儿就跟你去。"

两人穿好衣服，像做贼似的猫着腰走到南韩大队的小麦地里。

走了一会儿，韩茅勺低下头又像猫寻老鼠似的顺着麦垄巡视，突然"扑哧"笑了起来。

他靠近韩六六的身子，指着身边的麦子，对着韩六六的耳朵把声音压得低低地说："啥鸡巴麦子，一亩地能产五百斤？"

"是哩，还比不上咱大队的。"韩六六也"扑哧"笑了。

"走。咱们到前头再看看。"

"对。咱们到前头再看看。"

两人继续猫腰前行。

走了一阵，韩茅勺扭过头对韩六六说："没尿啥好看的，全是这号烂鸡巴货。"

"哼，吹他娘鳖的，一亩地三百斤挡死了。"韩六六腰猫累了，伸直了说。

"他们这么胡砍，明天人山人海地来参观，不怕露馅？"

"哼，脱了裤子攆狼哩——不知道羞了。"

"黑虎狗日的胆再大，敢明打明地日哄县里公社里的领导？走，再到前头看看。"

影影糊糊看见了南韩的村子，韩茅勺被一块石头疙瘩绊了一下，狗啃屎一样趴到地上。

韩六六扯住胳膊往起拽。

韩茅勺不起，拉住韩六六指着脸前的麦子："你看，鬼在这里日着哩。"

韩六六顺着韩茅勺指的地方一看，嘴张得能塞进一个蒸馍："我日他先人，这鬼可日得太大了。"

两人把尻子蹲在地上，傻不愣登地看着眼前的麦子。

已经熟了七八成的麦子一苗挨一苗地圪挤到一起，密得连狗鸡鸡一样粗的细火柱也插不进去。

"咋日捣的，比他娘腿板里的毛还密实。"韩六六虽然知道眼前的麦子是南韩人日下的鬼，但却弄不清这鬼咋的日出来的。

"这有尿啥，把其他地里的麦子移到一块了。"韩茅勺高人般地对着韩六六笑。

"就不怕人看破了？"

"一般的人恐怕看不出来，种地的大把式稍微瞅上一下就看破了。"

"咋能看破？"

"把麦子移到一堆，没种过地的人也能看出是日鬼哩。但移到一堆里再浇上水，就和自然生长的麦子差尿不多了。"

韩六六往前爬了几步,摸了摸湿漉漉的麦地,仔细看了看密密实实的麦秆:"是哩,不是高人还真看不出来。"

"可不是,几十年米汤还能白喝?"韩茅勺话里头夹裹着几分自我夸赞的得意和对韩六六的蔑视。

韩六六听出了韩茅勺话里的意思,站起来装出一副早已看破的样子:"我还以为你不知道。"说着,使劲拍着尻子上的土,自顾自地朝南韩望去。

韩茅勺自己刚才的话伤了韩六六的脸面,有点儿后悔刚才不该说小看韩六六的话。

"哎呀,南韩干鸡巴啥?"韩六六尻子上的土还没拍净,就发现了一个让他又惊又疑的现象。

"啥?"韩茅勺吓了一跳,"日"的一下从地上蹿起来。

月光下显得异常发黑的南韩村里,走出来长长的一队人影。人影里有不少人提着马灯,逶逶迤迤,宛如正月十五闹红火耍龙灯似的朝麦地走来。

韩茅勺看了几眼便看出了其中的奥妙,但故意不一下点破,装出一副疑惑的面相:"你不知道?"

"不知道。"

"真的不知道?"

"真的不知道。"

"我告给你?"

"告给我。"

"这有鸡巴啥。日鬼来了。"

"日啥鬼哩?"

"能日啥鬼。日这鬼哩。"韩茅勺指指面前的麦子。

"把麦子往一搭里移哩?"

"不移麦子,黑更半夜干啥?"

"白天咋不移,非得黑天移?"

"白天是好干活，天亮眼宽。但大天白日日这鬼，能日成？叫外人见了，那还不是扭过脊背往墙上戳，背过了人的眼睛背不过人的眼睛？"

"噢——怪不得。"韩六六这才明白过来。

韩茅勺拉住韩六六的汗衫："快走，别叫狗日的看见咱。"

到了河边，韩六六三下五除二脱光衣服就要过河。见韩茅勺不脱，火急火燎地催："快着，让人家看见就麻烦了。"

"不怕。我今天要亲眼看看他们咋日这鬼。"

"别看了，让人家看见把咱打一顿。"

"我不怕。你要怕你走。"

"你一个人，我怕人家打你。"

"我没事。你放心吧。"

"我走了。"

"走吧。"

南韩人越来越近了。

韩六六顾不了韩茅勺，把衣服举到头上就往河里走。

韩茅勺见韩六六走远了，赶忙躲到几十米外的一个土堆后面。

刚把身子藏好，南韩的人马就到了河边。

韩黑虎走到河沿上，对影影糊糊的南韩人说："你们从这里打水，那边的人把麦子栽好，你们就把水泼上。不要往麦子头上泼，顺着根根款款泼。"

"知道。这几天我们不是干得挺好？"一个好像是领头的人说道。

"对。就照这几天那样。"

"放心吧，只能越干越好，还能鼻涕往眼窝里流——倒回来？"

韩黑虎朝河对岸的北韩看了看，轻轻从鼻子里哼了一声，转过身走了几步又返回来："你们操心着，不敢栽到河里。"

那领头的笑着说："不怕。栽到河里，我们就喊你。你把我们捞上来，吃夜饭的时候一人多给我们两个馍。"

"就记着吃。"

韩黑虎也笑了:"你们干着,我到那边看看移麦子的。"

韩茅勺趴在土堆后面像看戏似的看了一阵,心里暗笑着脱光衣服,蹚入已经开始发凉的河水。

现场会开得隆重而又简单。

说它隆重,是因为全县生产队、生产大队、公社和县上的干部来了好几百人。县委书记马文魁、县长刘老虎亲自参加。

说它简单,是因为会议没有在以往开重要会议的县委大礼堂召开,也没有哪位领导在会上作重要报告。参会参观的人来了后,直接来到观摩现场会的现场,也就是南韩大队的麦地。

参会参观人员来到南韩大队的麦地后,马文魁书记只是简明扼要地介绍了一下南韩大队的情况和南韩大队党支部书记韩黑虎,余下的就是一边听韩黑虎介绍,一边参观亩产超千斤的麦田。

韩黑虎今天的兴致特别高。他一边领着全县四级干部参观,一边兴致盎然地介绍南韩大队战天斗地夺取小麦大丰收的经验。

不知是被火辣辣的阳婆婆晒的,还是被这前所未有的场面激动的,韩黑虎满面通红,满脸流汗:

"领导和同志们,今天,大家能从百忙中抽出宝贵的时间来我们南韩大队参观指导,使我们南韩大队全体干部和广大群众感到无比的荣幸。首先,让我代表南韩大队党支部和全体社员,对各位领导和同志们的到来表示热烈的欢迎和诚挚的感谢。"

县委书记马文魁带头鼓掌,参观的人群跟着拍手。

韩黑虎指着眼前密不透风的麦田,口若悬河地开始正式介绍:

"大家可以仔仔细细地看看,展现在我们面前的小麦苗儿是多么地密、秆儿是多么地壮、穗儿是多么地大、粒儿是多么地实。我们的先人种过这么密的麦苗吗?我们的先人见过这么粗壮的麦秆吗?就是那些瞧不起我们的外国人,他们生产过这么大的麦穗、这么饱满的麦籽吗？没有，从来没有。古代没有，现在没有，中国没有，外国更没有。总而言之，言而总之，古今中外都没有。

"今天，我可以非常高兴地告诉大家，我们组织全大队干部和群众代表对我们大队的小麦做了最保守的估产，全大队小麦平均亩产八百斤，最高的可产一千三百斤。只要大家认认真真地看看我们面前的小麦，大家就会得出一个共同的结论——南韩大队的干部和群众不是胡吹，不是瞎摆，是实实在在种出来的，是实实在在干出来的。那么，领导和同志们要问，你们的土地也不比人家的土地肥，你们的雨水也不比人家雨水多，你们的麦种也不比人家特别，你们凭的是啥？你们靠的是啥？"

人们被韩黑虎极具煽动性的开场白吸引了，一个个伸长脖子、瞪大眼睛，急切地等着韩黑虎的下文。

"凭啥呢？靠啥呢？这个问题不难回答。简单地说，我们不靠天，不靠地，更不靠神仙妖魔。"

韩黑虎竖起一个指头：

"第一，我们靠党。大家经常唱一首歌，没有共产党就没有新中国。过去的皇帝能领导中国人种出这么好的小麦吗？过去的国民党反动政府能领导中国人种出这么好的小麦吗？不能。不要说他们这些欺压人民的反动派，就是神通通天的孙悟空也没有这么大的能耐。只有全心全意为人民谋幸福的中国共产党才有这么大的本事，才有这么大的能耐。因此，我们大队的党支部，我们大队的党员，我们大队的群众，对党的路线，对党的方针，对党的政策，实打实地贯彻，硬碰硬地落实。党指的路我们坚决走，党说的话我们坚决听，党要我们做的事我们坚决做。党让我们把粮食产量搞上去，我们就坚决把粮食产量搞上去。听党的话跟党走，这也是县委、公社党委经常要求的。县里的马书记、刘县长，公社的武书记都经常这样要求我们，都经常这样指导帮助我们，对我们大队的粮食生产工作给了许多热情的关心，给了许多正确的指导，给了许多及时的帮助。"

马书记和公社的武书记听了韩黑虎的夸赞，脸上看不出有什么感谢的意思。而刘老虎却对此并不认可地摇了摇头。

"第二，我们靠人。"

韩黑虎又竖起一个指头：

"人是世界上最宝贵的。世界上只要有了人，什么样的人间奇迹也能创造出来。我们大队是个大村，是个有一千多人的大村。人多力量大。人多好办事。人心齐，泰山移。和我们南韩大队隔着一条河的北韩大队，为啥小麦产量上不去，为啥在这方面不如我们？原因很简单，就是因为他们大队的人少，就是因为他们大队满打满算才只有三百来人，就是因为他们大队的人口还不及我们大队的三分之一多。而我们大队有这么多的人，拧到一起，合到一起，那劲头，那力量，就是北韩大队怎么比也比不过的劲头，就是北韩大队怎么比也比不过的力量。"

站在公社武书记身后的韩茅勺听了，脸上搁不住了，心里暗骂：日你先人。你吹你的牛逼，贬损我北韩干尿哩？

"第三，我们靠干。"

韩黑虎竖起了第三个指头：

"要种出这么好的小麦，要产出这么多的小麦，不干行吗？小干行吗？吊儿郎当地干行吗？不行！绝对不行！一千个不行！一万个不行！去年小麦下种之前，我们大队就召开了党支部会，就召开了党员会，就召开了群众大会，就统一党支部一班人的思想，就统一党员的思想，就统一广大群众的思想。统一到哪里哩？统一到干上，统一到大干上，统一到苦干上，统一到拼命干上。从小麦耕种下种到今天，整整八个多月，整整二百多天，我们南韩大队真是从党支部到党员，从党员到群众，从男人到女人，从老人到小娃，全大队四五百家，全大队一千多人，家家户户全出动，男女老少齐上阵。白天干，晚上也干；农忙干，农闲也干；天晴日晒干，天阴雨淋也干。为了能有今天的好收成，我们南韩大队不知有多少人努了多少劲,不知有多少人流了多少汗,不知有多少人多少次昏倒在大干苦干的田间地头上。黑狗的娘,七十三了,走起路来一摇一晃的,挑挑担担的活儿老人干不动了,但老人也要为我们的小麦产量打翻身仗尽一份力。小麦返青的时候,老人胳膊上挎着一个小篮篮,小篮篮里装上干羊粪,一瘸一拐地、一步一喘地走到麦地里,把羊粪一粒一粒地上到麦苗下。四蛋家的小小子才四岁的一个小娃,见大人给麦地里浇水,端上家里喂鸡的小食盆,到河里舀上水,嘴里吱吱哇哇地跟着大人给小麦浇水。这么好的群众,这么大的干劲,地里麦子能不好好长吗?小麦的产量能不日日日地往上上吗?我们南韩大队北面的北韩大队为啥就不如我们哩?原因很简单,就是因为他们不像我们这样大干,就是因为他们不像我们这样苦干,就是因为他们不像我们这样拼命干。等我们南韩大队的群众头上顶着星星上地干活的时候,北韩大队的人还伸胳膊蹬腿地在被窝里睡大觉;等我们南韩大队的群众头上顶着月亮收工的时候,北韩大队的人早都钻进了绵绵软软的被窝里;等我们南韩大队的群众十冬腊月在地里甩开膀子大干的时候,北韩大队的地里连个人毛也没有。"

韩茅勺见韩黑虎说出的话越来越损北韩人,实在憋不住了,没好气地问:"哟,十冬腊月,麦地又不需要浇水,又不需要上肥,你们都到地里干啥哩?"

韩黑虎没提防韩茅勺来这一手,脸红得半天答不上来。

公社的武书记回过头,非常恼火地瞪韩茅勺一眼。

韩茅勺看见武书记往外冒火的眼睛,低着头钻进了参会参观的人群里面。

"第四,我们靠翻。"

韩黑虎被韩茅勺刚才的问话冲了一下,忘了再伸第四个指头:

"翻啥哩?咋翻哩?这一条说起来也简单,就是翻地,就是深翻土地。去年秋季庄稼收了以后,我们就全体总动员,全体大动员,一起到地里深翻土地。赶在麦子下种之前,把我们南韩大队的土地全部深翻了一遍，全都翻到了三尺以下。翻这么深干啥哩？不为别的，就为把土地翻虚，就为把土地翻疏，就为让麦根扎深，就为让麦子吸收到深处的营养。麦子吸足了营养，自然就会长得粗壮起来，自然就会长得穗子大颗粒满，自然就会高产量。"

韩黑虎事先准备在这一条上多说一些，特别是要说一些南韩大队和北韩大队互相对比的话，怕韩茅勺再故意找碴儿，就不敢再说贬损北韩大队的话了，原先想好的其他话也忘了许多。

"第……第……"

韩黑虎看着已经乱了码的手，想不起该说第几了。

公社的武书记赶忙提醒："第五。"

韩黑虎伸出五个指头：

"对，第五，我们靠密。密啥哩？咋密哩？就是让小麦苗长得密密的，就是在小麦下种的时候多下种。往年我们种麦，一亩地顶多下个大几十斤种子。今年，我们解放思想，打破陈规，一亩地下了八十斤种子，最多的下了一百多斤种子。种子下多了，长出的麦苗自然就比过去密多了；麦苗比过去密多了，长出的麦穗自然就比过去多多了；麦穗比过去多多了，小麦的产量自然就比过去高多了。这个道理非常简单，不用我多说大家一听就能明白。"

韩黑虎说到这里，有点上气不接下气。他喘着气，不好意思地向参会参观的人干笑。

站在韩黑虎面前的武书记，以为韩黑虎忘了词，赶紧提醒韩黑虎："第六——"

韩黑虎刚才讲到第五的时候，已经把举到脸前的右手的五个手指全部伸展了。

他向参会参观的人晃了好几下右手，觉得无法再用手势比划第六这个数字。

武书记急忙举起自己的右手，把右手五个指头全部展开后，又把左手也举起来，展出一个指头，做出一个"六"的手形提示韩黑虎。

韩黑虎眼睛一亮，茅塞顿开，举起左手展开一个指头，和原先已经全部展开的右手上的五个指头合并成"六"的手势：

"第六，我们靠肥。人常说，庄稼一枝花，全靠肥当家。庄稼缺了肥，如同饿肚皮。肥料是庄稼的饭，肥料是庄稼的命根子。为了庄稼大丰收，我们就紧紧抓住庄稼的命根子，我们就给庄稼勤上肥，多上肥，上肥肥。不管是人粪，还是猪粪；不管是牛粪，还是马粪；不管是鸡粪，还是兔粪，只要是粪，只要对庄稼有好处，我们就全部收拢起来，我们就全部运到地里，我们就全部上到庄稼那里。这就是我们的小麦能够高产的又一个原因。"

"第……第……"韩黑虎有点慌神，想不起该说第几了。

公社武书记急忙提醒："第七。"

"对。第七条。"

韩黑虎感激地看了看武书记：

"第七，我们靠水。大家都知道，人不能光吃稠的，不喝稀的。小麦和人一样，也不能光吃不喝。给小麦上足了肥以后，就不能不给小麦把水浇足。为了不使小麦缺水，我们就坚持不断地给小麦多浇水，常浇水，浇足水。下种以前浇一水，出苗以后浇一水，入冬以前浇一水，返青以前浇一水，拔节的时候浇一水，灌浆的时候浇一水，临到收割以前再浇最后一水。"

韩茅勺心里骂道：收割的时候浇鸡巴啥？还不是不让人看出来你们把麦子移拢到一起捣的鬼？你不浇水试试，看你那移到一块的小麦不露了你娘的鳖馅才怪哩。

想是这样想，但却不敢说出声。

韩黑虎介绍完后，就开始领着大家参观。先参观小麦高产田，又参观深翻土地的样板田，最后参观取水浇麦的黄河水。

现场会一散，韩黑虎就领着大家到村里吃饭。

韩茅勺没有进村，扭转尻子径直回了北韩村。

他没脸在南韩吃饭，也没心情在南韩吃饭。

他心里很不服气：他娘的鳖！你韩黑虎敢光天化日在大庭广众面前吹牛逼，我韩茅勺也不会比你吹得差。你韩黑虎敢不要鳖脸地满嘴跑火车，我韩茅勺要是嘴里跑开了火车比你强十倍、强百倍。不信过几天咱再比试比试，看谁把牛逼吹得大，看谁把牛逼吹得高，看谁把牛逼吹得好。

# 三十四

没有和任何人商量，韩茅勺就一个人悄悄在北韩大队组织了一场比南韩大队听起来更玄乎、看起来却更实在的小麦产量大丰收。

南韩大队的现场会后的第二天，夜幕还没完全退去，北韩大队就响起了韩茅勺破锣般的吼喊声："都起来！都起来！男的女的，老的小的，凡是能动弹的都起来！起来后，都拿上镰刀、麻绳，到北山坡上割麦子！"

韩茅勺在村里从南头喊到北头，从东头喊到西头，直到喊得所有的人家都打开了院门，才一个人拿着镰刀、麻绳径自向北山坡走去。

麦子还没熟透，有的麦秆还丝丝缕缕地发着淡青。

人们没想到韩茅勺不等麦子熟透就急着开镰，弄不清韩茅勺为啥要这么急着开镰，更没有把收割小麦的家伙什先拾掇好、准备好。

起来之后，人们一个个懵里懵懂地揉着满是眼屎的眼睛，伸着没有歇透的懒腰，哈哈哈地打着懒洋洋的哈欠，迷迷瞪瞪地从结满蜘蛛网的墙角搜寻闲了快一年的镰刀和麻绳。

找见了镰刀和麻绳，又去找磨刀的磨石。

找见磨石把磨石拿出来后，就圪蹴到院里把锈迹斑斑的镰刀搭在同样是锈迹斑斑的磨石上，慢慢腾腾地"吱——咕——吱——咕——"地磨了起来。一直磨得女人烧滚了一锅开水，一直磨得阳婆婆蹿到了半天空里，才端着女人放到灶沿上的开水泡馍卟哧卟哧地吃喝。吃干喝净之后，才用手背抹擦抹擦残留在嘴角上的馍馍渣，才磨磨蹭蹭地三个一群五个一伙地往北山坡方向走。

韩茅勺早已料到人们会费好大工夫才能起身，也早已料到人们会费很长时间找镰刀、找麻绳、找磨石，找见磨石后又磨磨叽叽地磨镰刀，磨完镰刀后又慢慢腾腾端着碗抿抹饱肚子，抿抹好肚子才会晃晃悠悠地往北山坡上的麦子地里走。

一座山里出一方鸟，一方水土养一方人。这地方的人就和这地方的驴马一样。驴马上套之前，懒懒散散，松松垮垮，但一驾到辕里、脖子上套上拉绳，扬着鞭子吆喝一声，便立刻把尾巴一撅，把皮肉一紧，咕噔咕噔奋力向前。人也是这样，在较劲努力的节骨眼之前，平日里就是这样疲疲沓沓，拖拖拉拉，一旦进了场，响了锣，便像打了鸡血一样，奋发昂扬，争先竞彩。

多少年来就是这样，多少事情就是这样。对村里人表现出来的疲沓拖拉样儿，韩茅勺并没有在意，也没放在心上。他今天只要把村里人套进他设计的套子里，只要把这场好戏的开场锣鼓响起来，剩下的事情就看各人怎么在他面前表演和展露了。

所以，韩茅勺不急不躁地在村里吼喊了几个来回后，也不等人们出没出门、上没上路，掉转头一个人屹颠着干瘦的尻子来到北山坡上。

一进麦地，韩茅勺就脑袋冲地、尻子朝天地挥动着头天夜里磨得明光闪亮的镰刀，"嚓嚓嚓"地割了起来。

一直等他割了半亩来地，人们才哩哩啦啦来到地头。

看见村里人都到了地边，韩茅勺抬起头，昂首阔步地走了十几步居高临下地站到一个小土堆上，用镰刀指着被他刚刚割倒的麦子，开始了他战前动员：

"该来的都来了，能来的都来了，这很好，这好得很。现在，我就给大家打开窗户说亮话，讲一讲我们今年为啥要提前开镰割麦。"

韩茅勺把镰刀在空中舞来舞去，慷慨激昂："大家都知道，我们马家公社正在掀起一场前所未有的粮食产量大提升高潮。昨天，在我们对面的南韩大队，召开了全公社三级干部现场观摩会，县里的马书记、刘县长亲自参加。南韩大队在这场高潮中，走在了我们的前面，走在了我们的前面。他们种出了全公社产量最高的小麦。产量最低的小麦，一亩地能产三百斤，产量最高的小麦，一亩地能产五百多斤。"

"胡鸡巴吹哩！"

"胡砍他娘的蛋哩！"

"胡炫他姥姥的鳖哩！"

人们听了，叽叽喳喳，胡映乱骂。

韩茅勺提高嗓门："不要瞎说！不要不信！你们见人家吹了？你们见人家砍了？你们见人家炫了？你们没见，你咋知道人家胡吹了？你们咋知道人家胡砍了？你们咋知道人家胡炫了？

"耳听为虚，眼见为实。你们没见，我可是见了。县里的马书记、刘县长见了，公社的武书记见了，全公社的一百多名干部见了。人家为啥能高产？很简单，就是因为人家的小麦一苗挨着一苗，一穗挨着一穗。麦子苗和麦子穗密得风吹不进去，刀插不进去。"

"风吹不进去？风吹不进去麦子咋长？"

"刀插不进去？刀插不进去咋割？"

人们又叽叽喳喳议论开了。

韩茅勺瞪起眼睛："我看谁再瞎说！谁再瞎说就是反对抓生产！就是反对抓革命！就让公安局抓起来！"

人们见韩茅勺火了，怕他二尿劲上来真敢把公安局叫来，便全都闭住嘴不言声了。

韩茅勺见人们被他吓唬住了，说话的底气更足了：

"我们北韩人不比他们南韩人少一只眼睛少一只耳朵，也不比他们南韩人少一条胳膊少一条腿。他们会抓革命、促生产，我们也会抓革命、促生产。他们有他们的抓法促法，我们也有我们的抓法促法。从今天起，我们北韩大队大干十五天，把我们北韩大队的小麦全部割倒，全部碾完。到时候，我们也要给公社报喜，我们也要给县里报喜，我们也要让县里在我们这儿开现场会，也要让全县干部到我们这里参观。

"我现在没有闲工夫多啰唆，一句话：大家从今天开始，早上早早起，晚上晚晚回，中午不回家，全都在地里吃。大家现在就开始，我安排几个女人做饭。正晌午以前，饭就送到地里了。"

人们虽然弄不清韩茅勺葫芦里究竟要卖什么药，但也不敢再说二话，撅起尻子、抓起麦子、挥着镰刀"嚓嚓嚓"割了起来。

人们没明没夜地割了三天，所有的麦子就全部割倒了。

人们又没明没夜地运了两天，所有的麦子又全部运到了打麦场里。

人们接着又没明没夜地碾打了五天，所有的麦子又全部碾完吹净。

短短的十天时间里，北韩大队所有麦子的割、运、碾全部告捷，比韩茅勺原先预想的大干十五天提前了整整五天。

赶到韩茅勺指挥大家把所有的麦子往一起堆的时候，人们才弄清了韩茅勺的小脑壳里滋生的邪招。

韩茅勺让大家把所有的麦秆堆到打麦场中间，然后又让大家把所有的麦壳盖到上面，最后让大家用木锨把麦粒往麦草堆上扬。

不到一天工夫，整个打麦场里，堆起了一座山一般的麦堆。

堆完之后，韩茅勺把韩六六叫到跟前，表情极其严肃地对韩六六说："从今天开始，你领着六个小伙子白天黑夜给咱们把麦子看好。六个人分成三班倒，一定要把咱这个麦堆看好。出了问题，我找你算账！"

交代完韩六六，韩茅勺圪挟着一张大红纸跑到学校对小牛老师说："牛老师，你给咱写一个喜报，咱到公社和县里报喜去。"

"报啥喜哩？"

"咱们大队小麦大丰收了，一亩地产了六百斤，全大队总共产了六十多万斤。"

"胡吹哩，哪有那么多？"

"咋是胡吹，明明摆在咱们麦场里嘛。"

"那是假的，日哄人哩。"

"你甭管这，叫你写你就写。"

"我不写，明明是日哄人哩嘛。"

"我只问你一句：写不写？"

"不写。"

"真的不写？"

"真的不能写。"

"不写？不写你就是反对抓革命，就是反对促生产。"

"我要不写能把我咋了？"

"咋了？很简单，把你送到公安局，送到监狱里。"

"我……我……"小牛老师被吓出一头冷汗，说话磕巴的老毛病又犯了。

"不要给我我我我，痛快点，到底写不写？"

"我写……我写……"

"哎——这就对了。"

韩茅勺笑了，但却没有笑出声："要写就快写，我要急用。一会儿我来拿。"

韩茅勺走后，小牛老师愣了一阵，拿起笔哆哆嗦嗦写了起来。

公社武书记正在主持召开党委会，研究部署全公社如何进一步掀起"抓革命，促生产"高潮。

院子里突然响起喧天震地的锣鼓声和"噼噼啪啪"的鞭炮声。

"干啥哩？不好好干工作来这里胡闹啥？"

武书记一边说着，一边起身走出门外。

韩茅勺手里捧着大红喜报，咧着嘴笑着走到武书记面前："武书记,我们大队小麦大丰收了,我们大队粮食产量大丰收了,我们来向公社报喜来了。"

武书记接过喜报,但仍没反应过来。

韩茅勺激动地说:"武书记,我们大队的小麦全部收割完了,满满地堆了一麦场,足足有六十多万斤。我们估算了一下,我们大队的小麦一亩能产五百多斤。我们请求公社和县里在我们村也开一个现场观摩会。"

"好。人民公社好,人民公社力量大。"

武书记笑着拍拍韩茅勺:"我一定给县里汇报,争取尽快在你们大队开现场会。"

"武书记,我希望公社和县里能尽快在我们大队开现场会。这不是我一个人的想法,这是我们北韩大队三百多人民群众的心愿。"

"好!好!"

武书记笑得嘴都合不拢了,不住声地直夸韩茅勺。

"武书记,我们到县里报喜去。"

韩茅勺黝黑的脸上露出红晕。

"好!好!"

武书记的脸上也泛起了红晕。

"走——"

韩茅勺把长得比常人小了一号的手在空中一挥,从一个后生手里接过早已准备好的另一张大红喜报,领着报喜的人群走出公社大院。

望着敲锣打鼓的报喜队伍,武书记脸上充满了喜悦和激动。

直到锣鼓声消失了好大一阵,武书记仍然笑盈盈地站在那里。

三天之后,全公社粮食大丰收现场会在北韩大队召开。县里的马文魁书记、刘老虎县长,照例被公社武志安书记特邀亲临。

然而,韩茅勺万万没有想到,头天夜里,出了一件意想不到的事,差点儿把现场会给砸了。

捅娄子的是韩茅勺的大舅哥韩六六和韩六六家里那头不懂人事的大白猪。

韩六六养着一头专门生猪娃子卖钱的大母猪。

由于整天忙乱大丰收的事，这头母猪发情发了好几天，韩六六也没顾上给它找伴交配。

大母猪欲火难耐，几次从一人多高的猪圈里跳出来。

韩六六只顾粮食大丰收的事，顾不上给大白猪找结婚郎君的事。

为了防止大白猪再次跑出来私自寻找新郎，韩六六用绳子一头拴住大白猪的脖子，一头拴在猪棚的木头桩子上，对大白猪实行强制措施，严厉禁止急于婚配的大白猪以婚姻自由的方式，自己解决自己的婚配问题。

韩六六的女人水白菜给看麦场的人做饭，对大白猪的喂养也不像往常尽心，连着几天有一顿没一顿。

水白菜对大白猪的漠视和罔顾，使得食火欲火合起来攻心闹肺的大母猪，一阵紧似一阵地嚎叫不止，蹦跳不已。

这天深夜，大白猪用力一挣，绳子"嘣"的一下断成了两截。

大白猪哼哼着看着墙头，在圈里甩着小尾巴转了几圈，突然把尻子往后一蹲，铆足了全身的劲，"日"的一下就蹿了出去。

出了圈棚之后，终于摆脱了捆绑的大白猪不再嚎叫了，晃悠着肥大的脑袋走出院子，走出村子，走到了堆满小麦的麦场里。

看见堆得像山一样的麦堆，大白猪乐不可支地轻轻哼哼着，一头扎进麦堆吃着拱着、拱着吃着。

不一会儿，大白猪就把埋藏在麦堆里面的麦壳和麦草拱了出来。

几个看麦场的小伙子熬了几夜，到了后半夜就熬不下去了，全都睡得和死猪一般。

大白猪吃饱之后，口渴得不行，就四处转悠着找水。一边哼哼唧唧地找水，一边把嘴拖在地上到处拱。

拱着拱着，大白猪的大长嘴就拱到了睡在麦堆旁边的韩六六身上，就把睡得死死的韩六六给拱醒了。

一开始，睡梦中的韩六六以为有人推他，嘴里咕囔"推我干啥"，翻了个身又睡过去了。

大白猪又用力拱了一下，差点儿把韩六六拱翻。

韩六六坐起身一看，大白猪瞪着直勾勾的眼睛看他。

韩六六觉得不妙，忙站起来朝麦堆一看，大惊失色地叫了起来："坏了！坏了！"

几个守麦场的小伙子被叫醒后，看着被拱得乱七八糟的麦堆，抡起身边的棍子就朝大母猪一顿猛追猛打。

韩六六跟在后边喊："不要打！不要打！那是我家的猪！"

小伙子们不管韩六六怎么喊，只是一个劲追着打着。

追到村子里后，把大白猪堵在一个墙角里，抡圆了膀子用手腕粗的棍子雨点般地乱打一气。

不一会儿，大白猪就被打得伸直四蹄，咽下了最后一口气。

可怜的大白猪，欲火中烧的大白猪，从捆绑中逃出来还没找上如意郎君，就被几个看麦场的小伙子一顿乱棍，送到了亡命的黄泉路上。

韩六六家的大白猪被打死后，几个小伙子还不解恨，抬起大白猪直奔韩茅勺家。

一阵急促的叫喊，把韩茅勺从睡梦中惊醒。

韩茅勺揉着眼睛，迷迷糊糊地走出院门。

几个小伙子七嘴八舌地把事情的经过一说，韩茅勺当即吓得出了一头冷汗。

他抽风一般地跑到麦场，把韩六六骂了个狗血喷头：

"我日你先人你干啥哩？你不把你的猪看好你干啥哩？你把麦堆弄成这样明天咋开会哩？明天参观的人来了你让我咋办哩？"

韩六六自知闯了大祸，把头勾到胸前不敢言一声。

韩茅勺骂完韩六六，又骂开了守麦场的小伙子：

"你们几个干鸡巴啥哩？几辈子没睡过觉？瞌睡鬼附了身了？让你们白面馍馍吃上葱花烙饼吃上就给我弄了个这？你们说，这事咋办哩？"

几个小伙子见韩茅勺凶得要吃人似的，全都低着头不说话。

"说话呀！咋的不说话？嘴里含上驴屎了？"

韩茅勺瞪着血红的眼睛，一个挨一个地凶神恶煞般地厉声责问。

不管韩茅勺如何发火，也不管韩茅勺骂出的话有多难听，几个小伙子始终不敢搭话。

韩茅勺恶狼似的围着麦堆转了几圈，用发抖的手指着几个小伙子说："都他娘的哑了？都他娘的聋了？都不言声事情就了了？都给我滚回去！"

几个小伙子你看看我，我看看你，既不敢说话，也不敢动弹。

"回去！回去把你们家的小麦拿来，把猪拱乱了的地方给我盖上！天亮以前给我盖不严实，别怪我翻脸不认人！"

几个小伙子赶忙回到家里，把自己家里吃剩的陈麦，用葫芦瓢从粮缸里挖出来，灌进毛褡背到麦场。

天亮之前，被韩六六家的大白猪拱乱了的麦堆又被盖好了。

像一座小山一样的麦堆，又一次完好无损矗立在北韩大队的麦场里。


望着刚刚恢复原状的麦堆，韩茅勺悬到嗓子眼的心这才跌回胸窝。

一波未平，一波又起。

刚刚把发情的大白猪拱出来的大娄子堵住，又一个更加难堵的大娄子出现在韩茅勺面前。

打死他也想不到的是，从外地作完报告回来的韩秀秀火急火燎地跑到麦场。

"茅勺，不能这样干！要是让开会的人知道咱作假造假，咱的脸往哪里放？"

"怕啥哩？人家南韩人都不怕，咱怕啥？"

"人家是人家，咱是咱。"

"咱咋了？咱哪头比不上他南韩？"

"南韩那样本来就不对，咱不能在这上头和他们斗气。"

"不管咋说，我不能看着南韩人在粮食大丰收上压咱们一头不管！"

"这不是斗气的事，这是要犯错误的。"

"怕什么？犯错误是我犯，你怕什么？"

"我是北韩的支部书记，我要对全大队的工作负责。"

"你负啥责？这段时间你又不在，你负啥责？"

"我回来我就得负责！"

韩秀秀火了，冲着几个守麦场的小伙子喊："站着干啥？给我扒开！"

几个小伙子看看韩茅勺，愣在那里不动。

"你们不扒？你们不扒我到村里叫人去！"

韩秀秀扭转身子，噔噔噔向村里走去。

韩茅勺愣了一阵，对韩六六说："你领着他们看住麦堆。谁要敢扒，你们就把谁推到一边。我去报告武书记去。"

武书记听了韩茅勺的汇报，连早饭也没吃就往北韩村赶。一进麦场，正遇上和韩六六揪扯了一阵的韩秀秀领着一帮人把麦堆往开扒。

"干啥哩？！干啥哩？！我看谁敢再动！我看谁敢再扒！"武书记大声喝道。

一帮人看见公社武书记，全都停下手站在那里。

韩秀秀走到武书记面前，指着被扒开一个豁口的麦堆：

"武书记，你看见了吧？这是干啥哩？这是粮食大丰收？明明是哄人哩嘛。"

"你说吧，你今天到底要干啥？"

武书记并不直接回答韩秀秀的话。

"我啥也不干。我就是不能眼看着我们大队犯错误。"

"犯啥错误?抓革命促生产还犯错误?"

"抓革命促生产怎么了?抓革命促生产就没有人犯错误?"

"我是公社书记,我对今天的事负责!"

"我是北韩大队支部书记。北韩大队的事是我负责!"

"你负责……你负责……"

武书记被韩秀秀顶得话都连不成句子了:"我今天……今天免了你的职,看你还负啥……负啥……"

武书记嘴里的"责"字还没出来,韩秀秀就接过话头:

"只要我还当一天支部书记,我就要负一天责!"

"好!我现在代表公社党委宣布:从现在起,免去你北韩大队支部书记的职务。"

"你一个人能代表党委?"

"免错了我负责!北韩大队的工作现在由韩茅勺同志全面负责。"

韩秀秀眼里噙着泪水,扭过身回到村里。

韩茅勺走到武书记跟前:

"武书记,你放心,今天的会耽误不了。现在离开会还有一阵,我有办法把麦堆再弄得和原先一样。"

韩茅勺转过身,对围了一圈的村里人说:"现在大家赶快回去,把家里的麦子拿出来。"


武书记一边"呼哧呼哧"地生着韩秀秀的气,一边心里"扑通扑通"地为今天的现场会能否开好捏着一把汗。

幸好韩茅勺指挥得力,赶在开会的人到来之前,把暴露出来的麦壳和麦草,又全都用村里人家里旧存的陈麦盖得严严实实了。

武志安心里捏着一把汗水,但额头上冒出的汗却不止一把:

他是从小在城里长大的,没见过小麦和庄稼是怎么种出来的,

429

也不知道小麦和庄稼是怎么长的，更不知道小麦和庄稼能产多少。刚才看了北韩大队弄虚作假堆起来的像小山一样的麦堆，才知道自己被北韩大队的人日哄了，也被南韩大队的人日哄了。但一切都已经晚了，只能将错就错装糊涂了。不然的话，一会儿马书记、刘县长和全公社三级干部人七马八的来参观，把粮食高产的底子捅漏了，那不让人家笑话他这个公社书记和南韩北韩的干部合伙哄骗马书记和刘县长？合伙哄骗全公社一百个大小干部？那还不让参观观摩的干部耻笑自己这个刚上任的公社书记啥也不懂，在大庭广众面前出丑出洋相？那还不是自己在人山人海面前自己抽自己嘴巴，自己把屎往自己脸上抹？

他恼恨韩黑虎和韩茅勺哄骗了他，他恨不得朝他俩一人尻子上狠狠地踹一脚。可他眼下干瞪眼没办法，只能将错就错、错上加错地先把这一页揭过去。

对着黑压压的人群，韩茅勺学着那天在南韩大队开会时韩黑虎介绍经验的样子，有条不紊地介绍北韩大队的情况。

"各位领导，各位同志，我代表北韩大队党支部和北韩大队全体社员，对大家来我们北韩大队参观指导表示欢迎和感谢！

"我们北韩大队的小麦是咋大丰收的，我们北韩大队的粮食高产是咋取得的，在这一点上，我们北韩大队和南韩大队的情况差不多，也就是多下种、多上肥、多浇水这一套。

"前几天大家在南韩大队开会的时候，南韩大队的支部书记韩黑虎同志已经介绍过了，我在这里就不再重复了。"

人群中的韩黑虎只怕韩茅勺像那天他介绍经验时，故意拿话贬损他和南韩大队。听了韩茅勺的开场白之后，感到自己的想法多心多虑了。

正在自我宽慰，不成想韩茅勺接下来的话，却毫不客气地对他和南韩大队开始了大肆贬低。

韩茅勺故意看了看韩黑虎，话锋一转，直冲他和南韩大队而来。

"不过，我们和南韩大队的情况也有不一样的地方。南韩大队地多人也多，我们北韩大队地少人也少。按人头匀下来，南韩大队合一人二亩半地，我们大队合一人三亩半地。这就是说，我们大队能夺得和南韩大队一样的大丰收，说明我们大队比南韩大队的人干劲更大、流的汗更多。我们大队在小麦高产丰产上比南韩大队取得的成绩实际上要更大一些，也更好一些。"

韩黑虎用眼睛狠狠地瞪韩茅勺，而韩茅勺反过来也用眼睛狠狠地瞪韩黑虎。那眼神，那表情，根本不把韩黑虎放在眼里，根本就无视韩黑虎的存在。

韩茅勺的视线宛如锋利的尖刀，直向韩黑虎刺来：

"前些天，大家到南韩大队参观的时候，他们大队的麦子还长在地里，而我们大队的麦子已经实实在在地堆在了大家面前。

"南韩大队的小麦一亩地的产量是三百斤，而我们大队的小麦一亩地产六百斤。南韩大队最好的小麦一亩地才产五百斤，比我们北韩大队的平均产量还少了一百斤。

"看着这堆得像山头一样的麦子，我们大队的人高兴炸了。男人们高兴得哈哈大笑，女人们高兴得笑出了眼泪，老人们高兴得合不住嘴，小娃们高兴得又蹦又跳。

"有一个老汉高兴得还作了一首诗。其实也不叫诗，也就是个顺口溜吧。我给大家学一学。这老汉说：'我老汉活了七十七，没见过小麦长得这么好。一镰一镰割不透，一捆一捆运不完。拉了一车又一车，碾了一场又一场。一层一层堆起来，一直堆成一座山。我老汉喜欢得往上爬，一个晌午才到顶。到了顶上累成泥，身上乏得起不来。忽然烟瘾上来了，一摸口袋没带火。对着阳婆婆要对火，阳婆婆慌得直摆手：可不敢，可不敢，万一麦堆着了火，把我烧死你管哩？我老汉一听乐开怀，一不小心栽下来。滚了不知几百滚，才到麦山半腰里。一个后生冲上来，一下抱住我的腰。后生火气大又大，又吹胡子又瞪眼：你咋哩？你咋哩？你要死了你倒好，留下我

们干发愁：这多的麦子吃不完，你倒凉凉快快看笑话？'

"还有一个老婆婆高兴得流着眼泪说：'我老婆婆愁死了。我老婆婆愁死了。麦子产下这么多，哪年哪月能吃完。我老婆婆岁数大，不会再生娃崽了。要是搁到前些年，我老婆婆非得生他十个八个帮咱吃。'"

众人听了，哈哈大笑。

韩黑虎听韩茅勺一直用刺刺扎扎的话贬损他和南韩，冷不防给韩茅勺故意出难题败他的兴：

"说得好，说得好。不要说你们北韩人发愁哩，我听了也替你们发愁哩。我看了你们大队的麦地和麦场，不见你们大队有一根麦草，有一粒麦壳。你们大队的麦子是不是光长麦子不长秆？是不是光长麦粒不长壳？你们大队的人麦子多得吃不了发愁哩。不知道你们发愁不发愁，到了冬天，你们大队的牲口吃不上草料，你们大队的牲口到时候发愁不发愁？"

众人"哗"的一下哄堂大笑。

韩茅勺没防住韩黑虎给他来这手，脸红得一时说不出话。

公社武书记走到韩黑虎后面，狠狠地在他的尻子上拧了一把。

韩黑虎"哎呀"叫了一声，回过头看见武书记恶狠狠地瞪着他，吓得"吱溜"一下钻进人群。

## 三十五

韩茅勺从公社开会回来,一进院门就对蹲在石榴树下尿尿和泥的儿子黑板说:"去,赶紧叫你舅去!"

黑板玩得正在兴头上,将手里的一个泥人放到地上,又抓了一把泥团不情愿地把嘴一努:"不,我还要捏一个小猪。"

"捏啥哩?"

韩茅勺照着黑板的尻子就是一脚。

黑板坐在地上,咧开嘴哇哇大哭,两只满是尿泥的小手把脸上抹糊得没了人样。

七女从屋里跑出来,用沾满面的手指着韩茅勺:"你咋哩?娃好好的你打娃咋哩?"

韩茅勺赶忙换了一副笑脸:

"我叫他叫他舅他不叫。"

"不叫咋哩?不叫你就打娃?"

"我有急事。"

"有急事就打人?"

"他不听话。"

"不听话?不听话你不会给我说?"

"我给你说,我给你说。"

"说吧,我听听该不该叫娃叫。"

"我从公社开了个会。"

"开会我知道,你就说开了个啥会。"

"公社武书记说了,叫全公社大办公共食堂。我怕南韩大队在这上面抢到咱们前头,急得不行,叫他叫六六来商量这事。"

"这是正经事吗,咋不给娃好好说?"

七女把黑板从地上拉起来:"我娃听话,我娃赶快叫舅舅。娘给娃包肉饺子吃。"

黑板听说要吃肉饺子,高兴得笑着去叫舅舅。刚出院门,却一头撞到韩六六怀里。

"看这娃,慌急啥哩?抢金元宝呀?"

黑板抬头一看,正是他娘叫他叫的人:"舅舅,我娘叫你。"

韩六六一边往院里走一边说:"叫我做啥,我这不是来了吗?"

七女接住话说:

"我叫你做啥?是茅勺叫你。"

"有事哩?"韩六六问七女。

"有事,有事。"韩茅勺接过话头,把六六往屋里让。

"啥事?"韩六六一边往炕沿上坐一边问。

"是这,公社武书记今天开会说,在粮食产量大打翻身仗上,南韩大队和北韩大队不分上下,走到了全公社的前面。下一步,全公社要建立农村、农民大家庭。就是要大办公共食堂,以生产大队为单位集体做饭、集体吃饭,过集体生活。现在其他公社已经搞开了,我们公社已经落后了一步。我们公社要抓紧赶上,要后来居上。我叫你来,就是商量办公共食堂的事。在这上头,咱要走在南韩前头。"

"对。在小麦生产上咱们和南韩没有分出高低,大办公共食堂上咱无论如何都得压过南韩。要是在这上头让人家南韩把咱们比下去,不要说人家南韩人笑话咱,就是秀秀也小看咱哩。"

韩茅勺长叹一声:"唉——可惜咱坐不上北韩的头把交椅。"

"咋哩?秀秀不是被公社武书记撤了吗?"

"撤啥哩，人家上面有粗腿。"

"咋啦？秀秀还是咱大队的支部书记？"

"说是也是，说不是也不是。"

"这话咋尿说？"

"公社武书记说，按他的意思，是要把秀秀的支部书记撤了。报到县里后，马书记不说话，刘县长不同意，说秀秀是老党员、老同志，政治上还是靠得住的，能力上还是有的。这次犯了错误，教育教育还是能改正的。"

"那最后下了个啥结论？"

"让秀秀停职检查，北韩大队的工作暂时让我主持。"

"那你这工作咋干？"

"这事我也想过了。不管咋说，秀秀这阵儿也没权力管我了，实际上北韩大队的头把手暂时让我顶着。咱要是能在这当间连着干出几件漂亮事，上面总该让我当当北韩大队的支部书记吧。我要是当了支部书记，就提议让你顶我这角，当北韩大队的大队长。"

韩六六听说韩茅勺要提携自己当大队长，喜欢得搓着手说："全靠妹夫了，全靠妹夫了。"

"我今天把你叫来，一个是和你商量商量北韩将来咋个弄法，一个是和你商量商量办公共食堂的事。"

"赶快办，赶快办。"

"我也是这意思。要办咱就快办，要办咱就大办，要办咱就好好办。"

"咋个办法？"

"其实这事也不犯难。咱们大队的小麦不是还没分？我看咱就不分了，放在大队库房里全大队的人伙着吃。公共食堂的事，我翻过来掉过去想了几遍，总觉得交给旁人不放心，还是你挑这个头合适。"

"我能行？"

"咋不行？啥事不是慢慢揣摸？我原先会啥？揣摸了几年，不管是论说哩，还是论干哩，哪头不如秀秀？"

"秀秀算屄啥，妹夫比她强得多哩。"

"让你负责公共食堂，也没事先和你商量，也不知道你愿意不愿意？"

"我愿意，我愿意。不过真要让我当干部，我可一点儿经验也没有，妹夫还得勤把揽哩。"

"那好，从今天开始，你就是咱北韩大队的食堂长。"

"叫我当食堂长我当，可我也不能当光杆司令呀，妹夫你得给我配一把子人。"

"叫你当食堂长就是你说了算，你看谁合适你就选谁。"

"叫我说，办食堂有两个关口最要紧。一个是采购，一个是掌勺儿。这两个口子上都得放咱自己的人。"

"那你看谁合适？"

"咱在村里也没旁人，就我妹子和我家里的。"

"这事我也不管那么具体，你自己定就行。"

"我看让我妹子管采购，我家里的掌勺子。"

"你定吧。"

"你要是没有意见，那咱就说成这吧。"

北韩大队公共食堂正式起灶后的第五天，马家公社现场会开在了北韩。

公共食堂完全是韩六六一手操办起来的，但现场会介绍经验的却是韩茅勺。

韩六六虽然一肚子意见，但脸面上却不敢有任何表示。

对着武书记，对着全公社生产队以上三级干部，韩茅勺显得非常激动：

"各位领导，各位同志。我首先代表北韩大队介绍一下我们为啥要办公共食堂。

"和许多生产大队一样，我们北韩大队的夏粮生产夺得了历史上从来没有过的大丰收，主要原因是我们在生产过程中充分发挥了人民公社'一大二公'的优越性，充分调动了全体社员大干社会主义的积极性。为了进一步发挥人民公社'一大二公'的优越性，为了进一步调动全体社员大干社会主义的积极性，为了贯彻落实公社武书记'跑步进入共产主义'的重要指示，我们决定兴办北韩大队共产主义大食堂。"

韩六六听到这里，不禁对韩茅勺的理论水平佩服起来。得亏韩茅勺没有安排他介绍经验，要是让他介绍，打死他他也编不出理论水平这样高的话。

韩茅勺接着说：

"那么，办公共食堂有啥好处哩？

"头一个来说，可以实现全体社员的合理分工。大家知道，论起下地干重体力活，女社员明显不如男社员；但要论起烧火做饭，男社员又明显不如女社员。我们北韩大队的公共食堂除了食堂长韩六六同志一个人是男社员外，其余的全是女社员。这样一来，就可以腾出更多的男社员下地从事重体力劳动。更重要的是，我们把干体力活不如男社员的女社员对换到办公共食堂上，这就使我们北韩大队的男社员和女社员各尽所能，各展所长，能飞的飞，能跑的跑，能为共产主义出啥力就出啥力，能为共产主义出多大力就出多大力。

"二一个来说，办公共食堂可以节省出大量的劳动力投入到火热的生产第一线。大家知道，对一个家庭来说，不管它有十几个人，还是有两三个人，都需要有一个人来做饭。人少的家庭专门用一个人专门做饭，就造成了劳动力的浪费。我们把那些女社员中的做饭能手集中起来在公共食堂做饭，就为生产大队节省出五十多个劳动力，等于为我们北韩大队增加了三分之一还多的劳动力。

"三一个来说，可以节省大量粮食、财物和资金。大家想一想，一个家庭吃饭，锅碗瓢勺哪一样少了都不行。而到公共食堂统一吃饭，除了碗筷还是那么多，锅要少用多少，盆要少用多少，锅灶要少用多少，柴火要少用多少，大家稍微一算就清楚了。再说，全大队集中起来用几个大锅做饭，光沾在锅底的粮食一年下来又要省出许多。还有一个道理大家都知道，小锅饭香，但小锅饭费油。用大锅做饭，光这一下又能省出多少油，我相信我不算大家也能算出来。要细说公共食堂的好处，总结个十条八条也不为过。我只是简单地随便想了想，就想出了三条，要是大家一起想，恐怕十几二十几条也能想出来。"

韩六六佩服得叫出了声："是哩，是哩。不要说十几二十条，就是三十条四十条也能想出来。"

韩茅勺看了看韩六六，咽了口唾沫继续说：

"公共食堂的好处其实我不说大家都明白。但怎么才能把好事办好？这才是最重要、最关键、最不能忽视的。在这方面，我们发动群众，依靠群众，充分发挥群众的智慧和才能，把群众的智慧集中起来，把群众的才能收拢在一起。群众的智慧是不得了的，群众的才能是了不得的。天底下再难的问题，难不倒人民群众；人世间再难的事情，难不住人民群众。人民群众中间，暗存着极大的智慧；人民群众中间，暗藏着极大的能量。只要把群众动员起来，什么样的问题都不难解决；只要把群众发动起来，什么样的事情都不难做好。在这方面，我们又一次尝到了走群众路线的甜头，又一次收获了走群众路线的好处。"

韩六六听得直点头，心里不住地夸赞：讲得好，讲得好！

韩茅勺脸上带着几分得意地继续说道——

"有了人民群众这座靠山做依靠，大办公共食堂的事，在我们北韩大队就变得非常简单、非常容易了。

"最复杂的问题，要用最简单的办法才能解决。因此，我们在大办公共食堂这件事上，采用的办法也就简单得不能再简单了。

"我们的做法简单地说，其实也就是简简单单的三条。

"头一条来说，就是要突出一个'省'字。我们的夏粮生产虽然丰收了，但我们也不能整天肥吃浪喝。我们要多快好省地建设社会主义，是我们当前必须做好、也一定要做的头等大事。在'多快好省地建设社会主义'这句话里，'省'字虽然排在'多快好'的后面，但并不是说排在后面就不重要。我们的办法是，闲时吃稀，忙时吃稠，不忙不闲，不稠不稀。既保障了大家平常的时候吃得饱，又能在叫劲的时候吃得好、吃上劲。简单地说，就是对食堂的饭菜科学调配、合理搭配、恰当分配、稠稀相配。"

韩六六听了韩茅勺说的"科学调配、合理搭配、恰当分配、稠稀相配"时，眼睛里都放出了亮光：这四个"配"字说得好。把这几个"配"字配到这段话里，配得太好了，配得太有水平了。

韩茅勺看见韩六六不断地用发亮的眼睛不住地给自己传递赞许的神色，说出的话立刻又上了一个台阶——

"第二条来说，就是要突出一个"好"字。就是天天主食不重复，顿顿副食不重样。比如农忙时节，比如活多活重的时候，比如身体消耗大的时候，我们就早上吃馍，中午吃饼，晚上吃面条。早上吃咸菜，中午吃炒菜，晚上拌凉菜。这样一来，社员们就不仅能吃饱吃好，而且还能吃不腻、吃不烦；这样一来，就使得社员们肚里底子实、身上劲头足、干活不心虚、浑身有力道；这样一来，社员们就高兴地说，公共食堂的饭比一家一户的小锅饭好吃多了、顶用多了、上劲多了。"

"比得好。这样一比，就显出了大锅饭的优势和小锅饭的劣势。"韩六六对韩茅勺总结的这一条仍然十分佩服。但只是心里想，嘴上却没有说出来。

韩茅勺用眼睛的余光瞟了一下韩六六，接着向参会人员介绍公共食堂的最后一条好处——

"第三条来说，就是要突出一个'快'字。也就是说，公共食堂不能误时误点，要保证按时按点开饭。大家收工回来，马上就能吃上热乎乎、香喷喷的饭菜。大家不用等饭，就可以腾出时间多休息一会儿，就可以养足精神为我们进一步搞好粮食生产和其他工作多出一份力。这样，我们的整体劳动力就要增加许多，我们的个体劳动力就要增大许多，我们的社会主义生产高潮就会一浪高过一浪。我的介绍完了，请领导和同志们指导、指正。"

武书记带头鼓掌，参会人员跟着鼓掌，韩六六把手都拍疼了仍不停下。

中午，所有参会人员和北韩大队全体社员一同吃饭。

吃饭的场面非常热闹。小娃们边吃边窜，女人们边吃边吆喝各自的娃崽，男人们边吃边大声说笑，开会的同志边吃边夸赞北韩大队。

"叭喳叭喳"的吃喝声中，只有韩黑虎心里非常不是滋味，如同嚼着木渣。

"哈哈哈哈"的说笑声中，唯有韩秀秀领着几个娃崽一声不响，味同嚼蜡。

南韩大队的公共食堂虽然很快办起来了，但办得远不如北韩办得好。公社武书记三番五次地在全公社干部会上表扬北韩大队，批评南韩大队。

韩茅勺每次听了，心里就像喝了蜜糖一样地甜。韩茅勺正乐在兴头上，公社发下来的一个通报却像一根突如其来的铁棍把他一下打蒙了。

公社的红头文件是专门为全公社上缴爱国粮发的。

通报上说：自从夏粮收割结束后，全公社掀起了大交爱国粮的高潮。各生产大队纷纷把丰收的小麦装到马车上，给粮食袋上贴上大红喜字，敲锣打鼓送到公社粮库，献上了人民公社社员热爱中国共产党、热爱社会主义、热爱人民政府的热心。

公社的通报专门对南韩大队提出了表扬。

通报里面说：在上交爱国粮热潮中，上交爱国粮最好的是南韩大队。他们在党支部书记韩黑虎的带领下,连续五天向公社大交爱国粮。每天早上太阳刚一出来,韩黑虎就带领社员们拉着五六马车小麦欢天喜地地送到公社。到目前为止,南韩大队已向公社上交爱国粮三万多斤。

公社的通报还专门号召全公社向南韩大队学习。

通报里面还说:公社党委希望全公社以南韩大队为榜样,进一步掀起大交爱国粮的热潮。

公社的通报最后专门对北韩大队提出了批评。

公报里面最后说:在这次上交爱国粮中,表现最差的是北韩大队。这个生产大队到目前为止,尚未向公社上交一粒爱国粮。为此,公社党委经过研究,决定对北韩生产大队予以通报批评。

韩茅勺让小牛老师念完通报,黑乎乎的脸上顿时红得像猪肝一样。

小牛老师看见韩茅勺脸色非常难看,赶紧把公社的通报放到炕沿上就走。

从北韩大队开完大办公共食堂现场会后,韩黑虎心里非常难过。

他内心里原先对北韩大队有几分怯,但又在心底里很瞧不起北韩大队韩茅勺这个人。

他之所以心里对北韩大队有几分怯,是因为北韩大队有一个韩秀秀。论起个人能力,他觉得他就是使上吃奶的劲也斗不过韩秀秀,也争不过韩秀秀。

韩秀秀被武书记撸下来后,他心里松了一口气,觉得凭韩茅勺那两下子,就是三五个捆在一起也不是他韩黑虎的对手。

没想到这个过去三脚也踹不出一个响屁的家伙,竟然在大办公共食堂上占了上风,使他在公社武书记和全公社干部面前丢尽了脸面。

真的是狗不可只看毛片,人不可只看貌相。没想到其貌不扬、其相猥琐的韩茅勺,冷不防冒出个大办公共食堂的歪把子枝权,一竿子把他戳得在公社武书记和全公社干部面前满脸流血、满面伤痕，鼻子歪到了一边，眼睛斜到了一旁。他吃不下饭，睡不着觉，一整天地冥思苦想，一整夜地苦想冥思，终于想出了一个能把韩茅勺一竿子打蒙、一锤子敲晕的招数来。

于是，他按照自己想下的主意，趁韩茅勺不防的时候，一边敷衍了事地在村里办了个公共食堂，一面组织村里向公社大交爱国粮。

为了不使韩茅勺发觉，他每天夜里叫几个人悄悄装粮，第二天天不亮就带上人往公社运。

韩黑虎想的这个招数是双击连环拳。

为了把韩茅勺逼到死旮旯里，他一方面在偷偷摸摸做贼似的悄悄向公社交爱国粮，一方面特意打发了十七个人分头悄悄给其他生产大队通风报信，要他们也赶快和南韩大队一样上交爱国粮。

等到全公社十八个生产大队都开始满腔热情上交爱国粮的时候，韩茅勺还蒙在鼓里为他在大办公共食堂上压了韩黑虎一头暗自幸灾乐祸。

韩茅勺气得浑身发抖，疯了似的跑到韩六六家："六六，韩黑虎这尻坏透了。"

"咋了，黑虎这狗尻又咋了？"韩六六听了，如同喷了一头雾水。

"这狗子尻专门弄了咱一个难看。"

"这狗尻弄下啥了？"

"你看这。"

"看啥哩？我又不认得字。"

"公社刚下的文件。说全公社其他生产大队都交开了爱国粮，就咱们村一点儿没交。批评咱们大队，表扬南韩大队交得最好，还表扬韩黑虎那狗尻哩。"

"那你咋知道是黑虎这狗尻日弄咱？"

"这还不是秃子头上的疤瘢——明摆着。为啥全公社都交了就咱们没交？为啥全公社里头数南韩大队交得多？"

"这狗子尿咋这么坏?"

"怕他个尿!他会交,咱也会交。你赶快吃喝十几个壮小伙子,拿上麻袋到库房里装麦子。麻袋要装得满满的,把咱们最骠干的骡马驾上。"

"行。我这就弄这事。"

"等着。你招呼他们开始装麦子后,再招呼几个女人用红纸剪一些大喜字贴到麻袋上,给骡马头上也贴上。"

"行!咱交多少?"

"交多少都行,只要比南韩多就行。他们交了三万斤,咱们交四万斤。"

韩六六出去招呼人去了,韩茅勺回到家里,四脚朝天睡在炕上,闭住眼在心里狠狠地骂韩黑虎。

阳婆婆偏西的时候,韩六六走进来说:"妹夫,麦子都装好了,你去不去?"

"去!咋不去?"韩茅勺翻身起来,穿上鞋就朝大队库房走。

韩茅勺看见六个马车都装得满满的,麻袋上和骡马头上都贴上了红灿灿的大红喜字,对几个拿着锣、抬着鼓的后生说:"走,把家伙响起来!"

于是,大家便吆着牲畜,敲着锣鼓,浩浩荡荡向公社走去。

到了公社,韩茅勺指挥大家使劲敲打了一阵,公社的干部一个个从办公室出来,笑嘻嘻地看着他们。

韩茅勺不见武书记出来,转过身向大家挥着手:"使劲!使劲!"

大家使出了更大的劲,锣鼓声顿时比原先更响了。

然而,尽管他们把吃奶的劲都使出来了,尽管他们把锣鼓敲得震天响,但敲打了好大一阵,仍然不见武书记出来。

韩茅勺心想:震天动地的锣鼓声没能把武书记"震"出来,自己就亲自登门把武书记"请"出来。老子今天还不信了,你武书记"震"不出来也"请"不出来?

他走进武书记的办公室，一进门就扯着嗓子喊："武书记，我们北韩大队交爱国粮来了！"

"知道了。"

没想到武书记只是轻轻敷衍了一声，低着头只顾看手里的文件，连瞅韩茅勺一眼都不瞅。

韩茅勺自觉没趣，硬着头皮说："武书记，我代表北韩大队全体社员，向马家公社献爱心哩。"

"好，知道了。把粮食拉到公社库房去。"武书记抬头看了看韩茅勺，口气冰冷冰冷的。

"武书记，那我就把粮食送到库房去了。"

武书记站起来不耐烦地说："不往库房送往哪送？送到我办公室？"

韩茅勺热脸碰了个冷尻子，身子从里到外凉了个透。

他转身走到院子里，强装着笑脸对北韩人说："武书记指示，让咱们把粮食直接送到库房。"

大家并不知道，也没有看见韩茅勺刚刚被武书记冷颜冷面、冷言冷语，让韩茅勺冷冷地吃了个冰凉棒的场景，以为武书记真的高兴地接待了韩茅勺，真的高兴地给韩茅勺作了什么指示，便兴高采烈地说着笑着，敲着锣鼓跟在韩茅勺后面往公社库房走。

韩茅勺一边在前面走着，一边心里想着武书记的冷脸。

想着想着，眼前就出现了韩黑虎得意的笑脸，出现了武书记寒冷如冰、凛冽如霜的表情，"咯吱咯吱"地咬着牙，不出声地在心里狠狠骂道：呸！日你个先人。肯定是狗日的韩黑虎在武书记跟前奏了老子一本，肯定是驴日的韩黑虎在武书记面前告了老子的刁状。要不然，为啥韩黑虎和南韩大队去公社交爱国粮就受武书记的抬举，就受武书记的表扬？为啥自己和北韩大队社员去公社大院交爱国粮，却被武书记给了个冷脸凉尻子？他娘的个鳖，在交爱国粮上老子比不过你韩黑虎不给你比了，你韩黑虎把南韩大队的粮食全交了爱国粮老子才高兴哩。把粮食都爱了国，都交给了公社，老子倒要看看你们以后张开嘴往里面填啥？老子倒要看看到了冬天，不饿得你们龟孙子两腿发颤、两眼发绿才怪。

第二天，韩六六又准备装几马车小麦到公社上交爱国粮。

韩茅勺把众人拦住，让众人把装到马车上的小麦卸下来，把韩六六拉到一边背着众人说："咱们不和南韩比交爱国粮了，也不能跟在南韩人尻子后头瞎打混混闻腺气了。再说，把那么多的粮食都爱了国，都交了公社，村里人往后日子咋过？还能把嘴挂在墙上喝西北风？夜儿个我躺在炕上睡不着，寻思了一个既能在全公社全县拔旗出彩，还能让村里人得好受益的事。"

"还有这么好的事？"韩六六半信半疑。

韩茅勺神秘兮兮地压低嗓门，把嘴贴到韩六六的耳朵上说："咱们村村后的山里有好多能炼铁的矿石，放在那里撂着也是撂着。咱们支上一个又高又大的高火炉，把咱们村里的矿石炼成铁。一来可以在这上面死死地压住韩黑虎那个坏尿，二来可以给咱们村换来一大笔收入。"

"好主意，好主意，真是个好主意。这回咱不给他玩虚的了，咱给他玩实的，不把他韩黑虎往死里玩，算他韩黑虎命长。"

韩六六高兴得直搓手。

搓了一阵，又有几分担忧地说："咱们会拿矿石炼铁，人家韩黑虎和南韩人不会？"

"会个屌锤！"韩茅勺得意地把嘴一撇，"纵使他韩黑虎会支高炉，会烧烈火，可他会撅起尻子往出屙石头？咱们北韩山里矿石多的是，他南韩连个山也没有，哪里来的能炼铁的铁矿石？别说能炼铁的铁矿石了，就是找一块像样的石头也很难找下。他韩黑虎就是有日天的本事，还能像交爱国粮一样再在炼铁上头压咱们一头？从今天开始，这爱国粮咱不交了，咱把人马全部拉到山上大炼钢铁。等咱们的高炉里炼出了铁，看他韩黑虎还有啥尿？"

当天晚上，韩茅勺就把全体社员叫到一起，开了一个全民上山大炼钢铁的动员大会。

韩茅勺慷慨激昂地说："社员同志们，我们北韩大队有丰富的矿山资源，有丰富的炼钢炼铁的铁矿石，我们要充分利用我们的优势，搞好我们北韩大队的社会主义革命和生产。从明天开始，我们大队要不论男的女的，不论老的少的，一律上山炼钢炼铁。大家要做好吃苦准备，要做白天黑夜连轴转的准备。公共食堂的同志要把饭菜做好，一天三顿把饭菜送到山上。"

韩秀秀站起来说："咱们都是种地人出身，不要说干没干过炼钢炼铁的事，就是连咋个炼法也没见过。我的意思，是等咱们请上个技术员指导。咱们眼下还是先把已经熟了的玉米、高粱收回来再说。"

"对。没有技术员，咱们这帮土把式哪会炼钢炼铁？"

"是哩。咱们给公社交了那么多小麦，再不把玉米、高粱收回来，过了秋天，咱喝西北风？"

人群里有人嚷嚷着，对韩秀秀的意见表示支持。

"还有说的没有？还有说的没有？"韩茅勺非常恼火地问，"谁要是还有说的，现在就当着大家的面把话说出来。没有说的，以后就不要在背后瞎议论。我现在给大家说清楚，大炼钢铁是县委、县政府的号召。我看谁吃了豹子胆，敢和县委、县政府扛膀子！我再宣布一遍：从明天开始，全大队所有的社员，一律上山大炼钢铁。学校从明天开始不要上课了，把学生娃一律带到山上搬矿石。散会——"

# 三十六

西北农业大学的办公大楼和宿舍墙上，白纸黑字的大字报贴得满满当当。

韩石山抬着头，逐个逐个地细细地看着。

大字报几乎全是白天大辩论的内容。

同大辩论一样，一开始是围绕人口问题的，后来就转到了大是大非的政治路线上了。

韩石山的观点一开始占上风，他的老师罗亦农居下风。

辩论内容转到国家的大政方针上后，罗老师对全国出现的工农业生产突飞猛进大加赞赏，认为美好的共产主义社会不久的将来就会在中国大地上生根、开花、结果。

而韩石山则提出了相反的观点，认为共产主义是一个非常遥远的宏伟蓝图，需要经过若干代人的艰苦奋斗才能实现。

再到后来，韩石山不仅在国家发展进程论题上败下了阵，而且连原先在人口论题上的优势也丧失殆尽。

韩石山一边看着，一边摇头。

等他看到一张标题冠以《资产阶级人口理论在中国的代言人——驳西北农业大学"小马尔萨斯"韩石山的反动观点》的大字报后，脸上的颜色变得铁青铁青。

他知道这张大字报肯定是他的同乡同学李九红的手笔。

这个同乡同学李九红，从辩论一开始就站在他的对立面，而且大有不将他置于死地、不将他的同情者和支持者赶尽杀绝誓不罢休的险恶和凶险。

李九红和他一样，同样是这场大辩论的叛逆者。

他出身于偏僻落后的农村，出身于崇尚多子多福和多子为荣、无后为耻的环境氛围中，出身于曾经因前辈不能生育遭到羞辱、而现辈多子荣耀乡里的家庭，本应在人口问题上力主倡导多生，力主激励妇女多生，但却极力主张和倡导控制妇女生育、减少人口数量。在人口生产问题上，自己的立场和观点，的确是一个十足的叛逆者。

而他的对手和死敌李九红则正好与他相反。

李九红出身于城市、出身于较为富裕的人群，出身于少子家庭，本应该站在控制妇女生育、减少人口数量的立场和阵营中，但却极力主张和倡导激励妇女多生，增加人口数量。李九红的观点和言行，同样是一个十足的叛逆者。

在两阵对峙、两方搏杀中，李九红一方的声势和阵势日渐增强，而自己这一方的声势和阵势则日渐衰退。

他感到自己越来越势单力薄，越来越孤家寡人，越来越寡不敌众，甚至感到自己已经陷入了困兽犹斗、独木难支的境地。

但是，他并没有因此而认为自己的观点和言论是错误的，理应被纠正、被绞杀。他坚信真理往往掌握在少数人手里，真理也有被曲解、被误解、被冤解的时候。真理就是真理，谬误就是谬误。真理总有一天会战胜谬误，谬误总有一天会原形毕露，总有一天会寿终正寝，总有一天会葬身于铁的事实面前，葬身于波涛滚滚的历史长河之中。

正在他将自己置身于凛冽的寒风之中的时候，正在他沉浸在深深的沉思之中的时候，一只温暖的手向他缓缓伸来。

看着陷入苦思冥想之中的韩石山，罗亦农拍了拍韩石山的肩膀："石山，贴在墙上的大字报都看了？"

韩石山吓了一跳，下意识地往后退了一步。

罗亦农笑了笑，一脸关切地看着韩石山。

"看了。"韩石山一脸茫然地望着罗亦农。

"有什么感想？"

"谬误战胜了真理。"

"是吗？这么多人都成了谬误的俘虏？"

"毛主席说过：真理往往掌握在少数人手里。"

"毛主席也说过：新生事物是不可战胜的。你怎样理解这句话？"

"我不否认共产主义是不可战胜的新生事物。但任何事物都不能超越人类社会发展的普遍规律。我们国家的工农业生产要赶上美国，要超过英国，要进入人类最高级的社会——共产主义，不是一朝一夕的事情，更不可能像百米冲刺那样一蹴而就。"

"看来，我们是谁也说服不了谁。我们各自的观点需要用活生生的工农业现实来验证。"

"是的。任何观点和理论，都需要用实践来检验。"

"好的。我们的观点很快就会用实践检验的。"

"应该这样。"

"我已经向学校党委打了报告，请求学校让我们这些常年被关在校园墙内和教室墙内的师生，到火热的生产第一线亲眼目睹当前的工农业生产大高潮，用实践这个检验标准对我们各自的观点进行评判。校党委今天已经正式通知，我的报告被批准了。"

"校党委让我们去哪里？"

"去绛州县马家公社北韩大队。"

"我的老家？"

"对。正是你的老家。"

"什么时候出发？"

"下周一。"

"我相信我的观点一定会被实践证明是正确的。"

罗亦农看着倔犟的学生，笑着点了点头，又收住笑摇了摇头。

北韩大队"全民炼铁"动员大会后的第二天，韩茅勺就带着全村男女老少上了后山。

前三天，韩茅勺指挥大家修建炼铁炉。

他没见过城里的工人咋样炼铁，也没见过工人炼铁用的炼铁炉。心想炼铁炉无非和村里女人们做饭用的锅灶、游街串巷的小炉匠补锅锢碗熬铁水用的火炉差不多。只不过炼铁用的火炉高些、炉膛大些。

他把村里人分成三拨：一拨是半挂子匠人掌瓦刀垒火炉，一拨是强壮的男人们和泥搬砖，另一拨是女人、小娃和体力弱一些的男人运砖挑水。

炼铁炉建好后，韩茅勺又指挥大家砍柴运柴撬石头。

经过连续几天几夜的忙乱，炼铁需要的柴火准备齐当了，炼铁需要的矿石准备齐当了，炼铁需要的高炉也准备齐当了。北韩大队的炼铁工作进入了万事俱备、只欠点火的阶段。

一切准备停当的第五天黑夜，北韩大队的炼铁炉在噼噼啪啪的鞭炮声和人们嘻嘻哈哈的笑声中正式点火。

漆黑的夜幕中，红色的火光冲天而起，把围拢在炉旁的人们照得一个个脸色通红。

炼了一阵，不见炉膛里的矿石有半点要熔化的劲儿。

"火太小，火太小。"

韩茅勺转过身对着身后的人群说："各家赶紧回去一两个人，把各家的风箱弄来。"

于是，各家便回去一两个人搬风箱。

不一会儿，几十个风箱搬来了。

韩茅勺把风箱摆到炉前，把出风口对准炉口。

几个身强力壮的后生主动走上去，抓住风箱的拐把"忽搭忽搭"地拉了起来。

随着风箱的"忽搭"声,炉膛里的火苗一蹿一蹿,旺了许多。

过了一会儿,炉膛里的矿石开始变红,并出现了裂纹。

"铁快炼成了!铁快炼成了!"

韩茅勺高兴地对拉风箱的男人大声喊道:"使劲!使劲!再加把劲!再加把劲!"

拉风箱的男人使尽全身力气拉了起来,胳膊上的青筋都暴出老高。

拉了一阵,仍不见炉膛里的矿石熔化。直到拉风箱的男人累得瘫软在地上,炉膛里的矿石依然不见熔化,依然是外甥子打灯笼——照舅(旧)。

"换班!快换班!"韩茅勺两眼直勾勾地盯着炉膛喊。

几个累瘫了的男人顺势往旁边一滚,又上去几个粗壮的后生接过风箱拐把,使出吃奶的劲拼命拉了起来。

然而,不管拉风箱的男人如何使劲,风力还是那么大,火势还是那么旺,矿石还是那么只裂缝不熔化。

"咋回事?咋回事?"韩茅勺急得围着炼铁炉转来转去。

"咋回事?咋回事?"众人也急得对着韩茅勺连声发问。

"嘿——我问你们哩,你们倒反过来问我?他娘的个黑鳖!"

众人见韩茅勺急得像个抓耳挠腮的猴子,"哗"的一声笑开了。

"笑啥哩?笑尿哩!"

韩茅勺本来想骂人,一着急却骂到自己头上。

众人笑得更欢了。

韩茅勺这才意识到自己刚才骂人的话是自己骂自己,恼羞成怒地朝炼铁炉狠狠地踢了一脚。

不知道是用力过猛踢疼了脚,还是炼铁炉温度太高烫疼了脚,韩茅勺抱住踢炼铁炉的那只脚,龇牙咧嘴地用那只没踢炼铁炉的脚在地上蹦跳起来,不住地在人们面前转圈圈。

众人看见韩茅勺这副狼狈相,一个个笑得东倒西歪,身体变形。

"笑！笑！就知道笑！就不知道想办法？"韩茅勺的脸腾的一下红透了。

韩六六憋住笑："照我说，还是火小。"

"废话！不是火小还能是啥？我是说咋的才能把火再弄大些？"

"我看旁的法子也没了，是不是把咱们扇麦子的风车弄来。"

"对，这弄不好还算个办法。快去！快去把麦场里的风车弄来。"

韩六六把手一挥："走！"

几个后生跟在韩六六后头，急匆匆地向漆黑的村子走去。

拉风箱的男人见韩六六他们去搬风车，就坐在地上不拉了。

"拉！接着拉！"

韩茅勺对拉风箱的男人说："不拉过一会儿炼铁炉就圪燎住了。"

几个男人重又捉住风箱的拐把拉了起来，但劲头明显不如刚才大了。

风车搬来后，韩茅勺让大家把风车的风嘴对准炉口，让两个后生同时抓住拐把使劲搅。

炉膛里的火势"日"的一下大了好多。

不一会儿，炉膛里的矿石便慢慢地开始熔化。

韩茅勺又高兴了："换班！换班！两个人一班！"

两个后生把拐把接过来，猫着腰疯了似的摇了起来。

换了两班，炉膛里的矿石便软不溜溜地顺着出口流了出来。

"炼成了！炼成了！"韩茅勺像个小娃似的跳了起来。

"炼成了！炼成了！"众人也跟着又跳又喊。

"好！明天咱就去公社报喜！"韩茅勺激动得浑身发抖。

"还啥明天。天早都亮了。"韩六六说。

韩茅勺望着已经爬到半天空的阳婆婆："可不是。还没觉着天就亮了。"

"赶我们把风车搬来的时候，天已经大亮了。"韩六六解释。

韩茅勺对着挤到一堆的女人说："别光顾高兴。快回去做饭。吃了饭咱就去公社报喜！"

女人们便打打闹闹地笑着往村里走。

在山上熬了整整一夜的北韩人为他们炼出第一炉铁欢呼雀跃的时候，一群陌生的人走进了他们的村子。

西北农业大学的老师罗亦农，领着他们班的学生来北韩大队农业第一线亲身体验生产实践来了。

表面上看是罗亦农领着，其实倒不如说是本乡本土的韩石山领着。

韩石山走在打着红旗队伍的最前面。

同学们几乎全都说说笑笑，兴高采烈，而韩石山则不言不语、心情沉重。

他把罗老师和学生们先领到他家，见家里的院门用一把铁锁锁着，心里不禁"咯噔"一下：家里人这么早干啥去了？娘娘一大早要上地，几个弟弟这么早干啥去了？心里这么想，嘴上却没说出来。

韩石山对罗亦农说："罗老师，我家没人，咱到我们大队长家看看去？"

"行。"罗亦农也觉得不大对头，但脸上却没有任何表示。

韩石山领着大家往韩茅勺家走，路过几家时，才注意到家家户户的院门都锁着。

"不对呀？怎么全把门锁着？"韩石山纳闷地自言自语。

"你回了家高兴得啥都忘了。刚才咱们进村的时候，我就看见你们村的院门都锁着。"旁边的李九红说。

韩石山没有搭理李九红，闷着头领着大家继续往前走。

到了韩茅勺家，仍是铁将军把门。

"这就怪了，怎么都是这样。"韩石山脸上露出莫名其妙的神色。

"不着急，咱们等等。"罗亦农见韩石山着急，就给韩石山说了句宽心话。

罗亦农的话音刚落，不远处传来女人们叽叽喳喳的说笑声。

"有人来了。"李九红叫了起来。

"好。咱们等等。"

罗亦农招呼大家："咱们先原地休息一会儿，等咱们和村里的干部接上头再行动。"

韩七女远远地看见一群城里人打扮的学生围在她家的院门前，以为是县里来了什么领导，就三步并作两步地快速跑到跟前，高音喇叭似的学着韩茅勺平日见到大领导时的样子说："欢迎领导检查！欢迎领导指导！"

学生们见韩七女把他们当成了什么领导，"哗"的一下都笑开了。

罗亦农笑着对韩七女说："我们不是领导。我们是西北农业大学的老师和学生，是来向北韩大队的干部社员学习的，是来参加北韩大队的生产实践和劳动的。"

听了罗亦农的自我介绍，北韩村的女人们倒笑开了，把韩七女弄了个大红脸。

罗亦农憋住笑说："你们大队的领导在哪里？我们要和他们接头。"

韩七女仍然红着脸说："都在山上炼铁哩。"

"那好，你们忙你们的。"

罗亦农转过身对韩石山说："石山，你领上我们去找大队领导去。"

韩七女这才发现站在学生堆里的韩石山，张开嘴刚要说什么，很快又绷住脸假装不认识。

韩石山看了看韩七女，回头领着大家就走。

路过麦场，韩石山对罗亦农说："罗老师，这就是我们村的打麦场。"

"就是报纸上说的那个把小麦堆成山的地方？"

"是。"

李九红高兴地说："哇——这么大的麦场，少说也能放一二百万斤麦子。"

罗亦农看了看，指着狼藉遍地的麦壳说："报纸上说这儿堆的全是麦子，怎么又有了这么多的麦壳？"

韩石山避而不答："罗老师，咱们往后山走吧？"

"好！"罗亦农见韩石山不愿正面回答，也不好再去追问。

路过庄稼地的时候，罗亦农又看见早已熟透了的高粱穗子、玉米棒子横七竖八地躺在地里，皱着眉头问韩石山："这么好的庄稼都快烂到地里了，你们大队的社员为啥不收？"

韩石山望了望罗亦农不说话。

李九红插嘴说："社员们忙着在山上炼铁，哪有时间收庄稼。"

罗亦农仍然不解："再忙也不能不收庄稼呀。"

"那么多小麦都愁得吃不了，还收这些干啥？"李九红解释道。

"粮食再多还怕多？要是遇上歉收年咋办？"罗亦农更加不解了。

"咱走吧，罗老师。"韩石山对罗亦农的问话仍不作答。

罗亦农捡起一穗又粗又大的玉米拿在手里，十分爱惜地把沾在上面的泥土抹掉："'锄禾日当午，汗滴禾下土。谁知盘中餐，粒粒皆辛苦。'这些庄稼里面，浸透了社员们多少心血和汗水。"

"罗老师你不用愁。你应该发愁全国都这么大丰收，这么多粮食得吃几年才能吃完。"

听了李九红的解释，罗亦农想说什么，但张了几次嘴都没把想说的话说出来。

走着走着，罗亦农又喊住韩石山："石山，你看这是什么？"

韩石山低下头看了一下，不假思索地说："麦茬。"

"这麦茬咋这么稀？"罗亦农蹲在地上摸着稀稀拉拉的麦茬问。

"这算稠的，还有比这稀的。"韩石山说。

"报纸上不是说你们村的麦子长得密不透风吗？"

"要是真不透风，麦子能长？"

罗亦农听了，先是赞同地点点头，然后又不解地摇摇头。

到了后山，炼了展展一夜铁的社员们正坐在地上休息。

韩石山看见远远地坐在一边的韩秀秀，就领着罗亦农走到跟前一下子高兴起来："娘——"

韩秀秀站起来，脸上却没有一点儿母子久别重逢的喜悦，答应的声音连儿子和罗亦农都没听见。

"这是我们的罗老师。"

韩石山并没有注意到母亲的不快，指着罗亦农介绍说。

"这是我娘。"

韩石山又把母亲介绍给罗亦农。

罗亦农握住韩秀秀的手说："见到你非常高兴。"

他一边和韩秀秀握手，一边扭过脸对学生们说："这就是咱们全省闻名的英雄母亲，这就是北韩大队的党支部书记韩支书、韩秀秀同志。"

不等韩秀秀说话，罗亦农急不可待地说："韩支书，我们西北农业大学的师生专程来参观咱们北韩大队的农业生产，专门来参加咱们北韩大队的农业生产实践活动。"

韩秀秀指着站在社员们中间直往这里看的韩茅勺："那是我们大队的负责人。我现在已经被停职了。"

韩石山听了，脑袋里"嗡"的一下，差点儿没有站稳。

韩茅勺见韩秀秀远远地用手指他，慌忙跑过来握住罗亦农的手："我叫韩茅勺，是北韩大队的负责人。你们有啥事给我说。"

同学们见韩茅勺个头长得像个大小孩，又听他自我介绍叫茅勺，"轰"的一下都笑了。

李九红笑着对韩茅勺说："我们是西北农业大学的。这是我们的罗老师。"

韩茅勺不好意思地红着脸说："欢迎，欢迎。"

罗亦农这才反应过来，稳了稳神说："我们来参加咱们北韩大队的农业生产实践活动。"

"欢迎，欢迎。"

韩茅勺一声接一声地不停地欢迎，把罗亦农弄得愣在那里一时不知说什么才好。

"韩支书，咱们大队不是正在炼铁吗？我们就先参加咱们大队的炼铁实践吧。"

韩茅勺见李九红望着自己，这才明白李九红叫"韩支书"不是叫韩秀秀而是叫他，咧开嘴笑道："欢迎，欢迎。今天一早，我们刚刚炼出第一炉铁，罗老师给我们指导指导。"

顺着韩茅勺指的方向，罗亦农和同学们走到炼铁炉前。

"罗老师你看，这就是我们刚炼出来的铁。"

韩茅勺指着堆在炉前一堆黑不溜秋的东西。

展现在罗亦农眼前的铁，比铁的颜色浅，比石头的颜色深，上面密密麻麻地布满了大小不一的蜂窝眼，还掺杂着许多烧焦了的柴灰和说不清的混合物，一个个像是长满了疮疤的怪物。小的像个鸡蛋，大的像个烧鸡。形状说方不方，说圆不圆。刺刺扎扎，如同刺猬缩作一团。

"这就是你们炼出来的铁？"罗亦农的眉头拧成一个黑黑的疙瘩。

"对。这就是我们刚刚炼出来的第一炉铁。"

"你们的铁是咋炼出来的？"

"按说我们没有条件炼铁。但我们有条件要上，没有条件创造条件也要上。我们硬是发动群众想出了一个土法上马的炼铁办法。"

"你们的土法炼铁是咋炼的？"

"我们先用泥和砖垒了个火炉，然后把山上的矿石放进去，最后把柴火放到底下烧。一开始火劲不大，炼不出来，我们就用风箱吹。但火劲还不够。我们又发动群众想办法，最后把风车搬来，这一下就把矿石炼成了水水。水水流出来，就变成了铁。"

"我是搞农业的，不懂得怎么炼铁。我看过一本炼钢炼铁的书，那上面说炼铁要经过很多个复杂的工序。具体的工序和怎么个炼法我也说不清，但起码要把矿石粉碎成粉末，然后和一种叫硅的金属，还有一种叫萤石的熔剂，按一定的比例配制成矿石粉。这样的工序和原料配制，能够促使铁矿石的熔化融合和铁成分的分离提炼。炼铁用的燃料是工业专用焦炭，而不是你们用的农用柴火。冶炼过程中，还要有往炉膛里吹氧的专用设备。这样才能产生炼铁需要的高温。炼铁究竟需要多高的温度我记不清了，但你们用柴火作燃料产生的温度肯定远远达不到。要叫我说，从你们的炉膛里流出来的这些黑色的物体，应该不是铁，还是石头。"

韩茅勺竖起大拇指夸赞罗亦农："遇上高人了，遇上高人了。我还以为咱炼出了铁，闹了半天炼的不是铁，还是石头。我还打算今天给公社报喜哩。要不是你给指点，可就闹出了笑话。咱要炼就要炼出实实在在的铁，绝不能哄骗上级。但咱们也不能死搬硬套，脱离咱们的实际，还要因地制宜，有什么条件打什么仗。咱们虽然没有专门炼铁炼钢的焦炭，但咱们有的是木炭，木炭的火劲比焦炭也差不到哪里。咱们没有把石头粉碎成粉面的机器，但咱们有的是大榔头，可以把矿石砸成碎石块，碎石块和碎石粉也差不了多少。咱们就用木炭替顶焦炭，碎石块替顶碎石粉，炼出的铁无非比正规钢铁厂的质量差点儿。罗老师，你说这样变通一下行不行？"

罗亦农张开嘴刚要说什么，就听见一个女人嗓门极高地喊了一声："饭来了！"

韩茅勺转身一看，看见他老婆七女领着一帮女人把刚做好的饭送到了山上。

社员们听见韩七女的一声吆喝，蜂拥而上涌向饭桶。

韩茅勺跑到饭桶前挡住大家，黑紫着脸高喉咙大嗓门地训斥开了："急啥哩！饿死鬼扑了身了？这么大的人连礼貌也不懂？都给我退到后面去，让罗老师和学生娃先吃。"

"社员们忙了一夜，先让社员们吃。"罗亦农拉着韩茅勺说。

"你大老远来指导我们，咋能我们先吃。你们吃吧。你们吃了我们再吃。"韩茅勺执意让罗亦农和学生娃们先吃。

"不，不，还是先让社员们先吃。"罗亦农挡住韩茅勺的手。

"你们不吃，我们就不吃。"韩茅勺拉住罗亦农的衣襟。

"你们不吃，我们也不吃。"罗亦农把韩茅勺的手使劲往开掰。

"那好，咱们一块，咱们一块。"韩茅勺拉住罗亦农的衣襟往饭桶跟前走。

社员们和学生娃们这才一起走向饭桶。韩七女和一帮女人也往饭桶跟前走。

韩茅勺对韩七女说："今天的饭不够了，你们女人先别吃。一会儿你们回去自个儿做自个儿吃。"

韩七女把女人们招呼到一旁，坐在树下歇凉。

吃过饭歇了一阵，韩茅勺把社员们和学生娃们分成两拨：韩六六带着学生娃和女社员去村里拉木炭，韩茅勺带着男社员们砸矿石。

日头偏西的时候，学生娃和女社员把村里的木炭都运到了山上，男社员们也砸出了一堆碎矿石。

燃料和原料备齐后，社员们和学生娃们在罗亦农的指导和韩茅勺的指挥下，重新点起熊熊大火，又开始了土法炼铁。

身强力壮的年轻男社员，轮流着用风车对着炉膛使劲往里吹风。吹了一阵，矿石在红红的火焰中化成了红红的水水，顺着出口流了出来。

流着流着，木炭不够了，红红的铁水"墩"在了炉膛。

韩茅勺急了，指挥大家用凉水把衣服浇湿，裹到身上就冲进热气逼人的炉膛里用大榔头砸。砸了几下顶不住了，忽地蹿出来，抹了一把被熏得黑乎乎的脸说："共产党员排成队，一个一个轮着进。"

韩六六不是党员，但却跟着韩茅勺第二个冲了进去。

紧接着，不管是社员也好，还是学生娃也好，不管是党员也好，还是群众也好，全都自觉地排成一队，一个接一个地冲进炉膛，拿着铁榔头在里面砸几下就出来。

轮了两遍,炉膛就被砸开了。

然而,人们没有想到,他们光顾砸炉膛,出口却被铁水锈死了。

大家又轮着砸出口,但怎么砸也砸不开。

韩茅勺用手背擦着脸上的汗水,忽然一拍脑门:"我想起来了,大队部不是还存放着一大堆木炭?"

于是,韩茅勺又指挥学生娃和女社员去大队部拉木炭,指挥男社员们砸石头。

天快擦黑的时候,韩茅勺看着堆得一人多高的木炭说:"这一回燃料足够了,绝对不会像第一回那样把炉膛'墩'住。大家准备好,像炼第一炉铁那样,轮着班往上上。"

由于燃料准备得非常充足,第二炉炼出的铁水全都冒着火红的火焰顺利地从炉膛里流了出来。

韩茅勺指着尚未完全退色的铁块,咧着嘴笑道:"这一回咱们炼出的铁可是实实在在的铁了。"

罗亦农蹲下身仔细看了看,摇着头说:"颜色倒是比原来深了一些,可我怎么看也觉得它好像还是石头不是铁。"

"你不是说火大了就能炼出铁吗?"韩茅勺不满地说。

"铁不应该是这样。"

罗亦农拿起一块黑乎乎的混合物说:"我认为这东西还不能叫铁,还应该叫石头,只不过比原先的石头含铁量高了一些。"

"我看是铁。看上去已经和铁的颜色差不多了。"

"不能光看颜色,还要看它的品质。可能是咱们的温度还达不到炼铁的温度,再加上咱们少了一道去除杂质的工序,所以炼出来的铁还是石头。"

"铁分粗铁和细铁。咱们炼出的这铁叫粗铁。粗铁也是铁。"

"粗铁再粗也不能粗成这样呀?"

"粗铁也分好粗铁和不太好的粗铁。咱们这粗铁再怎么说也是粗铁。粮食还分粗粮细粮,再粗的粗粮也是粗粮,不能因为它是不好的粗粮就说它不是粗粮、不是粮食。"

罗亦农无奈地笑了笑:"好了,你说是粗铁就是粗铁。不过,我还是坚持我的观点,保留我的意见。"

韩茅勺有点儿不高兴了:"这事不争了,就按粗铁来定。大家回去好好睡上一宿,明天一早到公社报喜。"

韩茅勺说着,心里恨恨骂道:书呆子,光知道按书本上干,根本就不知道铁是咋炼出来的。

"炼铁是你们大队的事,炼出的东西到底是什么,完全由你们自己决定。不过,我再重复一遍:我个人的意见,仍然认为它是石头,而不是铁。"

罗亦农执拗地再次向韩茅勺强调自己的观点。

第二天,韩茅勺率领北韩大队的社员打着红旗,敲着锣鼓,拉着他们炼出的粗铁到公社报喜。

但他万万没有想到,在他的报喜队伍未到之前,南韩大队的报喜队伍早已先他一步来到了公社大院。

等他指挥社员们把他们的粗铁搬到地上时,公社武书记过来看了看说:"你们积极炼铁是对的,但你们的铁不如南韩大队的好。"

武书记指着一旁的一堆同样是黑乎乎的铁说:"你过去看看,看看人家南韩大队炼的是啥铁,你们北韩大队炼的是啥铁。"

韩茅勺走过去,韩黑虎领着一帮人笑嘻嘻地站在那里。

南韩大队的铁虽然也是黑的,但形状却不像北韩大队的铁那样刺刺扎扎的。

韩茅勺咋也解不开这个谜:你南韩大队连铁矿石也没有,咋的就能日鬼的比我们北韩大队还好?

后来,韩茅勺四处打听,才知道南韩大队见北韩人在山上炼铁,就赶紧组织全大队社员把一些不用的铁器扔到炼铁炉里熔炼。他们用的原料原本就是铁,只不过把原先弃之不用的铁件放到炉膛里重新熔炼了一下,所以南韩大队炼出的铁自然要比北韩大队的成色高,自然要比北韩大队的品质好。

北韩大队在炼铁上又被南韩大队压了一头,气得韩茅勺好几天都没有吃好饭。

罗亦衣领着学生娃们离开北韩大队那天,韩茅勺气得连送也没送。

## 三十七

从绛州县北韩大队参加农业生产第一线实践活动回到西北农大后,罗亦农在人口问题上和社会进程问题上的观念和观点来了个一百八十度的大转向。

原先的罗亦农,其实和他的学生韩石山、李九红一样,也是一个十足的叛逆者。

他出身于西北最大的城市西安,出身于书香门第,出身于殷实人家。按一般的常规来说,在这样的家庭背景和这样的社会环境熏染下,思想和思维都不应该偏激、激进,他应该是一个理性的人、理智的人。但偏偏不然,偏偏接受的激进的思想和偏激的思维,被人多势众、人多力量大的传统观念所影响,被人定胜天、求急贪大的大潮所感染,站在了李九红这一边,站在了韩石山的对立面。

事实胜于雄辩,现实胜于虚想。虽然在北韩大队的农业生产第一线的实践活动仅有短短的十几天,但亲眼目睹的事实,亲身体验的现实,宛如一剂药力生猛的醒魂汤,让他如梦初醒,使他顿然大悟。

罗亦农的突然转变,使得李九红领军挂帅的一派一下子陷入泥潭。

在人口问题上,李九红和韩石山逐渐由互不相让的争论演化为势不两立的对抗。从北韩大队参加农业生产第一线实践回来,罗亦农由李九红一派的坚定支持者来了一个由西向东、由南向北的大掉头、急转弯,旗帜鲜明地加盟到韩石山一派当中。

为了彻底打垮韩石山为首的保守势力,李九红在返回西北农大的第二天,就积极要求罗亦农再次主持召开大辩论会。

罗亦农答应了李九红。

辩论会一开始,李九红抢先走上讲台,向韩石山展开了连珠炮式的大举进攻:

"尊敬的罗老师,尊敬的同学们:在全体同学的强烈要求下,在罗老师的亲自带领下,我们全班师生利用为期半个月的时间,深入到绛州县马家公社北韩大队投身于火热的农业生产最前沿。

"半个月的时间不算太长,半个月的时间稍纵即逝。但是,就是在这短短的半个月里,就是在这稍纵即逝的半个月里,却收到了我们关在四堵墙里读上几十年书、读上几百本书也得不到的巨大收获。同时,也得出了我们在校园里争论几千次、几万次也得不到的结论。这个结论就是——人是世界上最宝贵的财富。世界上只要有了人,什么样的人间奇迹也能创造出来。新生事物是不可战胜的。蓬勃发展的社会主义必然要战胜腐朽没落的资本主义。如火如荼的社会主义大生产运动,完全可以使人民当家做主的新中国在短短的十几年里把贫穷落后的帽子甩到太平洋里。

"事实胜于雄辩,实践胜于诡辩。现在,让我们的思绪重新回到北韩大队的生产实践中去。同学们可以展开思维的翅膀好好想一想、细细想一想,在这为期半个月的时间里,我们看到了什么?我们听到了什么?我们又想到了什么?作为一名新中国的大学生,作为一名社会主义的学子,我深深地感到:没有共产党,就没有新中国;没有新中国,就没有我们的社会主义;没有社会主义,就没有我们的生产大发展;没有生产方式和生产力的大发展,就没有人民群众幸福美满的今天。

"悠悠岁月回头看,漫漫人生细斟酌。在那暗无天日的旧中国,勤劳智慧的中华民族耗尽了多少聪慧和才智,付出了多少辛勤和汗水。但我们的民族却一次又一次地收获着贫穷，我们的人民却一遍又一遍地重复着落后。

"夜深人静，星光闪闪。我端坐在一架葡萄树下的石凳上，北韩大队的大队长韩茅勺大爷给我指点了迷津。饱受了旧中国一肚子苦水、尝到了新中国无尽甘甜的韩大爷和我讲起了北韩村的变迁史——

"坐落在我们祖国腹地的北韩村，本是个背靠郁郁葱葱的大山，面朝肥沃无比的黄河滩的富窝窝。然而，就是这么一个地理条件如此优越的小山村，竟然被贫穷落后的阴云笼罩了几百年、几千年。他们没吃过几天饱饭，没穿过几天暖衣，没过过几天舒心的日子。从他记事那天起，一个总共才二百来人的村子，就有一百多人被饥荒灾难夺去了生命。由于长年饮用极度缺碘的污水，全村大多数人患有粗脖子病、大骨节病和侏儒病，被当地人讥笑为'猪脖子村'和'小人国'。新中国成立快十年了，这个村没有一人丧命于病魔和灾荒，没有一人丧命于饥饿和贫穷。三年前，省里专门派出医疗巡回团为他们逐个诊断，逐个治疗，人民政府为他们专门拨出专款，派出专门的打井队为他们打出了含碘丰富的深水井，为他们彻底驱除了不知道残害了他们多少年的病魔。从此之后，北韩村再也没有一人患粗脖子病、大骨节病和侏儒病。全村人由此脱胎换骨，成了正常的人。

"韩大爷对我说，北韩村之所以发展不起来，还有一个非常重要的原因，就是这个村不仅人口质量差，而且人口数量太少。听老辈子讲，这个村的人口从来就不能超过三百人。只要村里的人数一接近三百这个关口，或者在三百这个数字上刚一露头，不是遇上灾难，就是碰上病魔，人口数量总是维持在二百来人的水平，个别的时候还要减到二百以下。要是他们村的人口能发展到与他们相邻的南韩村那么多人，他们村早就发展得比南韩村强出许多。新中国成立才不到十年，他们村的人口已经超出了三百这个关口。再有几年，他们村的人口就要超出四百。到那时候，他们村的发展速度就会比现在快得多、好得多。我一点儿也不怀疑，也没有任何理由怀疑，韩大爷的目标一定能达到，北韩大队的宏伟蓝图一定能实现。

"韩大爷还给我算了一笔账。他们一开始筹划生产大发展的时候，他心里也没多少把握，村里也有不少人反对。但现在他的信心越来越足了，村里的反对意见也没了。他不知道全国有多少个村，也不知道全国其他村的情况是什么样子，但他们村的情况他了解。去年存下的粮食不算数，光今年他们大队产的粮食就有五十多万斤。他们村仅一年就生产了五十多万斤粮食，要是全国农村生产的粮食加在一起有多少，他说凭他这点文化他算不清。他不知道其他大队的领导和公社的领导发愁不发愁，也不知道县里的领导、地区的领导、省里的领导和中央领导发愁不发愁，反正他特别发愁。这么多的小麦，这么多的粮食，咋样才能吃完，咋样才能保管好。一个人不要说只有一个肚子管饱吃，一个人就是有十个八个肚子管饱吃也吃不完。全大队所有的粮缸粮柜都装得满满当当也装不完。韩大爷愁得没办法，叫我帮他想办法。我想了好几天也没帮他想出个办法。

"临别时，韩大爷高兴地对我说：这事说起来是个愁事，其实是个大好事、大喜事。愁它干啥？粮食多了总比粮食少了、粮食没了强。过去咱是饿得发愁、穷得发愁。现今咱粮食多得吃不了咱不该发愁，咱应该高兴才对。应该是天天高兴得不得了，夜夜高兴得睡不着。不光是粮食生产这么多让咱高兴，更让咱蹦着高高摸着肚子高兴的是，咱们这些面朝黄土背朝天、抡着镢头挥着镐的农村人，不仅生产了那么多的粮食，还生产了那么多的铁。这么多的铁要是能拉到城里头换成一摞又一摞的金票子，那咱们全村人就全都成了吃不愁、穿不愁，粮缸里要多少粮食有多少粮食，衣兜里要多少钱有多少钱的富裕人家、幸福人家。你们都看见了，光我们北韩大队这么一个小村就炼出了这么多的铁，全国加起来要炼多少？再说咱北韩大队虽然炼了不少铁，但毕竟是小打小闹。全国那些大打大闹的大钢厂、大铁厂都这么红红火火地开展大生产，哪一天要炼多少钢、多少铁？一月要炼多少钢、多少铁？一年要炼多少钢、多少铁？

不要说十几二十年赶英超美了。要叫我说，用不了七八年，美国英国给咱中国拾鞋带都跟不上了。

"这就是我作为一个新中国的大学生、一个社会主义学子，在北韩大队生产实践中所看到的、所听到的、所想到的。这就是一个新中国农民的心里话，一个人民公社社员给我们展现的美好蓝图。"

李九红从讲台上走下来，激动得满脸通红，胸部起伏不已。他想，他刚才演讲的那个地方，很快就会变成韩石山向他发起反攻的立足之地。他用眼睛紧紧地盯着讲台，等待着韩石山如期出现在他的视野。

然而，韩石山却大大出乎他的预料，始终没有走上讲台。带着不可思议的狐疑，他把视线投向韩石山。

同学们和李九红怀着同样的猜想，一起把目光转向韩石山。

韩石山纹丝不动地坐在凳子上，两只眼睛直直地盯着讲台后面的黑板。

顺着李九红和同学们的视线，罗亦农也把眼睛投向韩石山。

罗亦农见韩石山没有要上讲台演讲的意思，话里藏话地瞅着韩石山问道："同学们有没有不同的观点？哪位有不同观点，可以上来像李九红同学那样把自己的观点阐述一下。"

韩石山仍然用眼睛直直地看着黑板，对罗亦农的提示不做任何反应。

罗亦农见韩石山的确没有反驳李九红的一丝表示，这才用征询的眼光在教室里环视一周，用鼓励的口气说："同学们有没有不同观点？有就有，没有就没有。如果有的话，就大胆地走上来讲一讲。"

同学们你看看我，我看看你，然后又把目光一起投向罗亦农。

罗亦农从讲台下走到讲台上，顿了顿说："好。既然同学们不好意思讲，那我就讲一讲我自己的观点——

"同学们，刚才李九红同学讲得很好，讲出了他在北韩大队参加农业生产实践中的真实感想和真实观点。我作为这次活动的带队老师,和李九红同学一样,也听到了许多真实的情况,也看到了许多真实的事情,也触发了许多发人深省的感想和思考。我的感想和思考归纳起来有三点——

"第一,关于人口问题的感想和思考。这个问题,在我们去北韩大队参加生产实践之前就在这里辩论过。这次从北韩大队回来,我对这个问题作了更多的思考,查阅了许多资料。从历史资料来看,我们国家大致经历了这么几个阶段:第一个阶段是人口记载萌芽阶段,或者说是朦胧阶段。根据晋代皇甫谧所著《帝王世纪》记载,大禹治水时清点全国人口数量的时候,那时全国合计一千三百多万人。这个时期大约是公元前两千两百年左右,是世界上最古老的人口数字记录之一。

"传说大禹治水走遍了全国的山山水水,八年中经历了无数艰难险阻。每到一地,他就查点当地的居民人数。因此,这个数字虽然不敢保证百分之百地准确,但却可以肯定地说,这个数据不会有太大的偏差。所以,大禹治水时期,全国人口应当是一千三百万左右。

"从大禹时期到秦朝以前的两千年间,中国的人口没有太大的变化,一直保持在千万人的等级上。这个数字很不可靠,因为这个时期,我们国家和外国一样,统计人口还被认为是一种罪过。因此,这个时期的人口数量,仅仅可以作为一个参考。从大禹时期到秦朝以前,属于我国人口记载史上的第一个时期。

"第二个时期是秦汉时期。经历了长达几百年的战国大乱之后,秦初不足三万户。秦末又遇战乱,人口减至五千户。一户有多少人,我们不得而知,但秦初到秦末人口锐减却是不争的事实。刘邦建立西汉王朝之后,社会总体上来说趋于稳定,人民群众的生息得以喘息,人口数量得到迅速发展。据史料记载,西汉末年,我国人口数量达到了五千九百万以上。

"王莽篡权,三国纷争,六十多年的战争,不间断的瘟疫,使全国人口一下又减少到七百六十万,只有西汉时期的八分之一。

"晋朝有一段短期的休息生养，但紧接着又是一百多年的南北朝乱世，使全国的人口始终保持在两千万人的低水平上。从秦朝开始，到汉朝灭亡，这个时期是我国人口发展史上的第二个时期。

"第三个时期是隋唐至中华人民共和国成立以前。

"隋、唐两朝，大体上保持着比较稳定的局面。唐朝天宝年间，中国人口发展到五千二百多万。五代混战结束后，全国人口比盛唐时期减少了大约三分之二，全国人口仅有一千多万，进入了低谷时期。

"宋朝初期，我国的经济发展步入巅峰。有经济学家做过分析，认为宋朝初期，我国的经济总量约占全世界的四分之三。与此同时，这一时期的人口生产出现了跨越发展，全国人口为四千六百万，最多达到八千万到九千万。

"元朝初期，由于连年征战，全国人口又跌落到约为一千五百万的水平上。造成人口大幅度减少的罪魁祸首不外乎战争、饥饿和灾荒。从元朝到清末，以至于民国期间，我国人口数量虽然有涨有落，但总体上来说呈现增长趋势。新中国成立以前，全国人口约为四亿六千万。

"从新中国成立到现在，全国人口已经发展到六亿。

"纵观历史，我们可以得出这样一个结论：几千年来，中国人口数量经历了一个三起三落的过程。夏、商、周、秦，人口缓起，至汉朝剧增；隋、唐又一起，五代十国时二落；宋代三起，至宋末三落；元、明、清以后持续增长。

"那么，中国人口为何而起？又为何而落？起的原因比较简单，不外乎政局稳定、社会安定、经济发展、人民生活得到改善。落的原因比较复杂，归结起来无非三条：一是战争。包括统治阶级内部狗咬狗的战争和被统治阶级反抗统治阶级的正义战争。二是灾难。包括旱灾、水灾、虫灾和流行病等各种病魔。三是人满为患。我们应当首先肯定，没有人不行，人口过少也不行。但人口增长速度一旦超越了经济发展的速度，就必然反过来对人口发展产生副作用。

在这一点上,我原先是反对韩石山同学的。今天,我当着全班同学的面,公开向大家亮明我的观点:我错了,我诚心诚意地向韩石山同学道歉。"

罗亦农说到这里,朝人群中的韩石山鞠了一躬。

韩石山也站起来向罗亦农还了一躬。

罗亦农深深地看了一下台下的同学,接着继续讲道:

"至于北韩村的人口问题,我和李九红同学一样,也做了实事求是的调查。在北韩村的历史上,人口数量很少超过三百这个关口。北韩村的实力也从来没有超过与他们一河之隔的南韩村。那么,造成这种现象的根源是不是因为北韩村的人口数量总赶不上南韩村的人口数量呢?不,完全不是。我认为北韩村的实力总也超不过南韩村的真正原因主要有两个:一是北韩村的人口质量总体上来说不如南韩村。正如李九红同学说的那样,长期以来,北韩村许多群众患有粗脖子病、大骨节病和矮个子病。尽管南韩村也有人患这种病,但相比之下,南韩村的患病人数要比北韩村少得多。二是北韩村人均占有土地的数量比南韩村人均占有土地的数量要少得多。南韩村虽然人口多,但他们的土地更多,人均占有土地五亩多。北韩村的人口虽然少,但他们的土地更少,人均占有土地两亩多,还不到南韩村人均占有土地的一半。粮食收成正常的情况下,北韩村与南韩村的这种差距就不容易显露出来。但一遇灾年,北韩村的抗灾能力就远不如南韩村。因此,我觉得北韩村要想真正发展起来,不是要增加人口,而是要减少人口。不是要提高人口数量,而是要提高人口素质。

"第二,关于北韩大队的农业生产问题。北韩大队的粮库我看了,北韩大队群众的粮缸我也看了许多。根据我的测算,北韩大队的粮食根本就达不到五十多万斤,顶多连十万这个数字也超不过。这完全是一种虚报现象,虚假现象。同学们都是学农业的,许多同学还是从农村来的,大家想一想,按照我们目前的农业生产水平,一亩地能产八九百、一千多斤小麦吗？五六百亩地能产五六十万斤小麦吗？这除了人为的臆想和数字上的拔高，还能有什么办法创造这样的人间奇迹？可是，我们所看到的，却是那么多的粮食被糟蹋在地里，那么多的人对这种令人心痛的现象麻木不仁。万一碰上灾年造成粮食减产怎么办？万一粮食不够吃怎么办？难道让北韩大队的群众喝西北风？我认为北韩大队的群众不应当发愁粮食多得吃不了怎么办，而应当发愁粮食不够吃怎么办。

"第三，关于北韩大队大炼生铁、增加农民收入、实现农民富裕的问题。我出身于一个读书人的家庭，从我脱离娘胎到现在，我没有见过农民怎样种地，也没有见过工人怎样炼钢炼铁。但是，这一回到北韩大队参加生产实践，尽管我仍然没有看到工人炼钢炼铁，但我却看到了农民是怎样炼钢炼铁的。同学们，大家想一想，炼钢炼铁能用土和砖垒起来的土炉子炼吗？炼钢炼铁能用柴火、木炭烧火炼吗？同学们都亲眼看到了，北韩大队炼的那黑不溜秋的东西能叫铁吗？铁是什么东西？铁是用达到一定质量标准的铁矿石炼的，是用几百度高温的熊熊烈火炼的。北韩大队炼出来的铁，无非是柴火、木炭和矿石烧焦之后的混合物。这样的铁不仅不能使我们国家的钢铁产量赶美超英，而且还要浪费我们国家大批的钢铁资源和矿产资源。我认为，我们依靠这样的土炉子炼钢炼铁赶美超英，不仅不会缩短我们同美国、英国的差距，反而会把我们同美国、英国的差距拉得更大。"

罗亦农讲到这里，忽然意识到自己过分激动，有意稳了稳神："同学们上来讲讲。今天是辩论会，不能光听我一个人讲。光让我一个人讲就成了一言堂了。"

同学们没有一个上讲台讲，但却在下面嚷嚷起来——

"罗老师讲得对，我们要扩大生产规模，提高生产数量，但我们不能违背客观，盲目蛮干！"

"罗老师，我们不用讲了，北韩大队的情况我们都看见了。我们不说了,我们支持你!"

"罗老师,今天的辩论会不用再辩了,真理在你这边,真理属于你。我们服从真理,我们支持真理!"

李九红见众人都支持罗亦农,气得脸色发紫,"嘣嘣嘣"走上讲台,用手指着罗亦农愤然说道:"你否定人民群众的创造力!你反对国家的人口政策!"

罗亦农非常平静地说:"李九红同学,请你冷静冷静。你说我否定人民群众的创造力,你说我反对国家人口政策,你把你的理由说出来。只要你说得有理有据,只要你说得符合事实,我会当场向你认错的,也会当场向你道歉的。"

同学们像炸了锅似的纷纷指责李九红:

"李九红,不要耍蛮!"

"李九红,滚下来!"

罗亦农见同学们情绪失控了,连忙制止:"同学们请安静,同学们请安静。大家不要喊。让李九红同学慢慢讲。"

同学们安静下来了,李九红却火冒三丈地站在讲台上,用手指着罗亦农又吼又叫:"讲什么?对你这个以权压人、阴险毒辣的人有什么可讲的?你有什么资格当老师?你不要以为你在班里可以一手遮天就没人能管得了你?你胆敢公开否定人民群众、反对国家政策,我到学校党委告你去!"

刚刚安静下来的同学们又炸开了锅:

"混账!混蛋!"

"滚下来!滚下来!"

有个同学指挥同学们一起喊了起来:

"一——二——"

"滚下来——"

"一——二——"

"滚下来——"

"安静！安静！"罗亦农大声喊了起来。

不管罗亦农怎么喊，同学们依然一遍又一遍地很有节奏地喊：

"一——二——"

"滚下来——"

"一——二——"

"滚下来——"

李九红气哼哼地从讲台上走下来，又气哼哼地走出教室，"叭"的一下狠狠地把教室门关住，嘴里不干不净地骂："你娘的鳖！一帮跟屁虫！一帮舔屁眼贼！"

一边骂着，一边气哼哼地向学校党委办公室走去。

# 三十八

老天爷和人较上了劲。

人在地上热火朝天大打生产翻身仗，老天爷在天上热火朝地不下雨干燥得吸口空气鼻子眼都发烫。

麦子吐穗的时节，被阳婆婆烤得像鳌子似的土地，把一到夏天就不穿鞋的娃崽们烫得再也不敢光着脚走路了。干枯的麦叶歪七扭八地翻卷着，黄中泛白的麦秆皱皱巴巴，就像刚刚得过痨病一样。

北韩大队的近千亩麦田努了十几二十天，也没努出几颗麦穗。

又一个历史上罕见的旱灾降临了。

公共食堂在年前就已经灶熄锅空，散了摊子。

原先想着公共食堂有好多优越性，以为大家集中到一起可以节省劳力，解放妇女，弄来弄去不是那么回事。

几百号人在一起吃饭，要有专人砍柴，要有专人烧火，要有专人担水，要有专人舂米，要有专人煮饭，要有专人炒菜。

玉米秆麦秆烧完了，就砍山上的树。省粮省人的好处没得上，反倒毁了山上的林子，还把牲口冬天吃的草料烧了个精光。

头年的麦子大多爱了国，秋天的玉米糟蹋到地里喂了野老鼠。

芒种过了没几天，多半人家的粮缸瓮底干净得就像狗舔过一样。

饿得浑身乏力的北韩人再也没有心思大打粮食翻身仗了，再也没有力气大打生产翻身仗了。

人们忔眨着发绿的眼睛，搜寻着所有能往嘴里填的东西。像木渣一样的糠窝窝成了最上等的食物。

北韩大队遭遇了数年未遇的饥荒年，南韩大队的情况也好不到哪里。

虽然南韩大队的情况比北韩大队好不了多少，但终归还是要好一些。

因为韩黑虎故意以粮食高产和多交爱国粮引诱韩茅勺上钩，使北韩大队比南韩大队多交了不少爱国粮，无形之中就使北韩大队的饥荒程度比南韩大队要重许多。

伤敌一千，自损八百，韩黑虎对这样的结果是相当满意的，也是相当得意的。


韩六六的小娃崽毛毛天天填满一肚子糠粒，也不注意多喝水润肠。

吃了晌午饭，毛毛小肚子憋得难受，蹲在院子里捏着拳头使劲往下努，努得眼窝里都流出了泪蛋蛋也没努出东西。

难受得实在受不了了，小毛毛就哭着喊他娘：

"娘——娘——快来看我——我快死了——"

正在发愁下顿饭吃啥的水白菜听见，从屋里慌忙跑出来。

"咋哩——咋哩——我娃咋哩——"

努了一身汗水的小毛毛用脏兮兮的小手抹着眼睛："我屙不下。"

"努——努——"水白菜站在小毛毛面前，握着自己的拳头为小毛毛鼓劲。

"我努了。"

"再努。"

小毛毛在水白菜的鼓励下，又开始憋住气捏住拳瞪圆眼睛使劲努。努着努着，扑腾一下倒在地上："我努不动了。"

"来，娘给你揉揉。"

水白菜蹲下身，用手在小毛毛的肚子上揉了起来。

小毛毛一边呻吟，水白菜一边揉。

揉了一阵，水白菜哄着说："我娃听话。我娃起来再给娘努努。"

小毛毛起来，一边努一边哭。

水白菜蹲在地上，眼巴巴地盯着小毛毛的尻子门。

"努下来了，努下来了。"水白菜高兴地喊。

"娘——我尻子门疼。"小毛毛哇哇大哭。

"娘看看，让娘看看。"

水白菜让小毛毛把尻子朝天撅起来，看见小毛毛的尻子门往外汩汩冒血。

"哎呀！我娃尻门流血了！"

小毛毛用手一摸，摸了一手屎血，嘴张得像窑洞一样哭喊："我疼哩！我疼哩！"

"我娃不哭。我娃再给娘努努。"

"我不努了。"

"我娃听话。我娃给娘努出来，我娃肚里就好过了。"

小毛毛爬起来重又蹲好，刚努了一下又倒在地上："疼死我了——疼死我了——"

水白菜见小毛毛说啥也不给她再努了，找了一节细树棍把半截夹在小毛毛尻门里的干糠往外扒拉。

扒拉一下，小毛毛就喊一声娘。

再扒拉一下，小毛毛就又喊一声娘。

赶到把小毛毛尻门里的干屎扒拉完，水白菜的脸上也流满了泪。

热烘烘的河滩地里，韩茅勺指挥青壮劳力拉土修渠。

由于连续好多年不缺雨水，北韩大队的水井打好后虽然人畜用水咋吃也吃不退，但却没有引到地里浇一苗田。

眼看着小麦旱得一粒也收不下了，秋天的玉米没水又下不了种，韩茅勺急得喉咙眼里直往外冒火：

村里的粮食已经吃光了，夏天的野菜什么的好歹能顶三两个月。秋季这一料要抓不住，到了冬天可真要把人往死里饿。要是有人饿死，他这个北韩大队的临时负责人就干不成了。

为了确保全村社员吃上秋天的玉米，趁玉米下种之前，他把全大队青壮劳力全都招呼到河滩地里运土修渠。

头几天人们还干得有点劲，干了几天人们就干疲了。

不管他脸吊得有多长，也不管他日骂得有多难听，人们一个个就像吊死鬼寻绳似的浑身稀软，叫不起劲。

昨天夜里，他想了一个叫劲的办法：大队库房里还有几百斤白面和玉米面。他安排他女人七女领着几个女人，今天一早拿出一些蒸了几锅两样面馍馍。

上工的社员一来，他就站在一截刚修好的渠埂上吼喊着说：

"大伙儿这几天干得不赖。大家吃不上东西，身子里攒不下劲。今天咱们保证让大家吃个饱饭。一会儿热蒸馍就给咱送来了。大家好好干，拉一车土一个蒸馍，拉两车土两个蒸馍，拉多少车就给多少蒸馍。拉得多就吃得多，拉得少就吃得少，拉不下就吃不上。好啦，咱们闲话少说，开始——"

众人听说一会儿按拉土的车数发蒸馍，一改往日松松垮垮的样子，嗷嗷嗷叫着架起车没死没活地干了起来。

韩六六一边拼命拉着，一边心里盘算：这一晌午要是好好干，少说也能拉他个十来车。十来车就是十来个馍馍。自己顶多吃上五六个，剩下的就可以带回去给老婆和娃崽吃。

韩六六拉第九车的时候，他妹妹七女拉了一车馍馍来了。

大家放下车，"轰"的一下围了上去。

"干啥哩?! 我看谁再往前拱! 娘的个鳖，都是猪转生的! 见食就抢?!"

韩茅勺站在馍馍车前，把挤到前面的往后推："都排好队，一个一个领!"

王二毛不听,把住馍馍车的车架不丢,眼睛直勾勾地盯着热气扑鼻的馍馍,嘴里的口水像蜘蛛吊线似的流到了香喷喷的馍馍上。

韩茅勺照着王二毛的后背就是一拳:"干鸡巴啥?嘴里的鳖水流到馍馍上了。"

王二毛"哎呀"叫了一声,扭过脸揉着背朝韩茅勺嘿嘿讪笑。

"滚!滚到你娘肚皮上吃奶去!"

韩茅勺一边骂,一边把王二毛往后推,一直推到排成一线的队伍最后面。

韩茅勺用黑兮兮的脏手抓着馍馍,按每个人拉的车数一个一个地发。

韩六六领上馍馍,没走几步便蹲在地上,张开嘴,"叭叽叭叽"地吃了起来。

由于不喝水光干吃,噎得像抢食的鸡鸭一样,吃一口馍馍把脖子往长里伸一伸,吃一口馍馍把脖子往长里伸一伸。

一连吃了五个,心想着不吃了,留下给老婆和娃崽吃。

脱下汗涔涔白布衫子,把剩下的馍馍裹住挂到柳树枝上,架起车刚拉了一趟,又怕旁人趁他不注意偷走,撅起尻子放下车,把衫子从柳树枝上拿下来,穿到身上系好扣子,一个一个把馍馍揣进衫子兜里。

拉了两趟,肚里咕噜咕噜又叫开了。

他把车把重又放下,心里悄悄地自己对自己说:再吃一个,再吃一个说啥也不吃了。

张开嘴大嚼大咽地又吃了一个,觉得肚里还叫唤,心里又想:再吃最后一个,这个吃了说死也不吃了。

吃了这"最后一个"后,忽然想起应该点点数,怕万一妹夫茅勺脑子糊涂少给发了。

他把手揣进兜里,一个兜一个兜挨着数了数,还剩四个。

他觉得馍馍数不对，偷偷扳起指头算了算：头一回吃了五个，第二回吃了一个，最后一回吃了一个，一共七个。现在还有四个，加起来是十一个。自己总共拉了九车土，应该领九个馍馍。十一个刨去九个，自己领的馍馍实际上多出来两个。

他赶紧把馍馍揣好，架起车心里笑道：还是自己人当领导好。要是别人发馍馍，能一下多给咱两个？

后响收工的时候，韩六六又拉了十车土。

韩茅勺又吼喊着给大家发馍馍。

饿得不行，韩六六没有排队，蹲在地上把剩下的四个馍馍全吃了。

等大家都领上馍馍往回走时，韩六六才拿着系好袖口、系好扣子的白布衫走到馍馍车跟前。

韩茅勺笑着说："今天数你拉得多。头一回发馍馍，你一共拉了十车。这一回你又拉了十一车。再给你发十一个馍馍。"

韩六六心里又笑开了：妹夫发馍馍给自己多发，记车数的时候还给自己多记。本来自己两回加到一起是十九车，妹夫却给自己记成了二十一车。

心里感激得不行，碍着旁人的面又不好嘴上说出来，只得顺着妹夫的杆往上爬："对对对，这一回我又拉了十一车。"

韩茅勺从馍馍车上拿一个，韩六六就用手接住往白布衫里揣一个。他一边接馍馍，一边在心里悄悄数数。按妹夫已经多给他记了一车的数数，他这次应该领十一个馍馍，但妹夫却给了他十五个，比他实际拉的车数又多发了五个。

领完馍馍后，他特意朝妹夫递了个充满谢意的笑。

韩茅勺怕旁边的人看破，绷着脸说："笑啥哩？还不赶快回去给嫂子和毛毛吃去！"

韩六六朝韩茅勺无声地笑了一下，把装了馍馍的白布衫半套在脖子上，一溜烟似的往家里飞奔。

原打算用二十来天才能修好的水渠，由于韩茅勺的馍馍激将法，仅用了十一天时间就能流水了。

头一回用潜水泵吸上来的井水浇地，可北韩的男女老少像正月十五看红火似的拥到河滩地里。

在喧天震地的锣鼓声中，清澈透亮的井水顺着北韩人用生土筑成的新渠，温顺而妩媚地流出村子，流过滩地，流入滩田。

火辣辣的阳婆婆像一轮火球挂在半天空中，但韩茅勺却一点儿也没有感觉到它的存在，心里像喝了冰水似的凉爽。

眼瞅着流进田里被干渴的黄土拼命吮吸而不断冒着水泡的井水，韩茅勺似乎看到了埋入土中的玉米种子，嗞嗞嗞发出了黄色的嫩芽，嗞嗞嗞拱出了地面，日日日朝半天空使劲往高蹿，长得像捣衣槌一般大的玉米穗，在凉丝丝的秋风中悠然摇曳。忽搭忽搭的风箱声中，金黄色的玉米窝窝散发出香气四溢的热气。

他愣愣地看着，咯咕咯咕地往肚里咽口水。

"不好了！不好了！"

饲养员王二毛日急慌张地跑到韩茅勺面前，大口大口地直喘粗气。

沉浸在美好向往中的韩茅勺兴头被败了个精光，瞪起眼珠子喝道："咋啦？死了娘老子了？"

"没……没有……"

"那你喊尿哩？"

"死了……死了……"

"死了谁？"

"黑犍牛死了。"

"啊——"

"好几天都没东西喂牲口了。前两天黑犍牛就蔫不叽叽的，卧在圈里不起来。我一走到它跟前，它就看着我眼窝里流泪。今天半晌午我去看它,它躺在圈里眼窝闭得紧紧的,四条腿硬得像棍子。"

韩茅勺气哼哼地扭转身就往村里走。

进了饲养院,韩茅勺朝黑犍牛身上踢了几脚,黑犍牛的骨头架子硬得像石头。

韩茅勺扭过脸就骂:"早你娘鳖死了八辈子了,日你先人咋这会儿才告我?"

王二毛脸被吓白了:"才才死的,才才死的。你不信摸摸,它身上还温着哩。"

韩茅勺用手摸了摸黑犍牛的皮毛,黑犍牛的皮毛硬扎扎的没有一点儿热气。

"温啥哩温,比你娘的鳖还凉哩!"

"我刚刚叫你的时候它还温着哩。"

"你日哄谁哩你。你能日哄了别人你能日哄了我?你不要叫我摸,你自己摸摸。你自己摸摸是才才死了的?"

"一大早我来的时候它还在这里卧着哩。"

"卧啥哩卧,卧你爹的杆子哩!你让村里人都来看看,它要不是昨天夜里死的你吐到我脸上!"

"那咋办哩?"

"办啥哩办?杀了!"

"那我回去拿刀去。"

"你日你先人你日能哩!你以为这是你家死了只鸡?死了只羊?这是集体的耕牛!公社不批你敢杀?不把你狗日的送进法院怨你狗日的本事大!"

"那就等公社批了我再杀。"

"这大的牲口你能杀了?就凭你个杀鸡杀屁眼的货?!"

"那让谁杀?"

"六六哥。六六哥是咱村杀牛杀得最好的把式。"

"对对对,六六哥杀得好。公社批了就叫六六哥杀。"

"等啥哩？等到明天早臭你娘鳖了。你现在就叫六六哥，我打发人往公社送报告。"

王二毛看见韩茅勺凶得要吃人，便不敢再和韩茅勺言烦了，耷拉着脑袋到河滩里叫六六去了。一边走一边心里狠狠地骂：日你个贼先人！尿大点的好事也要照顾你那鸡巴大舅子！

韩茅勺望着悻悻而去的王二毛，心想：你狗日的还在老子跟前耍聪明。你以为老子不知道你为啥要干这事？还不是想比旁人多吃两颗牛蛋？

按照北韩村多年的规矩，主刀人杀完牛后，两颗牛蛋就归主刀人了。韩茅勺自然要把这两颗又臊又腥的牛蛋照顾给他的大舅子韩六六。和他一不沾亲、二不带故的王二毛还想和韩六六争这两颗牛蛋，分明是脑子眼糊上牛粪了，心里面灌进鸡屎了。告给你吧，你那纯粹是做梦娶媳妇——尽想好事；墙上挂门帘——没门儿！

韩六六没有直接到饲养院，他是先绕了弯，回到家里拿上杀牛刀才来的。

"茅勺，咋弄？等公社把报告批了再杀？"

韩六六满脸高兴地问韩茅勺。

"不等了。杀完了公社就把报告批回来了。"

韩六六挽起袖子，嘎叽嘎叽就把黑犍牛的头砍了下来。

砍下牛头后，又"唰"的一下把黑犍牛的肚子一刀划开，"噌噌噌"把黑犍牛的皮一刀一刀剥开。

剥完牛皮，就用刀口直奔他今天要收获的劳动成果上——黑犍牛的两颗蛋卵子。

割黑犍牛的蛋卵时，韩六六有意把刀尖往深处剜，顺势连着蛋卵把多半斤肉带了下来。

王二毛气得直咬牙，话里带刺地说："哟——这牛蛋可够大哩！"

韩六六知道王二毛话里有话，半开玩笑地反击道："你当是你腿板里夹的蛋子，小你娘鳖的连塞牙缝都塞不满？"

围在旁边的人"哗"地笑了起来。

王二毛本想借机拿话刺扎韩六六，没想到反倒被韩六六弄了个大红脸。

"怪不得你女人半夜里老叫唤，肯定是你的蛋卵子比黑犍牛的还大！"

众人"哗"地又笑了。

韩六六知道王二毛故意找他的碴儿，拿刀尖指着王二毛的腿板："日你娘你再说！再说老子把你的尿把子割下来喝了酒。"

王二毛见韩六六翻了脸，吓得噘住嘴一句也不吭。

韩六六这才把两个软不溜溜的牛蛋递给早已等在那里的水白菜手上。

"茅勺，你分吧。"

韩六六把刀往韩茅勺手里递。

韩茅勺摆摆手："我不沾手了。你分吧。"

"咋个分法？"

"按人头分。一人三两。"

韩六六对着人群喊："都不要挤，我喊到谁的名字谁往前走。第一家，韩秀秀——"

人群里没人应声。

韩六六又喊了一遍："第一家，韩秀秀——"

韩秀秀听说大队死了牛，揣摸着一会儿要分牛肉，自己被免了职又不好意思在人多的场合露面，就打发三小子石岭来了。

石岭来了后，见韩六六还在忙活儿，就跑到人群后面玩。

"石岭，喊你娘的名哩。"

毛毛听见了，对石岭说："快去领牛肉去。"

石岭挤到前面："来了。"

"好，接住。"

韩六六诡谲地笑笑，刀子下在了刚才割牛卵的地方。

过了过秤，放到石岭手里："拿好，这是最好的一块肉，回去叫你娘好好吃。"

石岭不知韩六六的坏心，捧着带着牛鸡鸡的肉在人们的笑声中离开了饲养院。

"第二家，王二毛——"

王二毛走到前面。

韩六六手里的刀子顺着刚才的刀口朝黑犍牛的肚皮方向歪去。

王二毛看着白花花的黏皮瓢，犹犹豫豫不想接。

"咋哩？不要？不要今天没你家的了。"

韩六六说着，把伸到王二毛面前的手缩到胸前。

王二毛不说话，从韩六六手里夺下就走。

韩茅勺和韩六六家是最后分的。但却是最好部位的肉——黑犍牛的屁股蛋。

看看跟前没人，韩六六的刀子下得特狠，他家和韩茅勺家分的牛肉，足足比应该分的分量多出一倍还多。

"娘，牛肉分回来了。"

石岭一进门就兴冲冲地喊。

"这么快？"

韩秀秀从屋里出来，感觉到有点儿不对劲。

石岭人小心憨，自然不知道韩六六分牛肉时耍的鬼。

他满眼带笑地看着他娘说：

"今儿个分肉不排队，喊到谁家大人的名字，谁家的人就到跟前领。咱家是第一家。"

韩秀秀从石岭手里接过牛肉，脸色一下就变了。

"娘，你不高兴？"

石岭看着韩秀秀的脸怯怯地问。

"娘咋不高兴？娘不是高兴得笑哩吗？"

韩秀秀朝石岭笑了笑，但脸上的颜色比哭还难看。

石岭看出韩秀秀的笑是装出来的，脸上的高兴劲一下就没了：

"娘，你别难过。我知道这牛肉少，不够咱吃一顿。你煮吧，煮熟了我不吃，你和哥哥弟弟吃。"

韩秀秀不说话，从水缸里舀了两瓢水洗净，放到锅里让石岭烧火煮。

煮了一会儿，锅里就冒出了扑鼻的肉香味。

兄弟几个围着锅台，眼睛直直地盯着在沸腾的开水里上下翻滚的牛肉。

石岭用筷子朝牛肉一扎，"噗"的一下就穿透了。

"娘——肉熟了！"

锅里的肉熟没熟，用筷子一扎就能试出来。如果扎不进去，那就是没熟；如果轻轻一扎就扎进去，就可以断定肉煮熟了。

这一招自然是娘娘教给他们的。

因此，石岭没使多大劲就把筷子扎进肉里后，便马上告诉他娘娘：牛肉煮熟了。

韩秀秀进了饭厦，把牛肉从锅里捞出来，放到案板上，用刀划成几块，淡淡地说了声"你们吃吧"就出去了。

几个弟弟早等不及了，一人抓了一块就吃。

弟弟们都吃开后，石岭才拿了一块最小的。

吃了两口，石岭从案板上拿起一块最大的送给娘娘。

"娘，你看这块牛筋多大。你爱吃牛筋，你吃了吧。"

听了石岭的话，韩秀秀眼里的泪一下涌了出来。

"娘，你咋啦？你哪里难过哩？"

石岭见娘娘哭了，自己也哭了。

韩秀秀哭得更厉害了："娘好着哩，你快吃去吧。"

"娘，你吃。你不吃我也不吃。"

石岭把牛筋肉送到娘娘手前。

韩秀秀胸部剧烈地起伏着："娘心里不好过，不想吃。我娃听话，快吃去。"

"娘，你咋了吗？你咋了吗？"

石岭捧着牛筋肉大声哭开了。

韩秀秀憋不住了，搂着石岭也哭出了声。

石岭怕娘娘越哭越伤心，就止住哭往外走。

刚出院门，看见黑板拿着一大块全是红丝丝的牛肉吃。

黑板一看见石岭，就神秘兮兮地笑着说："石岭，你晓得你家分的那块肉是啥肉吗？"

石岭摇摇头。

黑板"嘎嘎嘎"笑道："憨尿！你家分的肉是牛鸡鸡！"

"你家才是牛鸡鸡！"

"你问我娘去。我娘说你家是牛鸡鸡。我爹专门叫我舅舅把牛鸡鸡割下来给了你家。"

石岭相信了，脸涨得通红。

黑板见石岭不吭声了，"嘎嘎嘎"笑得更凶了。

石岭上去就把黑板按倒，抡起拳头没头没脸地打了起来。

一开始，黑板还一边叫骂，一边反抗。

反抗了一会儿，就光骂不反抗了。

到了后来，就也不骂了，也不反抗了，任凭石岭揉打。

石岭从黑板身上起来，照着黑板的尻子狠狠地踏了一脚，扭过身就往家走。

黑板浑身是土地从地上爬起来，捡起滚得脏乎乎的牛肉，朝着把身子刚闪进院门的石岭叫骂：

"你娘鳖！我告我爹呀！"

石岭听见后，返回身就往黑板跟前走。

黑板看见石岭又出来了,吓得赶紧掉头就跑。

水白菜笑嘻嘻地把牛肉和牛蛋捧回家,又笑嘻嘻地把牛肉和牛蛋煮好。

她把牛肉放进一个盆里,把牛蛋放到一个碗里,又拿来一个碗扣住。

牛肉是全家人吃的,牛蛋是专给六六吃的。

牛蛋味道不如牛肉好,但牛蛋是大补,男人吃了特长劲。她和娃崽们吃牛蛋没用,只有她男人吃牛蛋才不白吃。因此,这牛蛋自然是她男人六六的"专供品""特供品"。

她撕了一绺牛肉给了毛毛,自己坐在炕沿上,想等六六分完肉回来一块吃。

看着吃得津津有味的毛毛,水白菜肚里"咕噜咕噜"地叫开了,嗓子眼里的口水也一股劲地往上涌。

她拿上牛肉正准备先吃一小块,又怕六六回来骂她馋鳖嘴,放下手里的牛肉,咽了几口口水又坐在炕沿上等。

"娘,我还吃。"

毛毛吃完手里的肉,伸着手又朝她要。

"等你爹回来咱再吃。"

毛毛没要下肉,张开嘴就哭。

"我娃不哭,我娃再吃一小块。"

水白菜撕下小小一绺。

毛毛嫌小,光哭不接。

水白菜又撕了一绺大点的给毛毛。

毛毛还嫌小,还不接。

水白菜撕了一块更大的给毛毛,毛毛这才接住,但眼睛盯着刚才那两绺小肉不动。

水白菜把这两绺小肉全给了毛毛,毛毛这才接住,笑着跑了出去。

毛毛跑出去后，水白菜便继续耐着性子等男人。但左等右等，不见六六回来。右等左等，还是不见六六回来。

水白菜终于忍不住了，撕了一小绺吃了。

吃了两口，憋了好长时间的食欲一发不可遏制。

欲火烧得不行，怎么压也压不住，索性撕下一大块大口大口地吞咽起来。

吃得还剩几口，院里响起了韩六六的脚步声。

她怕六六笑话她鳖嘴馋，赶紧张大嘴一口吞进去。

这一吞不得了，一下噎得她喉咙发胀，眼泪直流。

她使尽浑身的劲往下咽，反倒把嗓子眼堵得严严实实，透不上气了。

"肉煮好了吗？"

韩六六人还没进门，声音先进来了。

水白菜想答话，但出不了声了。

"煮好了吗？"

韩六六进来问。

水白菜指指盆子。

韩六六没有注意水白菜的样子，拿起牛肉就吃了起来。

"香！香！好狗日的香！"

韩六六一边不住地说"香"，一边抬起头看水白菜。

这一看不打紧，吓得他嘴里含着牛肉，"扑通"一下心都快跳到嗓子眼了。

水白菜脸色煞白，指着自己的嘴说不出话来。

韩六六一下明白了咋回事，赶紧扔下手里的牛肉，扒开水白菜的嘴就往外掏。

由于噎得太深，手探不到跟前，咋弄也弄不出来。

"你等着，我拿筷子掏。"

韩六六拿上筷子一转身，水白菜"扑腾"一下倒到地上翻起了白眼。

韩六六不顾一切地用筷子在水白菜的嘴里拨弄。拨弄了一阵，水白菜就伸直四肢，魂归西天了。

## 三十九

水白菜出殡那天，又一个不好的消息传进韩茅勺耳里。

王二毛把韩茅勺告下来了。

黑犍牛死了后，王二毛想着韩茅勺肯定会让他宰杀。

村里这几年留下个规矩：生产大队死了牲口，都由饲养员把刀。没想到韩茅勺以权谋私，把刀子交给了他的大舅子韩六六。

王二毛倒不是眼馋宰一头牲口能挣十个工分，而是想美美地多吃两个牛蛋。

没承想不仅牛蛋让韩六六那狗小子吞进了肚里，而且韩六六分肉时还把黑犍牛身上最不好的软皮囊肉分给了他。

他心里难过了一夜，第二天就把这事捅到了公社武书记那里。

王二毛见武书记的时候，正是武书记心情极其糟糕的时候。

昨天上午，县里开了一个全县公社书记会，对全县前段时间出现的盲目蛮干和虚报产量的做法进行反思。

马书记和刘县长点名批评了马家公社。

马家公社之所以成了这次会上唯一一个被点名批评的公社，全是北韩和南韩惹的祸。

两个本是同姓同宗的大队，也不知道哪根筋出了问题，又是在粮食生产上虚报产量比高低，又是在大办公共食堂上出风头，后来还在土炉子炼铁上出歪招。

要是北韩和南韩不在这些方面瞎较劲,马家公社就不会被县里抓了反面典型,就不会在全县公社书记会上受批评、挨头子。

树活一张皮,人活一张脸。

是个人都知道要脸,是个人都知道护脸。

当干部、当领导,与其他人比,更要要脸,更要护脸,更要把脸看得比命还金贵、比命还值钱。

武志安当然也不例外,把自己的脸面当作最贵重、最要命、最不能伤害的庄严和尊严。

然而,马书记和刘县长当着全县公社书记的面,把他集庄严和尊严为一体的脸面连皮带肉地扯了下来,连毛带血地撕了个粉碎。

他觉得他在马书记和刘县长面前没脸没皮了,他觉得他在同职位的公社书记里面无颜无面了,他觉得他在下属和群众跟前无头无脑了。他心蔫得没有了一丁点心气,他胸凉得没有了一丝毫热气。

他气恨交加、羞恼交织地回到公社,一头扎进办公室里,谁也不愿意见、谁也不愿意看地把房门紧关、双眼紧闭地坐在办公桌前,像演电影断了胶片,脑袋里一片空白。

公社干部看见武志安丢魂失魄似的神情,一个个鸦雀无声,噤若寒蝉,唯恐躲之不及,挨一棒子。

"当当当,当当当。"

没想到这个时候,竟然有人不知趣地敲他的门。

武志安心烦地瞪着门的方向,"呼哧呼哧"地出着粗气,不想搭理门外的人。

"当当当,当当当。"

门外的人还是不知趣地又敲他的门。

他更加心烦地瞪着门的方向,"呼哧呼哧"地出着粗气,不想搭理门外的人。

"当当当,当当当。"

门外的人固执地又一次敲他的门。

他怒气冲冲地走到门口，霍地拉开房门，怒不可遏地大声吼道："干什么?!"

门外的人吓了一跳，忙不迭看着武志安："我，我，我找武书记。"

武志安瞪着血红的眼珠子问："找我干什么?!"

那人站门外，眼睛却朝武志安办公室看。意思是想进到屋子里和武志安说话。

"看什么看？就在这里说！"

武志安把身子一横，把那人挡在门外。

那人见武志安不让他往门里面走，脸上带着几分怯色说："武书记，我给你反映个问题。"

"反映什么问题？"

武志安显得极不耐烦。

"我们大队的一头黑犍牛死了，大队干部没报公社批准就杀了。"

那人见武志安眼睛里一直往外冒火，就赶紧胡同里赶猪——直来直去地把事情抖出来。

"什么?!"

武志安的声音大得几乎能把房顶震塌。

"我们大队的一头黑犍牛死了，大队干部没报公社批准就杀了。"

那人被吓得脸都白了，赶紧把刚才的话重复了一遍。

"你是哪个大队的？"

"北韩大队的。"

武志安一听"北韩大队"四个字，火气一下大得能蹿到房顶上。

"北韩大队?！又是北韩大队！"

那人以为武志安的火气是朝他发的，吓得不敢说话了。

也许是武志安意识到自己情绪失控、言行失态，后面的话调门倏然间低了很多。

"还有什么问题？"

"我们大队负责人韩茅勺以权谋私，多吃多占。"

"多吃了啥？多占了啥？"

"我是饲养员，大队的黑犍牛死了韩茅勺不让我杀，让他的大舅子韩六六杀。"

"还有啥？"

"还有韩茅勺分肉时，趁人不注意多分了好多。"

"谁见了？"

"我。"

"你咋见的？"

"他俩故意不给自己家先分，等人都走光了才分。我躲在牛圈里看见了。"

"你敢作证吗？"武书记突然有了兴趣。

"敢。只要你敢处理韩茅勺，我就敢。"

"这算又一件。还有其他的没有？"

"还有。"

"还有啥？"

"韩茅勺欺负人，专门给我和韩秀秀家分最赖的肉。我是贫农，应该分好肉，凭啥给我分最赖的？韩秀秀是个下台干部，可人家打小就参加了革命，韩茅勺欺负人欺负得连样儿也没了，把牛鸡鸡分给了人家。"

"好。这又算一件。还有吗？"

"还有一件就更厉害了。"

那人神秘兮兮地把嘴凑到武书记跟前：

"武书记，我们大队杀黑犍牛的事公社批了没有？"

"这事我知道。批了。"

"可你不知道，公社批了的时候，黑犍牛早被杀了，肉早都吃到社员肚里了。"

"真的？"武志安的眼睛瞪得溜圆溜圆的。

"黑犍牛死了后，我给韩茅勺说，公社批了咱再杀也不迟。韩茅勺不听，说公社算个尿！先杀了再说！杀了再给公社报。报上去公社还敢不批？我说得让公社先批了才能杀。韩茅勺吹胡子瞪眼地说，怕鸡巴啥？咱先杀了，公社还能把咱的尿咬下半截？"

那人见武志安听得很认真，话里头就开始添油加醋了。

武志安脸色铁青："好！你先回去，我马上就处理这事。"

"武书记，那我走了。"那人圪眨着眼，心里笑着离开了武志安的办公室。

那人走了后，武志安忽然想起没问那人叫什么名字了，急忙走出办公室、走出公社大院。

那人跑得快，早已连个人毛也不见了。

这个人不是别人，正是北韩大队的饲养员王二毛。

王二毛见武书记对他反映的问题很重视，走出来心里高兴地说：日你先人，叫你狗日的再欺负我。等着吧，有你狗小子好果子吃。

一出公社大院，王二毛像踩了风火轮似的，速度极快地向北韩大队的方向飞奔。

韩石山四年的学业还差不到一年就永远离开了西北农业大学，这事让他的母亲韩秀秀气恨了一辈子。

从北韩大队参加生产实践回到西北农大后，围绕人口问题的大辩论也进入了白热化的高潮。

在大辩论初期，由于罗亦农的加盟，李九红这派占据了绝对的上风。后来罗亦农又掉头投身到韩石山的阵营，使得韩石山这派又反过来占据了绝对的上风。

然而，到了大辩论收尾的时候，整个辩论上升到政治政策层面，一下又使李九红一派占了上风。

由于韩石山后来的沉默，也由于罗亦农后来成了韩石山这派的举旗人，韩石山在这场大辩论中由发起人退居为随从者，而原先反对韩石山的罗亦农则成了头号人物。

罗亦农被揪上了台，韩石山虽然也被拉了上去，但火力明显集中在罗亦农身上。

西北农大校园的围墙根下，罗亦农和韩石山在漆黑的夜色中低声交谈。

"石山，你赶快离开学校吧。"

"为什么？"

"为你自己。"

"为我自己？"

"对。我是这个学校的正式教师，我没有地方可去。如果有地方去，我等不到今天早就离开了。你和我不一样。你是学生，你的老家是你躲过这场运动的避风港。这场运动一来的时候，我对你对我都想了很久，也想了很多。我想来想去，觉得这场运动短时间内不会结束。像你和我这种人，迟早要被打成右派，要被戴上右派的帽子。我现在已经成了右派，已经戴上了右派的帽子。看这来头，下一步运动还要扩大。到那时候，你就会像我一样，也被打成右派，也被戴上右派的帽子。你还年轻，可不敢在这里把自己的前程毁了。"

"不，我要和你在一起。在你最困难的时候，我不能离开你。"

"你太天真了。像现在这种情况，你在我身边能起什么作用？能减轻我的罪责吗？能把我头上的右派帽子摘了吗？"

"我帮不了你什么忙，可当你看到我在你身边时，你不会感到孤独，心里会感到好受一些。"

"你说错了。每次批我的时候，我一看到你站在我身边陪着挨批，我心里就非常难过。我希望下一次再批我时，我再也不会看到有个年轻的学生站在我身旁。那样，我心里会好受一些。"

"罗老师，你不能光为别人不为自己呀。本来我应该是西北农大真正的右派头号人物，你现在是我的替罪羊呀。我每次看到你，我心里就有一种深深的负疚感和负罪感。我不回去，我就是死也要死在这里。"

"你又说错了。这句话应该我说。我应该说,我就是死也要死在西北农大。因为我别无去路。我只有默默地伫立在这场来势凶猛的运动中,只有默默地等待着命运之神的处置。今天就算我求你了。赶快走吧,赶快离开西北农大吧。如果你能躲过这场运动,如果你能在老家站稳脚跟,也算我做了一件积德行善的事,我苦难的心里会感到一丝欣慰。除此之外,我现在别无他求。"

"那我走了以后,你咋办呢?"

"不要管我。想管我你也管不了。赶快向学校申请退学。晚了可就来不及了。"

"罗老师……"韩石山泣不成声。

罗亦农用手绢堵住韩石山的嘴:"不敢哭。这不是哭的地方,也不是哭的时候。"

韩石山止住哭,心里憋得像要窒息。

武志安本来想在王二毛告状的第二天就去北韩大队处理韩茅勺。由于想起了韩秀秀,他没有如期而至。

他原打算把韩茅勺这个北韩大队临时负责人和北韩大队大队长一并撸了。但反过来一想,把韩茅勺的位子连锅一端,不仅得把韩秀秀的支部书记职务给重新恢复,还得让韩秀秀把大队长这个职务挑起来。这是他很不情愿的事情。

从内心来说,他还是很佩服韩秀秀的能力。但韩秀秀的性格太枝枝杈杈,就像个刺猬一样,让人没法抓拿。对韩茅勺来说,他打底就没往心里放。从长相来说,三尺不够二尺来高,脑袋就像没长开的茄子一样。这样一副倭瓜长相,哪儿有个大队干部的相。从能力来说,啥事情让他一掺和就全乱套。屎壳郎翻跟头——就会显他的黑屁股。除了这样能耐,哪头也提不起来。从人品来说,比韩秀秀就更差得天和地了。韩秀秀刺扎是刺扎,但办事有原则性,从不多贪集体一分钱的东西。韩茅勺就不同了。针尖大的好处也看到眼里,就是别人不小心屙出一个囵囵豆豆来,他也得扒拉出来拿回家。

想来想去,觉得这两个人都不能一个捧到天上,一个打入地狱。让韩秀秀一个人支部书记和大队长一肩挑,他一抓一手刺;让韩茅勺支部书记和大队长一肩挑,他一抓一手屎。韩秀秀前段时间被临时停了职,这一段估计也得服点软。韩茅勺做梦都想正儿八经地在北韩大队当一把手,这次他偏不让他称心。他要排骨炖豆腐——软硬搭配。还让他俩一个干支部书记,一个干大队长。让他俩见不得,离不得,你踩他的脚,他别你的腿。谁要想压谁一头,都得把自己这个公社书记当依靠。只要他俩都有这种心思,自己往后抓北韩大队的工作就有了主动权。

韩石山一脸灰色地回到家里,韩秀秀就觉得不对劲。

"你回来做啥?"

"不做啥。"

"不年不节的,你不好好上学,跑回来有啥事?"

"我不上学了。"

"啥?!不上学了?!"韩秀秀愣了。

"我想上,上不成了。"韩石山一脸无奈地说。

"你老实说,你做下啥事了?好好的学能上不成?"

"学校要把我打成右派了。"

"为啥要把你打成右派?"

"我反对人们多生孩子。"

"啊——"

"娘,我对不起你。"

"你老实说,是不是学校把你开除了?"

"没有。"

"没有你咋回来了?"

"我申请退的学。"

497

"你疯了?！人家没开除你,你倒自己跑回来了。你丢人不丢人?你丢得起人,我还丢不起哩!你给我回去!"

韩石山不说话。

"你听见了没有?"

韩石山仍不说话。

"你回去不回去?"

韩石山摇摇头。

"你连我的话也不听了?"

韩石山不点头也不摇头。

"你到底听不听?"

韩石山很坚决地摇摇头。

韩秀秀从饭厦里拿起擀面杖指着韩石山:"你回不回?"

韩石山看着韩秀秀不说话。

"嘣——"韩秀秀狠狠地打了下去。

韩石山连躲也不躲。

"嘣——"韩秀秀咬着牙又是一下。

"我不回!"韩石山这回说了话。

"嘣——嘣——嘣——"

韩秀秀雨点般地打了一阵,气呼呼地问:"你说!你到底回不回?你要不回,我今天就把你打死算了!"

韩石山低下头说:"娘——你就是把我打死我也不回!"

韩秀秀又打了一阵,但韩石山就是不回话。

看了看浑身被打得黑紫烂青的韩石山,韩秀秀趴到韩铁柱的灵位前,呜呜咽咽哭了整整一晌午。

北韩大队支部会上,武志安手里拿着一个本本非常严厉地批评韩茅勺一顿,并宣布了公社党委的决定:

"北韩大队临时负责人韩茅勺,决策失误,盲目蛮干,虚报产量,瞎炼钢铁,未经公社批准乱办公共食堂。最近,又采取先杀后报的做法宰杀耕牛一头。以权谋私,违反规定让自己的大舅子韩六六杀牛;多吃多占,给自己和自己的大舅子多分牛肉。经公社党委研究决定,给予韩茅勺同志党内严重警告处分,撤销北韩生产大队党支部临时负责人职务。经公社党委决定,恢复韩秀秀同志北韩大队党支部书记职务,韩茅勺暂时留任北韩生产大队大队长。"

韩茅勺低下头不说话。

韩秀秀站起来说:"武书记,我请求辞去支部书记。"

武志安一愣:"韩秀秀同志,你考虑好了没有?"

"考虑好了。"

"为什么?"

"我能力小,挑不好这个担子。"

"还有呢?"

"我家里没有男人,又得下地干活,又得干家里事,没有多少工夫做组织上的工作。"

"还有没有?"

"没了。"

"我希望你能再认真地考虑考虑。"

"我已经认真考虑了。"

武志安很失望地对韩秀秀说:"你既然考虑好了,我也得认真考虑。这事得公社党委通过了才能做最后决定。在公社没有重新作出决定之前,北韩大队的工作你还得负责。听清了没有?"

"听清了。武书记你可要好好考虑我的情况,考虑我的意见。"

"考虑得考虑,工作还得抓,还得抓好。出了问题你要负责,你要受处分。"

武志安说完,装起本本就走。

"武书记,吃了再走。"

韩茅勺跟在武志安屁股后面说。

武志安瞪着眼："吃什么？就知道吃！那么多牛肉还没把你吃够？"

韩茅勺跟出村外，见旁边没人，涎着脸对武志安说："武书记，秀秀要是实在不愿意干，你看我能不能干支部书记？"

武志安话也不给韩茅勺说一句就走了。

送走武志安后，韩茅勺寻思了一天。

他原来觉得韩秀秀被停职后，自己好好露几手显显能耐，把北韩大队的党支部书记和大队长都弄到手里。没想到上头的风突然变了，反倒被武书记抓了反面典型。再加上王二毛这个坏尿告他杀牛分肉的事，差点儿把他掀翻。看武书记的话劲，这两个职务他能保住一个就不赖了。不过，眼下这两个职务让他挑，他宁肯当支书不当大队长。支书毕竟是一把手，管大队长。可这支书咋能当上？他把主意打在了韩石山身上。

在如何控制北韩大队领导权问题上，韩茅勺一直想着又干大队长，又干支部书记。实在弄不成，就干支部书记，推荐六六当大队长。这两个计划现在都泡汤了。就是秀秀不干了，武书记也不会让他一人干两职。这时候再推荐六六当大队长，武书记又会批评自己以权谋私，安插自己的亲戚。要是在这事上再把武书记惹恼，弄不好自己一个职务也捞不上。与其这样，倒还不如物色一个主不了事的垫在身子下面当陪衬。

让谁当陪衬合适哩？他突然想到了刚刚回来的韩石山。

对，就推荐韩秀秀的大娃韩石山。

这样做可以一块砖头打三只鸟：一来可以趁势把韩秀秀挤出领导班子。二来可以收买韩石山，并且还能给韩秀秀送个人情。石山是个只会念书的学生娃，对如何掌权的事还不懂。自己提拔了他，他还能不听话？这还不和自己又当支书又当大队长一样？三来可以在武书记面前落个用人正派的印象。叫武书记一看，咱这人不和人记仇，尽管和韩秀秀有矛盾，但还推荐她娃搭班子。

想好之后，他就跑到韩秀秀家里去说这事。

"韩支书，你和我说句掏心话，你这支书是不是真不想干了？"

韩秀秀一脸不高兴："你是啥意思？好像我说假话似的。"

"不是这意思，不是这意思。"

韩茅勺满脸堆笑："我是说，你要是实在不想干，让咱石山干咋样？"

韩秀秀听韩茅勺一张嘴就问她是不是真不想干了，猜着韩茅勺是黄鼠狼给鸡拜年——不安好心，想撵她快点下台。没防着韩茅勺来了个推荐石山的招。

她愣了愣说："石山不是党员，没有资格当支书。"

"我不是让石山当支书，我是让石山当大队长。"

"石山是我娃，让我提他当大队干部，我说不出口，也做不出来。"

"不是叫你说，是我说。你要是没啥意见，我找武书记说。"

"说不说是你的事，你跟我商量啥？"

"你看你。我不和你商量和谁商量？咱俩搭了几年班子，也没啥大的矛盾。你要真不干，我不推荐咱石山推荐谁？"

"我给你把话说清楚：我不干不是假的，你推荐石山是你的事，不要和我商量。"

韩秀秀说着，拿起笤帚就扫开了地。

按当地的规矩来说，当着上门的外人扫地，那就是对上门的外人不欢迎的意思，就是要把上门的外人扫地出门的意思。

韩茅勺当然知道韩秀秀心里烦他，便拿扫地的笤帚把他往门外面赶。

韩茅勺热脸贴了个冷尻子，心里很不是滋味。

反过来一想：你不同意算啥？你不同意的事我偏要干。出来之后，径直就到公社找武书记去了。

韩茅勺见到武志安的时候，已经是晚上快要入睡时分。

白天他去公社,武书记下乡刚走。

他想着武书记既然刚走,一时半会儿回不来,索性又返了回来。

一进村,他就走到韩秀秀家把韩石山偷偷叫出来,和韩石山说他打算推荐韩石山当大队长的事,说他母亲不同意的事,说他找武书记没找见的事,说他一定要找见武书记把话说清的事。

韩石山听了后,脸上并没有一点儿感激的意思:"你既然这么看重我,我也得给你说实话。我觉得这事恐怕不行。"

"咋不行?"

韩茅勺觉得日怪:这小崽娃咋也不想当官?咋也和他娘一个尿样?

"我犯过错误。"

"犯过啥错误?"

"我是学校里的右派追随者,反对过党的人口政策。怕学校给我戴右派帽子开除我,就主动申请退学了。"

韩茅勺沉思了一会儿,问:"这事你和旁人说过吗?"

"我娘知道一点儿。"

"还有人知道吗?"

"没有。"

"没人知道就不怕。"

韩茅勺心想:你小子犯过错误,老子就更要用你。有这个把柄抓在手里,还怕你小子日后不听话?

"这事我知道就行了,可不敢再和旁人说。"

"组织上不问我我不说,组织上要问我我就得说。"

"谁是组织?在北韩大队我就是组织。其他人都不是组织,其他人谁问你你都不要说。"

"……"

"那你愿意当大队长吗?"

"我知道了。"

"那你同意我到武书记那里推荐你吗?"

"我知道了。"

"武书记要是同意了,你愿意和我好好搭伙吗?"

"我知道了。"

韩石山一句一个"我知道了"。

韩茅勺心里笑道:这是啥话?我问东,你答西,牛头不对马嘴,纯粹一个懵懂货。我还当多念几年书就能成龙变虎,弄了半天扯淡。好,要的就是你这个扯淡把式。我问你愿意不愿意当官,你不说你愿意不愿意,一口一个知道了。知道了就好。怕就怕你不知道。

韩茅勺不把韩石山放在心上,可他不敢不把武书记放在心上。

武书记是个爱出风头,但出了问题又把棍子胡乱往下打的人。

根据他这几年在官场上的观察,这种人往往又是爱占便宜的人。要想当上一把手,要想弄个东倒吃羊肉、西倒吃猪肉、遇到事情没主意的懵懂货当陪衬,不给武书记打点打点恐怕办不成。

天黑下后,他背着人从大队库房偷偷拿了大半袋白面悄悄溜出村子,悄悄背到武书记家。

武书记家的灯还亮着,但院门已经关了。

他抬起手又放下,心灰意冷地打算往回走。

刚准备转身,武志安正好开门出来了。

"有事?"武志安问。

"没事,没事。"韩茅勺心里有点儿发慌。

"没事你回去吧。"武志安说着就要关门。

"有事,有事。"韩茅勺急忙改口。

"那你进来。"

韩茅勺背上白面就往进走。

武志安挡住:"人可以进来,东西不能进来。"

韩茅勺以为武志安假装客套,硬着头皮往进闯。

武志安一把把韩茅勺推出去:"走!马上走!"

韩茅勺见武书记不像装的样子，只好把白面放到门楼下面进去。

武志安并没有把韩茅勺往家让，而是和韩茅勺站在院子里说话：

"说吧，有啥事？"

韩茅勺不言声，想进到屋里再说。

"就在这儿说！"武志安话头很硬。

韩茅勺惊颤颤地说："韩秀秀不想当支书，她大娃从大学回来了。"

"这算啥事？"

"我想让韩秀秀的大娃当大队长。"

"你不当了？"

"你看我……看我能不能当……当大队支书……"

"我知道了。"

韩茅勺一听也是一个"知道了"。

不过，他知道武书记的知道了和韩石山的知道了不一样。他得弄清武书记这个知道了到底是啥意思。

"武……武……武书记，你……你……你同意了？"

"谁说我同意了？我说我知道了！"

"那……那……那这事……你看……你看……"

"看什么？我不是给你说了？我知道了！"

武志安说着，就往院门方向走。

韩茅勺知道这是送客的意思，赶快跟在后面也往院门方向走。

出了院门，武书记连个告别的话也没有就把门关住了。

韩茅勺心想完了，蔫不叽叽地低着头离开了武书记家。

走了一截，忽想那袋白面还放在武书记家的门楼下面。

急忙返回去一看，早不知道啥时候让人背走了。

韩茅勺有气无力地回到家里，浑身软不沓沓地躺在炕上生了一会儿闷气，窝里的公鸡扯着嗓子便开始打头遍鸣。

# 四十

韩六六一知道韩石山要当大队长的事，就骂韩茅勺瞎了眼。

韩茅勺不以为然，说韩六六不懂官场上的事，叫他不要萝卜干腌咸菜——瞎操心。

几个月后，韩石山的所作所为迫使他不得不在韩六六面前承认他真的瞎了眼。

他当初一股劲地推荐韩石山当大队长，满以为韩石山犯过错误，在他手里留下了短处，想怎么捏弄就怎么捏弄。

当时他韩石山说这事时，韩石山和武书记一样，都是一句一个"知道了"，一句一个"知道了"。

他当时心里就笑话韩石山：你知道什么？你知道个卵！人家武书记说"知道了"，人家那是城府，人家那是不想让你知道人家心里想的啥，专门用"知道了"挡住你想知道的事。你一个小鳖娃娃，竟然也像人家武书记那样"知道了""知道了"。你这"知道了"能叫"知道了"？你知道我为啥不推荐旁人专门推荐你？你知道我是专门冲你犯过错误才推荐你的？你知道我专门用你是为了把你的蛋根子捏在我手里由我随便摆弄？你说你"知道了"，我看你懵里懵懂啥也不知道。正因为你啥也不知道，所以你才用那么多"知道了"掩盖你内心里的不知道。你以为你说你"知道了"我就以为你"知道了"？我不管你嘴上给我说的知道还是不知道，但我一眼就能看透你心里到底是知道还是不知道。

韩茅勺之所以在韩六六面前自己骂自己瞎了眼,除了他当时不知道韩石山故意用那么个牛头不对马嘴的"知道了"日哄了他,而且当他和韩石山发生冲突时武书记竟然毫不含糊地支持了韩石山。

韩茅勺和韩石山发生冲突的事产生在秋季作物收完之后。

那天晚上,韩茅勺把大队干部都叫到他家安排小麦下种的事。

事情布置完后,韩茅勺象征性地征求大家的意见:"这事就不啰唆了,大伙没意见的话,明天上午就抓紧落实。好,时间也不早了,大伙儿回去早点儿休息吧。"

"等等,我还有话说。"坐在灶口小凳上的韩石山抬起头说。

"说吧。"

韩茅勺以为韩石山有啥具体事要请示他,便对其他人说:"你们回去吧,我和石山商量个事。"

没想到其他几个干部抬起尻子刚要走,韩石山竟板起脸说:"不行。大伙儿不能走。这事得大伙儿一块研究才能定。"

韩茅勺当时心里就很不高兴,"呱嗒"一下把脸掉下来对众人说:"好。大伙儿先别走,听听石山有啥事,听完大伙儿再走。"

韩茅勺嘴上虽说让大伙儿留下,但脸上的意思分明不是把大伙儿真留下,只是让大伙儿听听韩石山要说啥。听完之后根本不用研究,更不用再作什么决定。

那几个干部当然一看就看出了韩茅勺脸上的意思,都是一副站在那里随便听听韩石山说什么,等韩石山说完就拍尻子走人的样子。

韩石山站起来,很像一回事地说:"我要说的事是一件大事,不是韩支书一个人能定得了的事,更不是我一个人能定得了的事,非得大伙儿一块儿研究一块儿定下来才能做的事。这事我考虑了很长时间,一直考虑不成熟。前两天我去公社送报表,武书记也给我说了这事。武书记说的和我心里想的一样。武书记一说,我心里就有了底。"

"说吧，到底是啥事?!"韩茅勺不耐烦了。

韩石山瞟了韩茅勺一眼，知道韩茅勺烦他的话，但还是按他原先想好的往下说：

"夏收以后，不少大队都按中央农业十六条规定，给社员们分了自留地，把粮食产量包到了户头上。前两天我去公社，公社武书记问咱们北韩大队落实十六条的事。武书记说，现在其他大队都这么搞了，就剩北韩一家了。趁现在小麦还没下种，咱们北韩大队也应该按十六条把地分了。"

"这么大的事为啥不早和我商量？北韩大队你是一把手还是我是一把手？"

"不管是几把手，都得按中央文件办！"

"我说不按中央文件办了？我问你为啥不和我商量？"

"我这不是和你商量哩吗？我这不是和大伙儿商量哩吗？"

"为啥不事先和我商量？为啥不提前和我打招呼？"

"我刚才不是说了？没考虑成熟！"

"既然还没考虑成熟，那就等你考虑成熟了再和我说。"

"我现在考虑成熟了。"

"你考虑成熟了，我还没考虑成熟。我考虑成熟了我再作最后决定！"

"那也得集体研究，不能你一个人就决定。"

"我说不集体研究了？我说我考虑成熟了再集体研究！"

"等你考虑成熟了，小麦就下不了种了。"

"下不了就下不了！"

"下不了你负责？"

"我负责！"

"你负责得了？"

"我咋负责不了？"

"不落实中央文件你负责得了？耽误了小麦下种你负责得了？"

"我说不落实中央文件了？我说不让小麦下种了？"

"那你说，咋办？"

"两天以后再说！"

"不行！一天也不能等！现在就研究！"

"你说现在研究就现在研究？你说了算还是我说了算？"

"你说了不算，我说了也不算。大伙儿说了算！"

"好。大伙儿说了算！同意过两天再研究这件事的举手！"

韩茅勺举起手，黑虎着脸看大伙儿。

大伙儿你看看我，我看看你，没人举手。

"没人举手？没人举手算了！散会！"

韩茅勺没想到大伙儿不听他的，咬着牙说。

"不！同意现在就研究这件事的举手！"

韩石山用征询的眼光看着大伙儿。

大伙儿你看看我，我看看你，一个个低下头把手举了起来。

"好！少数服从多数。"

韩石山瞅都不瞅韩茅勺一眼，自顾自地用眼睛看着大伙说："看来大伙儿都同意现在研究分地的事。那咱们现在就再表决一下：不同意分地的举手！"

没有人举手。

连韩茅勺也没举手。

"同意分地的举手！"

大伙儿都举起了手。

韩茅勺同刚才一样，也没有举手。

"韩茅勺同志，你同意分地还是不同意分地？"韩石山眼光灼灼逼人。

"我……我弃权……"

"好！少数服从多数，分！"

韩石山接着说："大伙儿既然同意，那我就拿一个初步的方案，大伙儿看行不行。一人留三分自留地，小娃们减半，一人一分五厘。剩下的全部承包到户，十八岁以上的社员人手一份，一人一亩二分。"

"为啥小娃崽不分承包田？为啥小娃崽自留地减一半？"

韩茅勺见有机可乘，质问韩石山。

"因为我们大队人太多。这样做是为了鼓励社员少生娃。"韩石山解释。

"谁让你这么做的？是武书记让你这样做的？还是中央文件让你这样做的？你一个能说了算？你拿了一个分地方案，我也拿了一个分地方案。不管大人还是小娃，也不管是分自留地还是承包田，要分多少都分多少。"

韩茅勺端起一把手的架势对着大伙儿说："现在表决：同意韩石山同志意见的举手！"

由于大伙儿都是好几个娃崽，按韩石山的方案分地吃亏，没人举手。

"好，同意我的方案的举手！"韩茅勺问道。

除了韩石山，大伙儿都举起了手。

"好！少数服从多数！明天就按我的方案分！"


韩茅勺和韩石山在分地上打了个平手。

在分不分地上，韩石山赢了韩茅勺。

在按谁的方案分地上，韩茅勺胜了韩石山。

韩茅勺对这样的结果很不满意，窝了一肚子恶气。

第二天，他就找到公社武书记。心想你韩石山昨天拿武书记压我，我今天也找武书记给我撑撑腰，回去后也拿武书记压你一头。

"武书记，我给你反映个问题。"

韩茅勺诚惶诚恐地站在武志安面前。

"反映啥问题？"武志安显得很不耐烦。

"我们北韩昨天研究了，按十六号文件把地分下去。"

"分了没有？"

"今天正在分。"

"为啥现在才分？为啥非要拖到现在？"武志安火气很大。

"我们认识跟不上，脑子一下转不过弯。我们一扭过弯马上就定下分。"

"那你反映啥？"

"分地的时候，有人不按中央文件分。"

"谁不按中央文件办？"

"韩石山。他不给小娃们分地，这不是和中央扛膀子吗？"

"最后咋定的？"

"大人小娃都一样，要分多少都分多少。"

"这就对了。"

"武书记，韩石山这人老和我对着干，我管不了他。"

"真管不了？"

"真管不了。"

"你管不了他，那就让他管你吧。"

韩茅勺脑袋"嗡"的一下：让韩石山管我？那不是要韩石山当我的领导？但他还不甘心，试探着说：

"武书记，韩石山那人太难和人打交道。不是我一个人管不了他，大队那么多人谁也管不了他。"

武书记站起来，显得极不耐烦："不要再说了！既然大家都管不了他，那就让他管大家好了。这问题有啥难的，你既然管不了他，大家既然都管不了他，那就让他来管你，那就让他来管大家。你好好考虑考虑，你要是实在管不了他，我绝对不会在这事上为难你，行不行？好了，你考虑好了再给我说，我一会儿还要开个会。"

韩茅勺在武志安面前碰了一鼻子灰，无精打采地回到北韩大队。

武志安不喜欢韩茅勺，甚至从心底里很厌恶韩茅勺。

韩石山在工作中又老是和韩茅勺像合不拢的牛蹄子一样。

时间一长，北韩大队的干部和社员也就不把韩茅勺当一回事了。大家有啥事就问韩石山。韩石山有啥话，大家也都听他的。

韩茅勺本来想让韩石山在领导班子里头给他当陪衬，闹了半天他却成了韩石山的陪衬。

名义上他是北韩大队的一把手，但实际上他连一般干部都不如。

用他自己的话说，他这个党支部书记是聋子的耳朵——摆设。

用大队那些爱说风凉话的人的话说，他是骡子的吊锤——不管用。

韩六六埋怨他："早知当初，何必现在。当初你要是用我当大队长，能是现在这副光景？"

韩茅勺叹了一口气："唉——人都是长前眼不长后眼，后头的事谁能看清？恐怕神仙也难做到。"

"那还能老这样叫这小子想咋揉搓就咋揉搓？"

"有啥办法？等吧，天上的云彩总不会老往一边飘。"

"那要等到啥时候？等到猴年还是马月？"

"山不转水转，风水总有一天会转到我这边。"


韩六六想当大队长老当不成，急得窝了一肚子火。

韩茅勺叫他不要着急，叫他等到"山不转水转"的时候。

他个猴毛脾气，早都急得浑身冒火，哪能耐着性子等到"山不转水转"的时候？

憋得实在受不了，便到县里赶集散心，顺便想把他家的一只羊在集上卖了。

羊虽然没卖了，但却得到一个能让韩石山靠边站的好消息。

从县城一回来，韩六六就急不可耐地跑到韩茅勺家对韩茅勺说："茅勺，你听说了没有？"

"听说啥了?"

韩茅勺不知道韩六六问他听说了什么,迷瞪着一双迷茫的眼睛反过来问韩六六。

"县长刘老虎靠边站了。"

"为啥靠边站了?"

"弄虚作假,瞒报粮食产量。"

"这和咱有啥挂连?"

"和咱俩没啥挂连。可和韩石山那小子有挂连呀!"

"和韩石山有啥挂连?"

"那小子不是也和刘老虎一样,也瞒报粮食产量?"

"瞒报粮食产量就咋了?这算多大的事?"

"这事大着哩!瞒报是什么行为?瞒报是欺骗上级组织、欺骗人民政府!这事要不算大,还有比这事大的事?"

"把韩石山扳倒我没意见,可你不想想武书记同意吗?"

"怕他个尿!听说他也有问题。"

"真的?"

韩茅勺眼里放出了亮光。

"要是这样的话,咱就动手。不过,我不能出面。"

"不要你出面。我领上人也像城里人那样,把那狗日的权给你夺回来。"

"行!我在后面支持你!"

太阳婆婆快落山的时候,韩六六领着一帮人一边喊口号一边游村串巷。

韩六六领着喊一句,一帮人跟着喊一句:

"欺骗上级组织!"

"欺骗上级组织!"

"欺骗人民政府!"

"欺骗人民政府！"

"欺骗上级组织绝没有好下场！"

"欺骗上级组织绝没有好下场！"

"欺骗人民政府绝没有好下场！"

"欺骗人民政府绝没有好下场！"

"谁欺骗上级组织就让谁靠边站！"

"谁欺骗上级组织就让谁靠边站！"

"谁欺骗人民政府就让谁靠边站！"

"谁欺骗人民政府就让谁靠边站！"

在村巷里喊着口号游转了一阵，韩六六领着这帮人来到韩石山家院子外，指挥人们把游街串巷喊的口号又喊了几遍。

在院子外面喊了一阵，韩六六就领着人冲进院子里，在院里又喊了一阵，然后和几个后生冲进韩石山家中，把韩石山揪出来，让韩石山站到他自家的长条凳子上。

"韩石山，交代你欺上瞒下、哄骗组织的罪行！"韩六六大声吼道。

"我没有欺上瞒下，也没有哄骗组织。"韩石山用眼睛瞪着韩六六。

"老实不老实?!"

"我哪儿不老实？"

"少啰唆！到底交代不交代?!"

"我没有交代的。"

"当"的一声，韩六六一脚把凳子踹倒，韩石山仰面跌倒在地上，爬了几次也没爬起来。

韩六六把韩石山拖起来，架到凳子上，一只脚踏住凳子，摆出一副随时都会把凳子踢翻的样子。

"韩石山，你老实不老实?!"

韩石山瞪着韩六六不说话。

"韩石山,你交代不交代?!"

韩石山仍是瞪着眼睛不说话。

"咕咚"一声,韩六六又把凳子踢翻了。

韩石山躺在地上不动,他知道自己起来后韩六六还要把自己弄到凳子上。

"他娘的,给老子装死?架起来!"

两个后生把韩石山重新架到凳子上。

韩六六问了几句后,又一次把凳子踢翻。

一连折腾了七八次后,直到下半夜韩石山才被送回家。

## 四十一

韩石山的身体垮了,他觉得他的身子像散了架一样难受,他感到他的脑袋像撒进石灰一样麻木。

他睡不着,他越是想睡越睡不着,他的脸色是白白的,他的眼神是木木的,他盖上被子蒙住脑袋强迫自己睡反倒越"睡"越睡不成。

他知道长期睡不着的后果是什么,更知道这个后果会给他带来的恶果是什么。

他不嗜酒,也不贪酒,平日几乎滴酒不沾。但他没办法,只好每次深夜被揪斗完后,一个人独自喝闷酒。他想以此来麻醉自己的大脑,麻醉自己的心灵,麻醉自己的全身。

然而,麻醉是有效的,也是有限的。酒醒之后,长时间的和无限量的伤心、痛心便随之而来,挥之不去,驱之不走。

他想不通,自己什么时候走资本主义道路了,成了欺上瞒下、哄骗组织的两面派。上面叫各大队在麦收之前预报粮食产量,自己估算低了。麦收之后,上面又叫实报粮食产量,经过大队几名干部商量之后,一致同意按麦收之前的估产又报了上去。怎么就把棍子打到自己一个人头上呢?

想着想着,他又想到了自己在西北农大人口问题大辩论时所犯的"政治错误"和"政治问题"。韩六六他们说他瞒报粮食产量他不怕，但韩六六他们如果把他在西北农大这段的"历史问题"揪出来，他才觉得是个要命的问题，是个无法辩解的问题。对他来说，这个问题才是可怕的，才是后怕的，使他感到非常恐惧、非常恐怖。

这个令他恐慌至极的问题韩六六他们为什么直到现在都不揭发都不揭露？是韩六六他们把这颗"定时炸弹"留下来备用，还是韩茅勺还没有把这个"黑材料"透露给韩六六？如果是韩茅勺暂时还没有将这颗"定时炸弹"交给韩六六他们，那韩茅勺为什么要这样做哩？留在他手里有什么用哩？难道韩茅勺要把它当成了秘密"核武器"了？难道韩茅勺要到最后时刻、最关键时刻才突然施放？难道韩茅勺把这个"核武器"抓在手里故意对他进行"核威胁""核威慑"？

他想来想去，想去想来，怎么也想不通，怎么也想不清。

对韩茅勺、韩六六他们整自己，用什么整自己，采用什么方式整自己，韩石山想不通也想不清。

但他亲爱的娘娘、敬爱的娘娘、至亲至爱的娘娘韩秀秀做出的一件事，更让他想不通也想不清。

这天上午，韩石山蒙乎乎地走进茅房小便，尿到了一个一匹来长的小人身上。

这小人红嫩透亮，眉眉眼眼已经显出了轮廓，是女人小产的产物。

韩石山心里一惊：家里除了母亲，再没有第二个女人。难道这小人是母亲生的？

他不相信母亲会做出背叛父亲的事，不相信母亲会做出让他丢脸的事。

可眼前这个小人又不得不使他把这事怀疑到他非常尊敬的母亲身上。

昨天夜里他回来，看见母亲端着一碗黑乎乎的药水往下喝。

他以为母亲病了，关切地问："娘，你咋了？"

"不咋，不咋。"母亲慌里慌张地放下碗，用手背擦着嘴说。

"你病了？"

"没病。"

"那你好好地喝这干啥？"

母亲一时语塞，脸上泛出红晕。

"娘，你到底咋了？要是病了，我给你找大夫看看。"

母亲更慌张了："娘没病，娘没病。娘心里不舒服，自己弄点芦根顺顺气。"

他长这么大，没听人说过喝芦根水能顺气。再说，从颜色上看，这药水也不像用芦根熬的。

他拉起母亲："娘，你咋能这样瞎吃药。你没听人说是药三分毒吗？走，我领你看病去。"

母亲掰开他的手，白里透红的脸上渗出了汗水："娘没病，娘听你的话，娘再也不瞎吃药了。"

韩石山想起母亲昨天夜里的慌张样，使他不敢相信这小人是从母亲身上掉下来的，又使他不敢不相信这小人就是母亲生下的。他用茅勺把小人从茅坑里捞出来，舀了两瓢冷水冲刷干净，找了一块布包起来，放到母亲面前。

"娘，我从咱家茅房里捞出一个小人。"

母亲的脸腾的一下就红透了："石山，你是不是要问娘，这小人是不是娘生的？"

韩石山站在母亲跟前不说话。

"你不用问了，娘实话给你说，这小人是娘生的。"

尽管韩石山思想上有了准备，但脑袋里还是"嗡"的一下，身子差点儿没有站住："这，这，这是谁的？"

"不瞒你说，武书记的。"

"啊——"韩石山一下昏了过去。

望着昏过去的儿子,韩秀秀心里像打翻了五味瓶。

自从丈夫韩铁柱牺牲后,韩秀秀难过得好几年翻不过劲。好多人劝她趁年轻再找个合适的人,可她心里放不下韩铁柱,发誓今生今世再也不嫁人。

几年之后,孩子们都长大了,不像过去那样缠身了,她心里时常感到空得很、闷得慌。白天忙忙乱乱还好说,天一黑下来,漫长的夜晚就难熬得很。

望着窗外漆黑的夜幕,她心里有时很烦恼,很忧愁,可就是没有一个能说话的人。

她一开始心里很厌烦武书记这人。

这人政治上没有自己的主见,总是跟风跑。

粮食生产盲目冒进的时候他跟着跑,纠正冒进的时候他跟着跑,三反五反他还是跟着跑。

但从他处理过的事情来看,这人是一个共产党的忠实干部。只要是组织决定的,只要是上级让干的,他都坚决落实,坚决执行。更让她佩服的是,这人不贪不馋,干干净净,从不多沾公家一点儿光,从不收别人一分钱的礼。他当了这么多年的公社书记,可家里的日子并不好过。

前几年他女人得了瘫病,常年躺在炕上。几个孩子还小,一点儿也替不了轻。他出了门还像个人,回到家里又当爹又当娘,又挖屎又挖尿,洗洗涮涮,缝缝补补,哪一样离开他都不行。他家不仅缺钱,而且还缺干活的人。

不管谁给他送东西,碰上他心情好的时候,他还能给人家个好脸。碰上他心情不好的时候,人家连门都进不了。至于别人给他的东西,一丁点儿也别想留下。

有人见送东西送不进去,就打发自己的婆姨给他家做一些女人们做的活,他同样一概谢绝。

他宣布恢复她支书职务那天，离开北韩后又当天返了回来。

那一天，他和她谈了很久，一直谈得她和他没了恩怨，一直谈到他和她动情流泪，一直谈到她投进他的怀抱。

后来，他每来一次北韩，都要和她心贴心地谈话。

谈了几次之后，她发觉自己该来红的时候不来红了。

她知道他和她的谈话开花结果了，但又怕人知道，特别是怕自己的儿子石山知道，就一个人悄悄跑到县城开了一服打胎药。

石山又一次被抓走的那天夜里，她偷偷用药锅熬了，刚喝了半截，被石山撞上。

后半夜，她肚里开始发疼。疼了一阵，肚里的小人就落了地。

她本想把这小人扔到后山或河滩，但又怕路上碰上外人，就趁天亮之前埋到院子的东南角。

小人身上的腥味被家里的黄狗闻见了，被黄狗用尖利的爪子把小人刨了出来。

她赶忙提起来扔到了茅坑里。没想到浸泡了一天的小人竟然漂了起来，被儿子发现了。

韩石山苏醒后，韩秀秀把这事前前后后一股脑儿地说给他听。

不管韩秀秀如何给韩石山好说歹说，韩石山总是光流泪不说话。

韩秀秀哭开了："石山，你骂娘吧，你打娘吧。是娘不对，是娘不好。娘一时糊涂，做了对不起你爹的事，做了让你丢脸的事。娘错了，娘以后再也不了。"

"娘——你别说了。是我不对，是我错怪了你。这么多年，你儿子只顾自己，从没想过你的难处，从没想过你这么心苦。你既然觉得武书记合适，你就和武书记过吧，你儿子没有意见。我爹要是在天有灵，他也不会怪怨你。"

韩石山说着，眼里也流出了滚烫的泪水。

韩秀秀捋捋鬓角，叹着气说："那不行，武书记他还有女人。"

"不行咋办?不行也得行。反正他女人也不能算个女人了。他和他女人离了,他女人也不会说啥的。"

"不行。娘要是这样,还不害了人家一家。娘不能做害人的事。"

"这咋叫害人?你要说不出口,我去说去。"

韩石山说着,把摊在炕上的小人用布重新包住,夹在胳肢窝里就走。

"石山,你不敢这样!"

韩秀秀一把没有扯住,韩石山早已出了屋门。

韩秀秀追出院门,韩石山已跑出了老远。

"武书记,我今天给你送一样东西。"

韩石山一进武志安家,就把包着小人的包袱放到武志安面前。

"嘿——你也学会送礼了?"武志安笑着说。

韩石山指着包袱说:"我长这么大还没给人送过礼。可我想了半天,今天这礼不送给你不行。"

"什么行不行。我当公社书记这么多年,还没见过你这种送礼的。我倒要看看,你今天不把这东西拿走,你能不能出了我这门!"

武志安的脸色变得非常严肃。

"这礼是我娘让我送给你的。"

"你娘让送的我就收?你娘让送的也不行!"

"不收可以,那我让你看看行不行?"

"看也没用。看了我也不收。"

韩石山把包袱打开,露出了红嫩红嫩的小人。

武志安一看,一下愣在了那里。

"你说,你打算咋办?"

韩石山两只眼睛直直地看着武志安。

武志安半天不言声,低下头想了好大一阵,抬起头说:"我没啥说的。你说吧,你说咋办就咋办。"

"叫我说也好办，你和你女人离婚！"

"这……这……这不可能。"

"这咋不可能？这不可能啥可能？"

"除了这，你说啥都行。"

"这要不行，我啥也不说了，权当我娘眼睛瞎了！"

韩石山牛劲一上来，说话的声音也大了。

"我……我……我……"

武志安"我"了半天，哭丧着脸走了出去。

刚走出屋门，东屋里传出了他女人撕心裂肺的哭声。

一直站在旁边的武志安的大女儿武雪莲赶紧跑进东屋。

"雪莲，你把那东西给我拿进来。"

武志安女人对女儿说。

"娘，那东西不能让你看。"武雪莲哭着说。

"是啥东西？是啥东西不能让我看？"

"啥……啥也不是。"武雪莲慌了。

"娘今天非看不行。娘今天看不上，娘现在就死给你看！"

武志安女人一边哭着说，一边解下裤带套在脖子上把自己往死里勒。

"娘——娘——"

武雪莲一边夺裤带，一边哭着喊。

武志安女人松开手，脸色冰冷地说："你能看住我今天，你看不住我明天。你要是不让我看，娘总有一天要死的。"

武雪莲从屋里出来，把包着小人的包袱拿进了她娘住的屋里。

武志安女人看着小人哭了一阵，止住哭对武雪莲说："你把那人给娘叫进来。"

韩石山走进屋里，站在炕沿前面。

武志安女人指着炕沿让韩石山坐。

韩石山没坐，他以为武志安女人要冲他发火。

武志安女人苦笑着说:"后生,我今天也不难为你。你们刚才说的事我都听见了。这事我猛一听说,心里一时转不过弯。我现在想通了,这事不怨你娘,也不怨他。其实,这么多年了,他对我一点儿说的也没有。他一个男人,又干着公社书记,光公家的事就够他操心费劲了,回到家里还要给我端屎端尿,擦洗身子。伺候了老的还要伺候小的,还要洗衣做饭,忙里忙外。我一瘫就是好多年,早都不是一个囫囵女人了。他在外面找女人,我不怨他,也不怪他。对你娘,我也没有怪怨头。他和我离婚,我愿意。就是他现在不和我离,我也要和他离。你回去和你娘说,这事我想得通。你是个好后生,你能不能给我说你是哪个村的?"

"北韩的。"

"你娘叫啥?"

"韩秀秀。"

"是支书?"

"原来是,现在不是了。"

"这我就放心了。前些年,广播里广播过你娘的事。你娘是个好人。"

武志安女人笑着说:"你回去吧,这事没事了。"

韩石山扭过身就走。

"后生,你等着。"

武志安女人喊住韩石山:"那事可不敢和人说,听见了吗?"

武志安女人虽然没有和韩石山明说"那事"是什么事,但他知道"那事"是说包袱里包的小人的事。

他朝武志安女人点点头,这才走出了屋子。

武志安女人对武雪莲说:"雪莲,你送送后生去。"

"娘——"武雪莲看着她娘,不愿意送。

"娘没事了,你快送去,不要让人家笑话咱没有家教。"武志安女人脸上露出灿烂的笑。

武雪莲仔细看了看她娘的脸，这才放心地走了出去。

武雪莲一路小跑追上韩石山时，韩石山已经走出了镇子。

"哎——你跑这么快干啥？"武雪莲气喘吁吁地说。

韩石山以为武书记的女儿追上来要和他闹事，黑着脸说："你干啥？"

武雪莲笑模笑样地说："不干啥，我娘让我送送你。"

韩石山放下心来，对武雪莲说："别送了，快回去招呼你娘去。"

"我娘没事了。她现在高兴着哩。"

"真的？"韩石山站住。

武雪莲不答话，抿着嘴站在韩石山面前笑，白净的瓜子脸上露出两个深深的酒窝。

"这我就放心了，我还以为我今天要惹出人命哩。"

"看你说的啥话。"武雪莲低下头抓住垂在胸前的辫子。

"今天的事都怪我。"

"谁怪你了？没人怪你呀！"

"我怪我呀。"

"知道错了就好。以后再这样我不饶你。"

"打死我我以后也再不做这事了。你回去吧。"韩石山转过身就走。

"哎——你急啥哩？我还不知道你叫啥哩。"

"韩石山。"

"就是那个大学生，北韩大队的大队长？"

"不是大学生。"

"不是大学生是啥学生？"

"大学没毕业能是大学生？"

"我说是就是。"武雪莲把嘴一努，显得更加妩媚。

"好好好，你说是就是，不是也是。"韩石山平生第一次说出了违心话。

"我告诉你，只要我娘还活一天，我爹和我娘就不能离婚，我爹和你娘就不能结婚。"武雪莲瞪起圆圆的杏眼。

"为啥？"

"为啥你不知道？亏你还是大学生！"

"我，我考虑考虑。"

"考虑啥？这事只能这样！"

"不管咋样，你总得让我考虑考虑吧？"韩石山说话的口气软了许多。

"那你考虑吧。考虑好了给我个回话。"

武雪莲朝韩石山笑了笑："我回去了，还不知道我娘这会咋样了。"

走了几步，回头朝韩石山递了个甜甜的笑，脸上的酒窝盈满了蜜汁似的。

武雪莲一颠一颠地朝镇子跑去，乌黑发亮的长辫在纤细的腰部甩来甩去。

韩石山伫立在那里，一直等武雪莲的身影在他的视线里完全消失。

武雪莲万万没有想到，她娘打发她送韩石山的时候，脸上的笑是装出来的。

她刚一离开家，她娘就用裤带重新拴到脖子上，用胳膊肘支住沉重的身子，一点一点地挪到窗户跟前，费尽全身力气沿着窗棂爬上去，用嘴死死地咬住一根窗户横格，把裤带头在窗户的最顶头一格系了个死结，突然把嘴张开，"咕咚"一下垂落在窗户的半截窝，本能地挣扎了几下，眼睛就瞪得像牛眼一样大，舌头就软不溜溜地伸到了下巴颏下面。

武雪莲进了家门，左喊一声"娘"不见应声，右喊一声"娘"不见应声。

她觉得不妙，急忙跑进娘住的屋里，见娘已经吊死在窗户上，扑上去抱住娘的腿就疯了似的哭喊起来。

## 四十二

北韩村的所有茅房全都被北韩小学的学生娃占领了。

按照牛墨然老师的布置,他们每人要逮一百个苍蝇。完不成任务的,要写出检查,要在全校点名批评。

其实,这个时节河里的冰碴子才刚刚化开二十来天,柳树芽子也只是才努出一两片嫩叶。天气还凉不叽叽的,苍蝇最早也得等到一个月后的夏日里,才会"嗡嗡嗡"地爬到粪坑里,用又细又长的尖嘴插入屎尿里面贪婪地吮吸。

娃里们与其说是到茅房逮苍蝇,倒不如说是到旮旮旯旯里挖苍蝇的幼虫——蛆蛹。

韩茅勺的大小子黑板和韩六六的大小子毛毛,结伴来到村子中间碾盘旁的茅房里。

这个茅房是大队垒下的,中间用一堵墙隔着,一边是男茅房,一边是女茅房。

黑板和毛毛进了男茅房,黑板的妹妹叶儿和几个女学生娃进了女茅房。

一进茅房,黑板就指着东南角旮旯里的一堆虚土说:"在这里挖。这里肯定有。"

毛毛蹲下身子,用一把小铁铲呼哧呼哧就挖了起来。挖了几下,就挖出一堆黑红色的蛆蛹。

毛毛从兜里掏出一个暗红色的空红汞药瓶，一边数着数，一边往里装。

装完之后，毛毛把盖子一拧，咧着嘴笑了："好家伙，这一窝就挖了二百六十三个。不干了，超额完成任务了。"

毛毛说着，就把药瓶往兜里一装，高兴得又跳又叫。

站在一旁的黑板急了："不行。这里头有我一半。"

毛毛捂住衣兜："又不是你挖下的，凭啥分我的一半？"

黑板扯住毛毛的衣角："不是我告你的？"

"啥是你告的，我一进来就看见了。"

"你要赖？"

"你要赖！"

"明明是我先看见的。"

"你先看见的？谁证明你先看见的？"

"你兜里的小瓶！"

"那你叫叫它，看它答应不答应？"

"它又没嘴，它会答应？"

"叫不答应就不是你的！"

"我不管，反正有我一半！"

黑板要分一半，毛毛不给。两人吵着吵着就动开了手。

毛毛比黑板小两岁，推打不过黑板，气得撒开手哭了起来。

黑板见毛毛哭了，知道自己不占理，就哄毛毛："别哭了，你现在帮我挖，挖不够你给我分点儿行不行？"

"帮你挖行是行，但挖不够你不能分我一半，只能分我一点儿。"毛毛很认真地看着黑板。

"行，那你快帮我挖。"黑板用手按住毛毛的肩膀，一使劲就把毛毛按得蹲在了地上。

毛毛用手背擦掉眼泪，圪蹴着腿拣有虚土的地方挖。

怕黑板把装满蛹蛆的药瓶抢走，毛毛一只手按住兜里的药瓶，另一只手拿着小铁铲帮黑板挖。

两人把茅房里所有有虚土的地方都挖完后，黑板把挖出来的蛆蛹用手拢成一堆，从兜里掏出一个小瓶一边数着一边往里装。

把蛆蛹都装进了小瓶后，黑板有点不太满意地说："才一百二十七个，没你的多。给我少分点行不行？"

毛毛急忙用两只手把装着药瓶的衣兜捂住："不行。说好的帮你挖不够才给你分一点儿，你已经超过一百了，一个也不给你。"

"看把你吓的，好像我真的要分你的似的。试探试探你就害怕成这了，还要吓得尿到裤子里哩？"

黑板挺直腰板，摆出一副说话算话的样子。

听到黑板说到尿尿，毛毛感到小肚子憋胀得想尿尿，掏出小鸡鸡就要尿。

黑板见毛毛要尿尿，也把小鸡鸡掏出来要尿。

毛毛正准备往出尿，黑板止住毛毛："不要尿哩。咱两个比比看谁尿得高。"

"比就比。"毛毛赶紧憋住。

"咱两个往墙上尿，看谁尿得印印高。"

黑板指着隔在男茅房和女茅房中间的那堵墙。

"行。你先尿。"

毛毛两只眼睛盯着墙。

"按大小个。你个子低，你先尿。"

黑板摆出当大哥哥的样子，非要毛毛先尿。

"我先尿就我先尿。"

毛毛朝着墙使劲往高里努。

尿完之后，指着墙上一人多高的水印说："看见没有？我就不信你还能比我尿得高？"

"那算啥？看着——"

黑板把尻子一拱，踮起脚尖闭住眼睛使劲一努，尿出的尿不仅超过了毛毛,而且还越过墙头尿到了女茅房那边。

"你娘鳖,尿到我头上了!"

正蹲在茅槽旁边挖蛆蛹的叶儿,摸着被尿水淋得湿漉漉的头发又哭又骂地跑到男茅房这边,冲着黑板和毛毛说:"你娘鳖!你俩欺负人哩!"

毛毛看着满头尿水的叶儿,"嘿嘿嘿"笑得眼泪都出来了。

"笑你娘鳖哩?!笑你娘鳖哩?!"

叶儿揪住笑得腰都直不起来的毛毛,把头上的尿水往毛毛身上蹭。

毛毛正张着嘴笑,不牢防叶儿把头上的尿水蹭进了他的嘴里。

叶儿见自己把头上的尿水蹭进毛毛嘴里后,毛毛恶心得一吃歪一吃歪直咧嘴的样子,"扑哧"一下由哭转笑,非常开心地拍着小手跳起了高高。

毛毛看见叶儿幸灾乐祸地笑他,"呸"的一口,把混杂着尿臊味的口水啐到叶儿的脸上,一把把叶儿推到地上:"你娘的鳖!哪是老子尿到你头上的?哪是老子尿到你头上的?"

叶儿从地上爬起来,捂着脸哭着往学校跑。

牛墨然正在收集学生娃们交回来的蛆蛹,猛然看见叶儿披头散发哭着跑来,赶忙站起来问:"咋啦?咋啦?"

"毛毛尿到我头上了!"

"他咋尿到你上的?"

"我在大队女茅房里挖蛆蛹,毛毛就从男茅房那头尿到我头上了。"

"他在男茅房,你在女茅房,他咋能尿到你头上?"

"他从墙上尿过来的!"

牛墨然"扑哧"一下笑了:"墙那么高他能尿过来?他是高压泵?"

"我挖蛆蛹挖得好好的,他在那头'扑哧'一下就隔墙尿过来了,一下就把我的头尿湿了。我朝茅房那头喊了一声,就听见毛毛在男茅房那头高兴得笑哩。你闻闻,你闻闻我头上是不是尿?"

叶儿说着,就把湿漉漉的脑袋伸到牛墨然面前。

牛墨然一吸气,一股浓浓的尿臊味直入鼻孔。

"韩石岭,把韩毛毛给我叫来!"

牛墨然气呼呼地说。

不一会儿,毛毛手里拿着装满蛆蛹的药瓶战战兢兢地走到牛墨然面前:"牛老师,不是我。"

"不是你是谁?"

牛墨然吼道。

"是黑板。"

毛毛指着旁边的黑板说。

黑板正要说话,叶儿指着毛毛噘着嘴说:"就是他!就是他!"

"你看见了?你看见是我?"

毛毛冲着叶儿争辩。

牛墨然冲着毛毛训斥道:"嘴硬啥哩?啊——嘴硬就不是你了?啊——"

毛毛辩解说:"明明不是我嘛。"

"不是你你笑啥哩?"

"她胡说哩。"

"她咋胡说哩?啊——她咋不胡说别人胡说你哩?啊——你不好好挖蛆蛹你干啥哩?啊——"

"我好好挖哩。"

"好好挖哩?好好挖挖了多少?"

"挖了这么多。"

毛毛拧开盖子,把药瓶递给牛墨然。

牛墨然把药瓶里的蛆蛹倒出来数了数,肚里的火气消了大半:

"功是功,过是过。老师处理问题从来都是实事求是的。你今天挖蛆蛹挖得不错,老师应该表扬你;但你往女生头上尿尿,老师就要批评你。"

批评完毛毛，牛墨然转过身对围了一圈的同学们说："现在继续点蛆蛹。都不要走，点完后咱们马上总结。"

点完蛆蛹后，牛墨然让同学们站好队，站在学生队伍面前的土台台上说：

"同学们，今天咱们的挖蛆蛹任务完成得很好！咱们今天总共挖了六千五百五十二个，超额完成了公社联校交给我们的挖蛆蛹任务。完成任务最好的是韩毛毛同学。他挖了二百六十三个，超额完成一百六十三个。我在这里对韩毛毛同学提出表扬。但是，我今天也要不客气地批评韩毛毛同学。他在今天挖蛆蛹的时候，欺负女同学，给女同学头上尿尿。咱们学校在处理每一个问题上历来都是这样：好就是好，不好就是不好。不能因为哪个同学好，就看不到他不好的一面；也不能因为哪个同学有不好的行为，就看不到他好的一面。韩叶儿同学今天虽然没有完成任务，但她事出有因。她是受了韩毛毛同学的欺负才没完成任务的。我们今天就不批评韩叶儿同学了。韩毛毛同学放学后不要走，把欺负女同学的检查写好交给我再走。"

叶儿听了牛墨然的话，低着头揉搓已经晾干了的头发；黑板听了牛墨然的话，心里偷偷发笑；毛毛听了牛墨然的话，眼里流下了委屈的泪水。

和学生娃们一样，北韩村的大人们也在忙着投身于全民灭"四害"运动。

韩石山现在也弄不清他在北韩大队到底是啥头衔。

说是大队长吧，"文化大革命"一来早都没了大队长这个职务。说是大队革命委员会主任吧，北韩大队一直是有革委会而没有革委会主任职务。

不管旁人怎么看他，他觉得他已经不是大队干部了。因为大队有啥事，韩茅勺从来不和他商量。

就拿全民灭"四害"来说，韩茅勺一个人从公社开完会回来，就一个人在大队的喇叭里布置了。

他觉得他在北韩大队灭"四害"运动中，只是作为普通一员参加的。

灭"四害"说起来是灭"四害"，其实是灭"三害"。

天气乍暖还冷，可村子里一个臭虫也找不见。

苍蝇虽然没有，但灭蛆蛹也和直接灭苍蝇差不多。

过了惊蛰，地里的野老鼠渐渐地开始爬出洞外活动，加上各人家里的家老鼠，还算有个灭头。

麻雀成天在头上叽叽喳喳地飞来飞去，算是个灭"四害"的第一任务。不过，麻雀虽然数量多，但其实是最吃不住灭的一害。只用了两三天工夫，它们就被村里的十几杆土枪轰得死的死、逃的逃，连个影影也看不见了。

蛆蛹被娃里们挖了，大人们灭"四害"的任务也就剩下了灭鼠这一桩。

按照韩茅勺的安排，大人们主要是用老鼠药灭老鼠。

灭鼠工作一开始进展还算顺利，但灭了十几天这一招就不灵了。

老鼠这东西比其他"三害"鬼得多。

开头的时候老鼠们争着吃放在窝旁拌着吃食的饵料，见同伴死下一糊片，一个个便一见窝旁的吃食便眨眨几下圆溜溜的眼睛，"吱溜"一下蹿到一旁。

用老鼠药灭老鼠没灭成啥样子，倒把原先灭老鼠的功臣——猫和猫头鹰给灭绝了。

韩石山家的大狸猫凄惨地叫着满院乱窜。叫了一阵，就趴在廊台下咽了气。

韩石山知道大狸猫是吃了被老鼠药药死的老鼠闹的，走到跟前用一双怜悯的眼睛看着大狸猫。

大狸猫用哀求的眼睛看着韩石山，连求救的声音也叫不出来了。

韩秀秀不忍看下去，对石山说："山娃子，你想法救救它吧，它好赖也是一条命。"

韩石山两只眼睛紧紧地盯着大狸猫，叹了一口气说："我有啥法？救了它这一回，救不了它下一回。老这么拿老鼠药闹老鼠，它就是躲过初一也躲不过十五呀。"

"那你也不能眼睁睁地看着它不管呀。"韩秀秀说着，眼窝里滚出两颗伤感的泪水。

"那我就试试。有命没命我可就管不了了。"

韩石山说着，走到茅房里用茅勺舀了多半勺稀屎汤，让他娘把大狸猫的嘴扒开，把稀屎汤灌了进去。

大狸猫喝了稀屎汤，恶心得大口大口地把吃到肚里的食物吐了出来。

吐了一阵，韩石山又和他娘给大狸猫灌进了一些温水。

大狸猫又往出吐。

吐了一阵，韩石山又一次和他娘给大狸猫灌了一些温水。

大狸猫又往外吐。

韩石山对他娘说："这回它肚里吐净了。看它的命吧。命要是大，兴许还能活过来。"

韩秀秀把大狸猫放到廊台上，坐在旁边纳鞋底。

还没纳几针，一个毛乎乎的东西"扑啷"一声从房檐上掉了下来。

韩秀秀吓了一跳，扭头一看，见是一只像鸡一样大的猫头鹰。

"山娃子，山娃子，你快把这个猫头鹰也救救吧。"

韩秀秀喊住挑着两只桶准备往水缸里挑水的韩石山。

韩石山把桶放下，提起猫头鹰放到廊台上，无奈地说："这回我可没办法了。它又不像猫，嘴那么小，没法往进灌稀屎。"

"那咋办哩？"韩秀秀看着韩石山。

"没法子。"

韩石山说着，又把水桶挑起来，一步一回头地走出院外。

韩石山把水缸挑满的时候，猫头鹰死了，但大狸猫却活了过来。

不过，大狸猫终究没有躲过除"四害"运动。

两天之后，大狸猫又吃了一只吃了老鼠药的死老鼠，硬邦邦地死在院子里的一棵核桃树下。

韩茅勺愁得坐在炕沿上一锅接一锅地抽烟。

猫和猫头鹰的泯灭，他并没有放在心上。

他愁的是北韩大队没有完成公社下达的灭"四害"任务。

灭苍蝇的事，学校小牛老师领着学生娃们给完成了。

灭麻雀的事，他组织村里十几个有土枪的男人轰了几天就轰没了。

灭臭虫的事是夏天的事，公社这一回也没布置啥具体任务。

唯独这灭老鼠的事，让他不能如意。

本来灭老鼠的事就已经够他喝一壶了，没想到韩六六竟背着他给公社报了一个他无论如何也啃不动的大数字：北韩大队在灭"四害"运动中已经消灭老鼠三千只。

他一边愁，一边骂他的大舅子韩六六：这屁鸡巴六六，太不识好歹了。要不是我护着你，你哪次斗争会能躲过去？你老婆水白菜是反动区长的小老婆，你和南韩的韩四小一样是反动军队出来的反动军人。你老婆死了后，我哪件事不是抬举着你？

"文革"一开始，我让你当了造反派的头头。现在造反派不吃香了，你又这会儿等不得那会儿的要我提拔你当革委会主任。主任还没当上，倒尿大哥不尿尿二哥，背着我到刚刚恢复职务的公社武书记那里汇报开北韩大队的工作了。

这还不算，大队有啥事，总是给我出这主意、出那主意，名义上是给我出主意，暗地里却是想在北韩大队当个拿事的。

你操那么多心干啥？你手伸那么长干啥？你是北韩大队的干部？要是真让你当上大队干部，那还不明里暗里和我争高低？

韩石山不听我的话，你狗日的更不听我的话。我宁让韩石山当革委会主任也不让你当。

让你当了，人家背后还说我不讲原则，用自己的大舅子当干部，想在北韩大队一手遮天，搞家天下，把我的尻子弄得不干不净。

心里的气正不打一处来，韩六六掀开门帘进来了。

"茅勺，愁啥哩？"韩六六笑着问。

韩茅勺看了看韩六六，不搭理他。

"武书记表扬咱了。"韩六六不知韩茅勺生哪门子气，仍是笑嘻嘻的样子。

韩茅勺听着韩六六说的那个"咱"，觉得非常刺耳：咱啥哩咱？你在大队任了啥职？能把我这样的大队干部和你"咱"到一起？

"有啥表扬的？"

"表扬咱灭'四害'成绩大。"

"有啥成绩？"

"咱成绩大着哩！咱北韩的学生娃给咱挖了那么多蛆蛹，咱北韩的麻雀连一个也看不见了，咱北韩的老鼠灭了三千只。武书记听了，说咱北韩的成绩是全公社最大的。武书记还当着我的面批评了南韩，说南韩大队的灭'四害'成绩是全公社最差的。武书记说了，过几天要亲自来咱北韩检查。"

韩茅勺火了："吹尿啥哩？天都叫你吹塌了！武书记来检查，你到哪里弄那么多死老鼠去？！"

韩六六讪讪地笑着："那怕啥？一日哄不就日哄过去了？"

韩茅勺霍地站起来："你以为武书记是谁？你以为武书记那么好日哄？武书记要是认起真来，非要看看死老鼠，你拿啥让武书记看？！"

"咱，咱，咱再想办法嘛。"韩六六底虚了。

"咱啥哩咱？你给谁咱哩？谁给你咱哩？大队的事你以后少掺和！"

韩茅勺气得眼睛瞪得像牛卵一样大。

"这是咋哩？这是咋哩？"

七女从门外进来，看见男人对哥哥大发雷霆，关切地一声接一声地问韩茅勺。

"问他去！"韩茅勺一尻子蹲到炕沿上。

"我好好地给妹夫说事哩，妹夫就凶得要吃人似的。"

韩六六见了七女，像遇到救兵似的向七女求救。

"说啥事哩？"

"也没说啥。我就是和妹夫说了说我到公社，顺便和武书记说了说咱大队灭'四害'的事。"

七女嗔怪地看着韩茅勺："六六说了个这你就气成这样？"

韩茅勺从炕沿上跳下来，火气更大了：

"你知道啥你？！你知道他在武书记跟前说啥了？他给武书记说北韩大队灭了三千只老鼠！武书记要来北韩检查，我到哪里弄这么多老鼠？我能屙出三千只老鼠！"

七女"咳"了一声，笑着说："我当是多大的事。六六满共才说了三千只嘛。就是再多说点，四千只也不算多。"

"你本事大！你到那天给我屙出四千只老鼠？！"

韩茅勺见七女不知深浅地帮六六，掉过头把火气全撒到七女身上。

七女"扑哧"一下笑了："我哪有那么大的本事。你不要日砍了这个日砍那个，你到石山家一看就知道了。"

"咋哩，石山有屙老鼠的本事？"

韩茅勺仍是气呼呼的。

"屙倒不会屙。他那办法比屙还厉害哩。"

七女笑吟吟地看着韩茅勺。

"那我看看去。"

韩六六赶紧顺杆溜着走了出去。

"你坐在这里能憋出好办法？你也去看看石山是咋样灭老鼠的。"

535

七女对韩茅勺说。

"有啥看的?没啥好看的!"

韩茅勺梗着脖子。

"看去吧。看了你就知道了。"

七女亲昵地挽着韩茅勺的胳膊,把一脸疑惑的韩茅勺送出院子。

韩石山见老鼠不吃药饵,用老鼠夹子夹又不过瘾,就想了一个歪招:

他挑着水桶,跑到野地里,把两桶水全都灌进野老鼠洞里。

过了一会儿,洞口"咕嘟咕嘟"冒开了水泡。

被满窝的水灌得透不过气的野老鼠也不管洞口外面是吉是凶,浑身水溜溜地钻出洞穴就不顾一切地拼命逃跑。

守在洞口的韩石山一脚将野老鼠踩住,用拇指和食指捏住野老鼠的脖子提起来,扔进桶里就挑了回来。

回来之后,找了几粒花椒,放在水里面泡了一会儿。然后,把花椒塞进野老鼠的尻子眼里,用早已备好的针线把野老鼠的尻子眼缝住,把门窗关死,把野老鼠放开。

野老鼠的尻子眼烧得受不了,见洞就钻,见同类就咬。

窝里的老鼠被疯了似的野老鼠咬得顶不住劲,逃命似的往洞外跑。

韩石山手里拿着铁锹,出来一个拍死一个,出来一个拍死一个。

不一会儿,家里的十来只老鼠全都死在了韩石山的铁锹下面。

那个尻子眼里被缝了湿花椒的野老鼠,也在完成了韩石山赋予它的光荣使命之后疼死了。

韩茅勺弄清了韩石山的灭鼠怪招后,脸上的愁云立马一扫而光。

他笑着把全大队社员召集起来,把韩石山的灭鼠经验介绍给大伙儿,让大伙儿都学着韩石山的办法投入灭鼠工作。

于是,人们挑着水桶,到野地里把野老鼠从洞里灌出来,又用泡湿了的花椒塞进野老鼠的尻子眼里缝住,让野老鼠把窝里的家老鼠咬出来,守在洞口用铁锹把跑出洞外的家老鼠拍死。

村里的老鼠灭完之后,人们又跑到野地里让野老鼠咬野老鼠。

赶在公社武书记来北韩大队之前,北韩大队的灭鼠数量已经提前超过了三千只。

## 四十三

"武书记,我给你点点老鼠尾巴?"

韩茅勺站在碾盘前,指着堆得比碾盘还高的老鼠尾巴。

"不用点了,你们的灭鼠数肯定不比三千只少。看来,你们大队的灭鼠工作是非常扎实的。"

武志安脸上充满着喜悦的赞许。

"武书记,我们在这次全民灭鼠运动中,充分发挥人民群众的智慧,创造了非常好的群众灭鼠经验。"

"你们的灭鼠经验是什么?"

韩茅勺笑着说:"一开始,我们的灭鼠工作没有依靠群众,没有走群众路线,尽管我们想了很多办法,但都不成功,都失败了。

"我们先是用老鼠药把老鼠往死里药,起了点儿作用,但老鼠这东西精得很,看见同伙儿被药死了,就不吃我们下的药饵了。

"我们又想了一个办法,用老鼠夹子打,打是打住了一些,但数量太少,进度太慢,离公社党委对我们的要求差距太远。

"我们就又想办法,用水灌,但效果还不如我们前面用过的办法管用。

"眼看着公社党委交给我们的灭鼠任务不能完成,我们急得吃不好饭、睡不好觉。

"后来,我们通过学习毛主席'群众是真正的英雄'的伟大教导，使我们认识到高贵者最愚蠢、卑贱者最聪明，而我们往往是幼稚可笑的。我们就发动群众想办法，依靠群众找路子，终于创造了一个百战百胜的灭鼠经验。"

"遇到问题学习毛主席语录，遇到问题向群众求教，这很好。但是群众到底想出了什么好办法？"

武志安在充分肯定了韩茅勺依靠群众的大方向后，急于知道群众到底是用什么办法灭鼠的。

韩茅勺"扑哧"一下笑了：

"把比家老鼠厉害的野老鼠用水灌出来，把泡湿了的花椒塞进野老鼠的屁眼，用针线把野老鼠的屁眼缝死。野老鼠疼得要命，就拼命地咬其他老鼠。其他老鼠被野老鼠咬得受不了，就吓得赶紧往洞外面跑。我们的群众守在老鼠洞外面，手里都拿着铁锹，出来一个拍死一个，出来一个拍死一个。"

武志安笑得眼泪都出来了："这办法好，这办法好。我回去后发个通知，让全公社都学你们，让全公社都缝老鼠的屁股。"

"武书记，你知道这个经验是谁创造的吗？"韩茅勺看着武志安说。

"谁？"武志安的视线和韩茅勺的视线碰到了一起。

韩六六插嘴说："我们韩支书。"

尽管韩六六第一次当着外人的面尊称他为支书，还把创造灭鼠经验的帽子戴到他的头上，但韩茅勺心里仍是非常反感地说："瞎编！明明是韩石山同志嘛。"

"韩石山？韩石山是群众？"武志安不解地问韩茅勺。

韩茅勺赶忙解释："说是也是，说不是也不是。韩石山同志原先是我们北韩大队的大队长，虽然没有正式免他的大队长职务，可这个职务'文化大革命'一来，也就不存在了。大队革委会成立以来，革委主任一直空着。因此，韩石山同志目前来说应该是革命群众。"

武志安若有所思地点点头。

"我们最近准备提名韩石山同志任大队革委会主任。"韩茅勺用征询的眼光看着武志安。

韩六六一听韩茅勺让韩石山当革委会主任,气得当下就从人群里走了出去。

"你们大队让谁当革委会主任,我现在不能表态。你们定下后报上来,公社党委再研究。好,你们忙吧,我还有事。"

武志安说完,扭过身就走。

韩茅勺和一帮人跟在后面送行。

武志安朝韩茅勺做了个"不用送"的手势:

"你们各忙各的,我到群众家里转转就走。"

韩茅勺后来听人说,武志安去韩秀秀家待了一会儿就离开了北韩。

武志安与韩秀秀说了些啥,谁也不知道。

第二天,武雪莲来到韩秀秀家。

她不是来找韩秀秀的,而是来找韩石山的。

"石山,我有事和你说哩。"

韩石山扛着锄头正准备下地,迎面碰上武雪莲,把锄头放在院门后头和武雪莲一同进了屋。

"石山,你娘现在到底和我爹结不结婚?"

"你爹昨天不是来过了吗?"

"是。"

"他昨天没说?"

"不知道。"

"这事还是让你爹和我娘说。"

"不行。"

"咋不行?"

"我爹看上去对这事不着急似的。"

"你爹都不急,你急啥哩?"

"我不急不行。我爹成天在外头忙,把我成天捆在家里了。"

"这事是我娘的事,我咋知道?"

"不行,我今天就想知道。"

"你要是今天非要知道,那你直接问我娘去。"

"我不好意思。"

"你不好意思?你不好意思我陪你。"

"你娘在哩?"

"在哩。"

韩石山用手指了指他娘住的东屋,拉上武雪莲就走了进去。

"娘,雪莲来了。"

韩石山对正在把炕上的针头线脑往针线篮里拾掇的韩秀秀说。

韩秀秀放下手头的活儿,用笤帚扫了扫炕沿,指着炕沿对武雪莲说:"坐吧。"

"娘,雪莲想问问,你和她爹的事咋着哩?"

"她爹昨天来了,我和她爹说了。"

"说成啥了?"

"说成啥?说成啥……"韩秀秀说到这里不往下说了。

"婶,到底咋说的吗?"武雪莲拉着韩石山的衣襟,羞羞答答地半倚在韩石山身上。

韩秀秀笑着对武雪莲说:"我和你爹的事,我和你爹说。我今天倒想问问,你和我山娃子的事咋说哩?"

武雪莲羞得把头埋在韩石山的肩膀后面,韩石山也脸红得低下了头。

韩秀秀见武雪莲和韩石山都羞住了,反倒笑得嘴都合不拢了:"好好好,不说了,不说了。我和你爹的事我和你爹说,你和我山娃子的事我也和你爹说。"

因为韩秀秀的坚决拒绝,武志安和韩秀秀终归没能结成眷属,而韩石山和武雪莲则结成了一对恩爱鸳鸯。

在韩石山和武雪莲结成百年之好之前,韩石山被任命为北韩大队的革委会主任。

韩石山被正式任命为北韩大队革委会主任后的第二天,南韩大队的党支部书记韩黑虎派南韩大队的革委会主任韩猛子来到北韩,和韩茅勺又提出了几十年前黄河滩里的那块地。

韩茅勺不愿管这事,就推到韩石山身上。

他对韩猛子说:"不是我不想和你说这事。你是南韩的革委会主任,你应该和我们北韩的革委会主任说这事才合适。"

"我们韩支书叫我来找你。"韩猛子坚持要和韩茅勺谈。

"你们韩支书叫你来找我,不能说你们韩支书有啥错。但我要是不让你找我们北韩的主任韩石山,就是我的不对了。"

韩茅勺解释说。

"你是啥意思?你是不是说你要和我谈,你就矮了半头?"

韩猛子仍然不依。

"好啦好啦,你不要和我咬这死理了,我带你去见我们的韩石山。"

韩茅勺也不管韩猛子愿意不愿意,拉着韩猛子就往韩石山家走。

一进韩石山家,韩茅勺就对韩石山说:"石山,猛子找你哩。"

"啥事?"韩石山站起来说。

"还是说河滩里的那块地。"

韩茅勺一边说着,一边就有走的意思。

"这事该和你说呀。"

韩石山急忙用话把韩茅勺留住。

"你们两个主任对主任,我插手不好。"

"我们两个能说了算?"

"咋不算?都是革委会的一把手,还能说了不算?"

"不要我两个说好了,你和黑虎两个又翻蛋。"

"黑虎翻不翻蛋,我不能管人家,反正我不会。"

"只要你不翻蛋,我才和猛子谈。"

"不会的,不会的,看你把我说成啥人了。"

韩茅勺一边说着,一边退出屋子。

出了院门,韩茅勺心里想道:管你石山和猛子谈成啥,我茅勺连个"不"字都不说。这种鸟事,谈成谈不成,你石山都得厕下了。你要是让了南韩人,你就得罪了北韩人;你要是不让南韩人,你就惹下了南韩人。龟孙子才管这号事哩。

"石山,你看这地的事……"

韩猛子其实心里也没底,说出的话也就不咋硬气。

"你说吧,你要咋哩?"

不等韩猛子把话说完,韩石山就直往要害处捅。

"我来你们北韩,我倒没啥意思。主要是我们支书……"

"甭管你们支书不支书,就说你是啥意思吧。"

"我们支书的意思,是想把那块地要回去。"

"那不行。"

"你说咋行?"

"叫我说,咱一家一半。"

"我倒是行,不知道我们支书行不行。"

"你回去和黑虎说。行,咱就定了;不行,咱就算了。"

"行不行,我明天给你回话。"

"行就给我个回话,不行就不要说了。"

"和南韩的事说定了?"韩猛子走了后,韩秀秀问韩石山。

"啥事?"韩石山没闹清他娘问的是哪宗事,反过来问他娘。

"地的事。"

"算是定了。"

"咋定的?"

"一家一半。"

"你定的?"

"我定的。"

"为啥不让茅勺定?"

"茅勺不管。"

"茅勺不管你就敢管?"

"都不管让谁管哩?"

韩秀秀眼里的泪一下涌了出来:"茅勺不管你就管哩?茅勺让你管你就管哩?你管了个啥?你就管了个这?你就不怕村里人骂你?"

"这事闹了几十年,闹了几代人,总得有个下架的时候。两个村子老这样闹,多会儿是个完?"

"啪——"

韩秀秀一耳光扇到韩石山脸上,伤心地哭了起来:"你个败家子!你知道为了这块地,北韩人受了多少气?你爷爷手里没有丢了,你爹手里没有丢了,我手里没有丢了,倒丢在你这个败家子手里了!你爷爷为了保这块地,把自己的一根指头都剁到了南韩;你爹为了这块地,把命都搭上了;北韩人为了这块地,死了多少人,伤了多少人?那地里有北韩人的命、有北韩人的血呀——"

韩石山捂着脸,一声不吭地走到外面。

韩茅勺在这件事上显得非常大度。

不管北韩人怎么骂,也不管南韩人怎么笑话北韩,韩茅勺始终没有在这件事上说韩石山一句不是。

再说了,北韩人又不是骂自己,南韩人也不是笑话自己,自己为啥要把骂名套到自己头上?自己为啥要把笑话别人的事揽到自己身上?

北韩人骂的是韩石山,南韩人笑话的是韩石山,有这么一个人替自己背骂名,有这么一个人站在前面挡臭气,那还不是自己应该偷着乐的事?那还不是自己应该偷着笑的事?

他要的就是这样的结果,他要的就是这样的效果。

韩茅勺心里乐开了花,韩茅勺肚里笑翻了天。

但在众人眼里，韩茅勺脸上看不到一点儿乐味，也看不出一丝笑意。

不是他不乐，不是他不笑，是他故意在众人面前装出一副乐而不言、笑而不语的样儿。

经过这么多年的官场磨炼，韩茅勺已经修炼得成了一个很有城府的人了。

## 四十四

韩六六打小就有一个成为名人的梦想。努力了几十年，始终未能如愿。村里人看不起他了，妹夫也看不起他了，韩石山更看不起他。甭说想当革委会主任、副主任，就是当革委会委员的想法也没了。从此以后，他觉得他这辈子连大队干部的边也沾不上了。

然而，在他最心灰最绝望的时候，他的妹夫韩茅勺却提名他进了大队革委会，而且还给他安了个革委会副主任的头衔。

"茅勺，咱一家人不说两家话，原先我对你有想法，现在看来，啥时候也是一家人亲。一家人多会儿都是一家人，就是有时候有个磕磕绊绊，但也是砸断骨头连着筋，心里多会儿也想着自家人。要不是妹夫你招呼着，我哪能当这副主任？"

韩六六跑到韩茅勺家说这些话，一来是向妹夫认个错，二来是感谢妹夫的提拔，三来是向妹夫表忠心。

"六哥，你给我说这话是啥意思？"

韩茅勺盘着腿坐在炕上，脸上没有一点儿笑。

韩六六笑着凑到韩茅勺面前，带着一脸的恭敬和感激："哎呀，好我的妹夫哩，我六六也不是三岁两岁的小娃，还能憨得翻不清里外？我这副主任谁给的？还不是妹夫你？就凭我和人家石山那别扭劲，人家把这副主任喂了狗也不会给我！再说了，我前个时期出了那么大的丑，出了那么大的洋相，在那么多的人面前丢了那么大的人，我活得一点儿心气都没了，我连死的心都有了，哪里还敢有当干部的想法？哪里还敢有当副主任的想法？"

"你这话是咋说哩？你这话是啥意思？"

"石山那东西，恨不得把我踩到脚下，扔到屎堆里。我这个副主任，不是妹夫你给我的还能从天上掉下来？"

"话不能这么说。让你当副主任，可不是我一个人的意思，石山也是同意的。"

"同意？他敢不同意？他心里再不愿意，敢在你跟前放一个屁？"

"你把我说成啥人了？我是南韩的黑虎，一手遮天，像个霸王？"

"不是，不是。我是说一个村没有一个主心骨不行。妹夫你就是咱村的主心骨。我以后就跟着你死心塌地地干，绝不会有一点点二心。"

"不是跟着我，是跟着党，跟着组织。"

"是是是，是是是。不过，我心里虚得不行。"

"虚啥哩？"

"我在批林批孔会上给你丢了那么大的人，没脸当大队干部。"

"那怕啥哩？谁能没个闪失？谁能没个差错？犯错误并不可怕，可怕的是犯了错误不认错，犯了错误不改错。认识到自己的错误，改正了自己的错误，还是好同志嘛。"

"可我觉得，觉得我站不到人前头。"

"咋哩？你不想干？"

"不是，不是。"

"不是你还说啥哩？不是你就啥也不用说了。回去吧，我还有事哩。"

"那我就啥也不说了，那你就看我以后的表现。"

韩六六听了撵他的话，知道自己不能再待下去了，便带着满脸满眼的谢意，一步一回头地离开了韩茅勺的家。

韩茅勺把韩六六撵出去，脸上露出了得意的笑。

他的大舅子韩六六给他说的这些话，是他早已想到的。

自从昨天定了六六当副主任的事后，他就希望六六来，希望六六给他说一堆感谢的话、表忠心的话。

但等六六来了给他说了这些话，他的脸上并没有一点儿接受的意思。

当了这么些年干部，他经过了许许多多的酸甜和苦辣。但不管遇到啥情况，有一点多会儿也不能马虎，多会儿也得把住：在一个几百口人的村子里当一把手，不能让手下的人闹翻天，也不能不让手下的人闹。

在啥时候闹，在啥事上闹，谁和谁闹，闹多大，闹多长时间，闹到啥程度，全看你这当一把手的道行。

如果没人闹说明啥？说明班子里面的人对你很服气、很尊敬，但也说明班子里面的人对你意见大得不能和你当面说了，心里对你一肚子意见，嘴上却不给你有一点儿表现。

这种时候往往是最危险的时候。

人心隔肚皮，你知道人家心里咋想的？你能有孙悟空的本事钻到人家肚子里？你就是本事再大，也不能大得啥人对你都服气，啥时候对你都服气，就是神仙也做不到。

因此，班子里头没人闹的时候，班子里头说啥事旁人都像把嘴缝住似的时候，往往是你要最当心的时候，往往是要闹大事的前兆。

原先自己在村里是二把手，韩秀秀是一把手。

他对韩秀秀没意见或者意见不大的时候，开会的时候他就说的话多，就爱发表自己的意见。

然而，如果他是对韩秀秀意见大或者不满的时候，他就很少说话，甚至对任何事情一概闭口不谈。

那么，怎样才能使班子里头经常有点儿摩擦，经常有点儿矛盾呢？又怎样才能使班子里头的成员之间相互闹矛盾而又不和自己闹矛盾呢？

他的经验是在班子里头弄两个能踢能咬的人，也就是说在一个槽里拴上两头争食拱槽的叫驴。

现在，这个槽里只有一头叫驴，这头叫驴就是韩石山。

如果硬要再算一头的话，那另一头就是自己。

这样的干部结构很不利于自己控制局面。

如果再给这个槽上拴上另一头叫驴，让他们两个又踢又咬，而自己在大的事情上故意装哑巴，让他们两个互相踢、互相咬，自己等他们两个踢得差不多了、咬得差不多了，再把他们两个压一压，让他们乖乖地按照自己的意愿行事。对于这样一个槽里的两头叫驴，既不能让一个太厉害了，也不能让一个太窝囊了。

如果一个把另一个踢咬得成了缩头乌龟，那厉害的这头就会反过来朝自己踢、朝自己咬。

稍微厉害点的，要注意经常压一压；稍微尿软点的，要经常扶一扶。

不管是啥时候，也不管在啥事情上，总让他们两个谁也把谁踢不尿、谁也把谁咬不死。

这样，他们两个就总是有求于自己，总是希望得到自己的支持。

韩茅勺思来想去，觉得现在是该往这个槽上再拴一头叫驴的时候了。

把谁拴到这个槽里呢？他没有往旁人身上想，一下就想到了他的大舅子韩六六。

韩六六想当革委会主任，他没让他当。他知道他得罪了他。他背后肯定骂他，肯定恨他。

他越是想当的时候，越是认为自己应该当的时候，你越不能用他。因为这时候你要是用了他，他就觉得自己是凭自己的本事上来的，他就不承你的情，不买你的账，遇上事情也就不尿你这一壶。

反过来说，他越是认为自己当不上，越是连想望都不敢有想望，越是你用他的时候。这时候你把他用起来，他才会承你的情，买你的账，遇上事情就不敢把肩膀抬得和你一般般高。因为他知道他不是凭他自己的本事上来的，他是全靠你把他扶上来的。

六六当了个副主任，只顾自己高兴，只顾感谢他，就是再给他两个脑袋，也不会想到他葫芦里装的是啥药。

班子里头接连发生的两件事很快验证了韩茅勺的想法是正确的。

头一件是韩六六到公社开了一个计划生育会，传达贯彻的时候，和韩石山两个在会上顶起了牛。

韩六六嫌女人生孩子的事是得罪人的事，不想揽到自己身上，编了一套假话往韩石山身上推。

"公社武书记在会上讲：计划生育是大事。不仅是国家的大事、省里的大事、县里的大事，也是咱们全公社的大事、咱们每一个大队的大事。各大队的主要领导要亲自管、亲自抓、亲自担任各大队的领导组组长。我是个副职，不属于主要领导，让我管这事不合适。"

韩六六一边说，一边用眼睛看韩石山。

"那你说该让谁管？"韩茅勺用征询的眼光看韩六六。

"我觉得应该石山管。"韩六六眯着眼看韩石山。

"石山的意见呢？"韩茅勺又用征询的眼光看韩石山。

"咱们不是早定了个规矩吗，谁管的事谁开会，谁开会回来谁负责落实。按咱们的分工，这事是六六管的事，也是六六开的会，还是六六管好一些。"

韩石山并没有想到管计划生育是件得罪人的工作，只是强调原先的分工和谁开会谁管的原则。

"这事原来是我管，会也是我开的，这我都承认。但公社武书记说了，这事现在变大了，非得主要领导抓。"

韩六六一股劲往韩石山身上推。

"我不是不想管。咱干啥事情都得按规矩。头一个来说，原先的分工不是我管。二一个来说，这个会不是我开的。三一个来说，谁也没有规定副主任不是主要领导。"

韩石山仍然强调规矩和原则。

"这是啥理由？明明白白是不想负责任，不想得罪人！占着主任的位子不想负责、不想做恶人，要你这领导干啥？摆样子哩？当甩手掌柜的哩？"

韩六六站了起来。

"谁摆样子啦？谁当甩手掌柜的啦？"

韩石山话里头也带上了火气。

"我说你了？我指名道姓说你韩石山了？"

"你说谁哩？"

"我说我娃哩！"

韩石山霍地站起来："再说一句！"

两个人眼看就要动手，韩茅勺也霍地站起来："吵啥哩？不想干说话！啥样子，还是大队干部！"

韩六六看了一下韩茅勺，坐下不吭气了。

韩石山狠狠地瞪了韩六六一眼，坐下来大口大口地喘气。

"看你们两个是啥样子？啊——？有一点儿大队干部的样子没有？啊——叫你们来干啥哩？叫你们来吵架哩？六六你是干啥哩？公社武书记说计划生育重要，说主要领导要管，你说完就完了，你吵啥哩？石山你这是干啥哩？你职务比他高，你资历比他老，你怎么能和他这个刚上来才几天的新干部一般见识？你看你刚才的样子像啥？像老干部吗？像主要领导吗？你说，你到底想干不想干？"

韩茅勺把两个人一人训斥了一遍，问韩石山想不想干。

"我没说那话。"韩石山连头都不抬。

"没说好呀，没说说明你还是有上进心呀。好了，今天咱是开会哩，不是听你们两个吵架哩。散会以后，你们两个都好好想想，看你们两个今天这样应该不应该。"

韩茅勺的口气，完全是一个大队最高领导人的做派。

"我错了。"韩六六当即就作检讨。

"知道错了就好。知道错了以后就不能这样了。"

韩茅勺猜想韩石山不会给他当场认错，便顺水推舟地说："咱们原先是有那么个规矩，也有那么个分工。但原则是死的，人是活的。有些事情我们还得根据具体情况灵活掌握。公社武书记说了，计划生育很重要，主要领导要亲自抓、亲自管，我看这事六六以后就不要管了，石山把这事接过来。为啥这事不让六六管了？因为六六是副职，不能算大队主要领导。"

韩六六听见这事让韩石山管，心里有一种打了胜仗的喜悦。但听了韩茅勺说他不是大队主要领导这句话，又有一种败下阵来的感觉。

"咋管哩？总不能让我一个人当光杆儿司令吧？"韩石山马上就把这事当成了自己的事。

"那好办，给你配一个专职计划生育员。"韩茅勺当场拍板。

"配谁哩？"韩石山认真地问。

"配你老婆吧。"韩六六笑里藏着几分狡黠。

韩石山狠狠地瞪着韩六六。

"说正经事哩，打啥诳？"韩茅勺瞪了韩六六一眼。

"这不合适。"韩石山把眼睛转向韩茅勺。

"咱们说正事哩，可不敢乱开玩笑。"

韩茅勺迎着韩石山的眼光："不过，叫我来说，雪莲倒还真是个合适的人。她是咱大队最有文化的女人，又办事精明利落，就这么定了吧。"

"一家子人管一家子人，群众有意见。"韩石山想叫韩茅勺另换一个人。

"有啥意见？组织上定的，又不是你个人的意见。就这，散会。"

韩六六不想管计划生育这件事，想把这件事推到韩石山头上。他以韩六六不是大队主要领导的障眼法，使韩六六金蝉脱壳，如愿以偿。韩六六在这件事上自然不会在心里结疙瘩。

韩石山也不想管计划生育这件事，想把这件事粘到韩六六手里。

他同样以韩六六不是大队主要领导做挡箭牌,给韩石山悄悄挖了一个坑,顺理成章地把韩石山带到了坑里。不管韩石山心里愿意不愿意,但从整个事情的过程来看,并不是自己把他推进坑里的,而是他自个儿跳进去的。纵然他心里有意见,嘴里也不能说埋怨的话。

他在他俩之间玩的这一套,乘风扬沙,顺河漂舟,不是一般人能知能为。即使韩石山这样聪明的人,就是一眼看穿了,也不敢轻易拆穿。

第二件事,还是韩六六从公社开了一个会。

这个会是个动员会,武书记要求各大队动员群众,开展一次以整顿基层组织、整顿干部队伍、整顿纪律作风和改选基层班子、改进干部作风、改善党员干部队伍的"三整三改"活动。

韩六六传达了公社会议精神后说:"武书记讲了,这次'三整三改',要充分发动群众,让群众检举揭发。领导班子要引火烧身,互相揭发。要把隐藏在我们大队领导班子里面的坏人挖出来,清出干部队伍。"

韩茅勺一下就猜透了韩六六的心,知道他把矛头对的是韩石山。

他是想趁"三整三改"把韩石山搞下去,由他自己来做北韩大队的革委会主任。心想你小子那点花花肠子能绕了谁?把石山推下去,谁来维持班子里头的平衡?班子里头光剩下你和我,以后再有矛盾就是你和我的矛盾了,弄不好哪一天你倒把我的权夺了。你就是日能得能搁到针尖上屙屎,我也不会让你的阴谋得逞。

韩茅勺想是这么想,但说出的话还是不走大流:

"这个运动很重要,咱们开上个会,把群众好好动员动员,让群众好好揭一揭、好好挖一挖,把咱们大队的流毒好好清一清。至于班子里头,咱也要好好揭一揭、查一查。不过,我看咱们这班子里头不会有啥坏人。总的来说,大家在政治上还是可靠的。但是,大的方面没问题,不等于小的方面没问题。这一点咱们也不能忽视。

我看，揭批查的事情就由六六负责。石山有意见吗？"

地热蛇出洞，天热蚊蝇飞。

韩石山已经从韩六六的眼睛里面，看出了这个人有了借"三整三改"兴风作浪的意思了。

韩石山听出了韩六六的意图，知道他把矛头对准了自己。韩石山也听出了韩茅勺的意思，知道韩茅勺是在保自己。

韩六六是韩茅勺的大舅子，他不可能把矛头对准韩茅勺，更不可能去夺韩茅勺的权。

他的目标目前只能是先把自己推下去，然后才能取而代之。至于夺了自己的权以后会不会再夺韩茅勺的权，那只有天知道。

从古到今，从中到外，多少人为了权为了利，做出了连自己的亲娘老子都不认的事。别说韩茅勺是韩六六的妹夫，就是他的亲娘老子，他们的利害冲突到了不可调和的时候，韩六六照样会把韩茅勺当成绊脚石一脚踢开的。

不管以后他们两个会咋样，也不管现在"揭批查"咋样发展，这种时候自己还是少说为佳。因为自己在反右时虽然没有戴上右派帽子，但还是犯过右倾错误。韩茅勺不管有啥不对，但这一点一直给他保着密。这一次韩六六想借着运动把自己搞下去，韩茅勺还能护着自己，也算难遇。

"石山，你有意见吗？"韩茅勺见韩石山不说话，又一次问。

"没有。"韩石山由于脑子走私，并没有听清韩茅勺后面的话，只好含含糊糊地应道。

"六六也没意见吧？"韩茅勺又问韩六六。

韩六六听了心里很不舒服：一样的当大队干部，为啥征求韩石山的意见时就没有那个"也"，为啥征求自己的意见时就要加一个"也"。这一"也"，就"也"得他比韩石山低了一头，就"也"得他在这个班子里头像个聋子的耳朵——摆设。他嘴里一边应着："没意见。"心里却狠狠地骂道：啥尿妹夫！狗咬吕洞宾——不认自家人。

你对我这样，我以后也不会对你咋样。

好在"三整三改"时间不长，上面的大方向就有一点儿要转的意思了。

风向一转，韩六六自然也就失去了向韩石山下手的机会和条件。韩石山也就自然躲过了韩六六的攻击和暗算。

天上总要下雨，地上总会刮风。

"揭批查"这阵风刮过去后，中国大地上又刮起了一阵强风。

不过，韩石山感觉到这阵强风和过去的风不一样了。

那天，韩石山到公社开了个会，说是要开展真理标准大讨论，要实行联产责任制。

本来这个会他听了有点高兴，但心里又不免有几分沮丧。因为这消息是个好消息，但这个好消息却出在他在西北农大的同学李九红的嘴里。

公社的武书记不知道是年龄到了，还是犯了错误，反正公社书记不是他了，而是他的同学李九红了。

从公社开完会，韩石山向韩茅勺汇报了公社的会议精神，也把李九红当了公社书记的事，把他和李九红的隔阂，把他担心李九红报复的想法给韩茅勺说了。

韩茅勺听了，想了好大一阵，脸上虽然也有为韩石山捏一把汗的神色，但嘴上却宽慰道："多少年的事情了，他还能老是揪住不放？不过，你还是防着点。防是要防着，工作该咋干还咋干。咱先按上面的精神抓落实，不要让人家抓住辫子。你先拿个意见，咱们抓紧好好研究研究。"

韩石山怀着很不安然的心情，等待着不可预测的结果。

## 四十五

韩六六并不知道韩石山和新来的公社李书记曾经是势不两立的对手和政敌。尽管他没有掌握这个足以把韩石山在政治舞台上彻底灭掉的秘密核武器,但韩石山在落实上面精神时总爱往圈子外面跳的把柄他还是抓住了一些。他明显感觉到韩石山比以往心虚话软。

韩茅勺对韩石山和韩六六的心思早都看出来了。在两人面前,他脸上嘴上都没有表现出来,但心上行动上却采取了抬韩石山压韩六六的做法。

研究实行生产责任制的时候,韩六六和韩石山发生了冲突。

"上面怎么说,咱们就怎么干。"韩六六抢先发言。

"上面怎么说的?"韩茅勺知道他说不清,故意出难题。

"上面叫咱们,叫咱们……"韩六六茶壶里煮饺子——心里有数,嘴里却倒不出来。

"叫咱们咋哩?"韩茅勺死咬住不放。

"叫咱们,叫咱们……"韩六六越急越说不清。

"上面的精神你学了没有?啊——上面的精神你领会了没有?啊——"

韩茅勺不满地看了一眼韩六六:"上面的精神你说不清,那你说说咱们该咋办?"

"咋的个实行责任制,我不如石山有文化,会咬文嚼字。我觉得咱们在各小队分上几个组，把生产责任分摊到各小组。"

"咋的个分组？咋的个分摊？"

"要么五户一组，要么八户一组，要么十一二户一组。"

"到底几户一组？"

"我一时也吃不准。"

"上面的精神咋的个意思你说不清，咋的个分组你吃不准，那你说说咋的个分摊责任？"

"这事简单。规定他们一个小组一年交多少粮食就行了。"

"全都是一堆囫囵话，叫人一点儿也摸不着壶把。叫我说，你的这些意见和不说差不多。"

韩茅勺把眼睛移向韩石山："石山，你的意见哩？"

"我不说了。"韩石山推辞。

"你是革委会主任，生产上的事情全靠你掌勺哩。"韩茅勺鼓励。

"我还没想好。"韩石山仍不想说。

"没想好你再想想，这事全靠你拿主意哩。"

韩六六听了韩茅勺的话，心里骂韩茅勺：我说了我的意见，你处处拿棍子打我。人家不想说，你却舔尻子似的箍住人家说。啥鸡巴一把手，还不如人家腿板里的一根毛。

韩石山想了想说："咱们这些年的生产，其实就是吃'大锅饭'。'大锅饭'也有'大锅饭'的好处，干得好的和干得不好的，干得多的和干得不多的，都差不多。谁也饿不着，谁也撑不着。但从另一个角度说，'大锅饭'的好处反过来就成了'大锅饭'的坏处。'大锅饭'干和不干差不多，干多干少一个样。说到底，'大锅饭'的坏处就是养懒人。大家一看咋干都一样，勤快人慢慢变得不勤快了，干得好的慢慢变得打开了混混。反正男劳力混上一天挣十二个工分，女劳力混上一天挣十个工分，半劳力混上一天挣八个工分。大家都混来混去，这生产就肯定搞不好。"

"这是啥意思？明明是攻击人民公社哩！"韩六六站了起来。

"石山说得对！接着说。"

韩茅勺给韩石山打气，反过来打击韩六六："六六，你不要瞎打棍子，瞎扣帽子。"

韩石山既没看韩茅勺，也没看韩六六，接着说："我琢磨着，上面叫实行生产责任制，说明原来的做法有问题。"

"上面的文件这么说了？"韩六六抓住把柄不放。

"我自己琢磨的。"

"你本事大哩嘛，敢对上面的文件瞎琢磨？"

"不让我琢磨，我不说了。"

韩茅勺瞪着韩六六："咋哩？剥夺人家的发言权了？再打横炮滚出去！"

"叫我说，咱们把每个生产小队划分成若干小组，实际上还是吃'大锅饭'，只不过是这样的'大锅饭'比原来的'大锅饭'小了一些。咱们不如把小组划得更小些，干脆一户为一小组。"韩石山抬起头看韩茅勺。

"这不是搞包产到户？"韩六六憋不住了。

"滚出去！滚出去！"韩茅勺怒不可遏地指着韩六六。

韩石山心里也火了，反驳道："包产到户有啥不好？只要能调动人的积极性，只要对国家、对集体、对个人有好处，包产到组也好，包产到户也好。"

"石山，你不要和他一般见识。你说你的。"韩茅勺用鼓励的眼光看韩石山。

"我想，咱们这生产责任制应该和计划生育结合起来搞。一部分地叫自留地，大人小孩分一样多。一部分叫责任田，光给大人分，不给小孩分，目的是鼓励大家少生孩子。"

韩六六刚要张嘴，韩茅勺把话抢过来："我看石山的意见可以。咱们表决。"

"我保留！"韩六六话里带气。

"不能保留。同意就是同意，不同意就是不同意。同意的举手。"韩茅勺说完，自己先把手举了起来。

韩石山也举起手。

韩六六看看韩茅勺，又看看韩石山，不举手。

"六六，你同意不同意？"韩茅勺问。

韩六六不说话。

"六六，你到底同意不同意？"韩茅勺追问。

韩六六仍不举手。

"六六，你不同意？你为啥不同意？"韩茅勺逼问。

韩六六脸憋得脖子根都红了，低下头很不情愿地举起了手。

"好！全票通过！"

北韩大队以包产到户的形式落实了生产责任制。这项工作虽然是在党支部书记韩茅勺的支持下，由韩石山组织落实的。但韩石山总觉得这件事办得有点悬。他心里最担心的是有人把这事告到公社书记李九红那里。其中最最担心的人就是大队革委会副主任韩六六。他觉得韩六六极有可能把他告到李九红那里。

把地分到各家户头上后，圆滚滚的麦粒顺着楼眼播入了耙得虚乎乎的黄河滩。

麦芽芽还没拱出地面，有人就把韩石山告到了公社。

告状的事韩石山早就预料到了，但告状的人却大大出乎韩石山的预料。

告状人并不是韩石山最担心的韩六六，而是他八辈子都想不到的母亲韩秀秀。

韩秀秀说这事的时候是以一个老党员、老革命者的身份和韩石山谈这件事的。

"石山。"

韩秀秀过去一直叫韩石山"山娃子"，但这次却一反往常地叫他

"石山"。

"石山,听说包产到户是你的主意?"

"是我提出来的,大队班子集体研究的。"

"我没问你是不是集体研究的,我只问你是不是你的主意。"

"是我的主意。"

"你不觉得你这样错了吗?"

"我认为这样做没有错。"

"我现在以一个老党员、老革命的名义给你讲:说你犯了错误,这是往轻里讲。你作为一个党培养多年的干部,应该说你这样做不是犯了错误,而是对党和人民犯了罪。为了推翻压在人民头上的反动政权,为了能有人民当家做主的今天,多少人抛头颅洒热血,多少革命者的亲人惨死在反动军队的屠刀下面。别的不说,光咱村就伤了多少人,光咱村就死了多少人。你爹为了能有今天,为了保护北韩大队的集体财产,连自己的生命都搭上了。我为了能有今天,才十几岁的一个小姑娘就冲破家庭的阻挠,你姥爷就是死的时候都不认我这个闺女。"

韩秀秀流着泪,边说边哭。

"娘,你不要伤心,我这样做也是为了让北韩人过上好日子。"韩石山劝道。

"啥好日子?!你就没听人说:辛辛苦苦三十年,一夜回到解放前?"

"这和解放前不一样。"

"咋就不一样?全都是一样的!"

"解放前虽然也是各家种各家的地,但地的所有权不是集体的。咱们现在表面上也是各家种各家的地,看上去和旧社会一样,但实际上不是一回事。因为地的所有权还是集体的。"

"咋不一样?我看一样!要这样,那么多人流血牺牲图啥哩?我和你爹参加革命图啥哩?"

"我不是给你说了吗,关键是性质不一样。旧社会的所有权是个人的,是私有制。现在把地分下去了,但所有权不变,还是公有制。"

"你有文化,你有知识,我说不过你。我今天只问你一句话:这地往回收不往回收?"

"这……这……这恐怕不好收了。"

"我给你三天时间。三天以后这地要收不回来,我就以一个老党员、老革命的名义把这事反映上去!"

全公社大队支部书记会议上,李九红的脸色非常难看:

"现在,在我们公社,有一股复辟资本主义的思潮在涌动。有这么一个人,五七年的时候就反对过当时的国家政策。这个人非常狡猾,五七年的时候漏了网。虽然这个人二十多年来表面上装得老老实实、规规矩矩,但骨子里的反动本性一点儿没改。他脑袋里亡党、亡国、亡社会主义的反动思想,就像冬天的大葱——根焦叶烂心不死。一遇上适合的气候,就开始发芽,就开始膨胀,就暴露了出来。这个人不是别人,就是钻进北韩大队领导班子里面的韩石山。

"韩石山这个人很了不得,几十年前就专门和上面唱对台戏。为了躲过当时的运动,他从西北农业大学中途退学,潜回家乡隐藏起来。前一段,我们公社要求各大队按照上面的文件,落实生产责任制。这个人以为时机到了,迫不及待地跳出来,在北韩大队搞起了什么包产到户!

"同志们哪,形势是多么危险,我们的同志又是多么麻痹!北韩大队的党支部书记韩茅勺来了没有?"

"来了。"韩茅勺低着头说。

"站起来!"李九红用手指着韩茅勺。

韩茅勺站起来,满头是汗。

李九红满脸怒气、满眼冒火地盯着韩茅勺,说出的话刀光剑影、风火交加:

"你的政治觉悟到哪里去了？你的警惕性到哪里去了？这么一个顽固不化的反动分子在你身边隐藏了这么多年你发觉了没有？这么一个坏人你是怎么让他钻进领导班子里面的？他要包产到户，你坚持原则了没有？你的党性去哪里了？"

面对李九红一连串的诘问，韩茅勺只有出汗的份儿，没有说话的份儿。

李九红缓了一口气，脸色极其严肃地接着说：

"同志们哪，千万不敢麻痹，千万不敢放松警惕。大家记得不记得，有一个故事很能说明问题。这个故事叫'农夫和蛇'：说的是很久很久以前，有一个农夫出门的时候，看见有一条毒蛇冻僵在路旁。农夫见这条毒蛇非常可怜，就把毒蛇揣进怀里带回了家。毒蛇苏醒后，就张开喷着毒液的大嘴，一口把农夫咬死了。

"现在在我们的干部队伍中，一些人就像冻僵了的毒蛇一样，我们千万不能可怜他，千万不能同情他，一定要把他一脚踩死，一定要把他一棍子打死，一定要把他彻底消灭，绝不能让他苏醒过来，绝不能让他张开大口咬我们。

"现在我郑重建议：北韩大队党支部立即开会，撤销韩石山党内外一切职务，开除党籍，劳动改造。韩茅勺同志要深刻检讨，写出检查。回去以后，立刻把地收回来，按照公社的要求把地分到生产小组。韩茅勺，听清了没有？"

"听清了。但韩石山不是党员，他还没有入党，也没有在党内担任任何职务。"韩茅勺怯怯地看着李九红。

"那就有什么职务撤什么职务，要撤得干干净净。"李九红眼睛死死地盯住韩茅勺不放。

韩茅勺站起来低着头说："知道了。"

李九红把冷冰冰的视线从韩茅勺身上转移到所有参会人员身上，慷慨激昂地说：

"今天，我还要特别表扬一位党性特别强、原则性特别强、政治觉悟和革命警惕性特别强的老党员、老革命，她就是北韩大队的原党支部书记、韩石山的母亲韩秀秀同志。

"这位同志很了不得呀！她是韩石山的母亲，她不顾亲情，大义灭亲，以一个老党员、老革命的名义向公社党委检举揭发了她的儿子韩石山的行为。她不愧为党培养多年的老党员，不愧为参加革命几十年的老干部，不愧为'英雄母亲'这个光荣而伟大的称号！

"我建议：北韩大队的革委会主任由韩秀秀同志担任。我代表公社党委号召：全体党员、全体干部，要向韩秀秀同志学习。像韩秀秀同志那样，坚持原则，提高警惕，绝不让任何坏人钻进我们的干部队伍，绝不让任何坏人钻我们的空子！"

韩石山被撤职的消息传到北韩，立刻像平静的湖水扔进一颗炸弹一样。

村子中间的碾盘旁，围了一群黑压压的人。

王二毛嬉皮笑脸地说："嘿——没见过世上还有这么当娘的，把自个儿的亲娃告倒，夺自己娃的权。"

韩六六接过话："林子大了，啥鸟都有。这么大的一个花花世界，要啥人有啥人。"

"虎毒不食子，韩秀秀这家伙连母老虎都不如？"

"人和人不一样，老虎和老虎也不一样。有害自个儿娃的娘，就有吃自个儿下的崽的毒老虎。"

"抓猪看母。当娘的不好，当娃的能好到哪里？石山一天到晚硬得像个驴橛子，干个啥事总爱出拐。我说把地分到组就行了，他非要把地分到户。好像可村子几百人就数他日能。活该！叫你再日能，日到马蜂窝上了吧。"

正说着，韩秀秀扛着锄下地经过碾盘。

人们猛然间一句也不说了。

韩秀秀想和人们搭个话，见人们全都绷着脸，就悄悄走过去。

身子刚一闪过碾盘,王二毛朝韩秀秀后身"呸"吐了一口浓痰。
人们"哗"的一下笑开了。

公社老书记武志安来到韩秀秀家。
韩秀秀仿佛一下老了许多,头上的头发全变成了白的。
武雪莲抱着吃奶的娃,泪儿泪儿的只哭不说话。
韩石山耷拉着头,脸上一点儿血色也没有。
"秀秀,这事咋弄的?"
韩秀秀不说话,抬起腿走了出去。
武雪莲见婆婆出去了,知道她爹要和男人说话,抱着娃走了出来。
"石山,你咋闯下这么大个祸?"
"说啥哩?都怪自己。"
"叫我说也是。一个人本事再大,也不能和上面扛膀子。胳膊多会儿也拧不过大腿。上面叫咋分地,你就咋分地。分得对不对,多会儿也是上面的事,多会儿也不和你相干。"
听了岳父的话,韩石山立刻想起了武志安这次下台的原因。
一开始,韩石山以为岳父是到了退休年龄,后来听人说,岳父是因为被李九红告成"风派"下的台。
说岳父是个"风派",韩石山觉得并不过分。
岳父就是这么个人。上面反左,他就反左;上面反右,他又反右。多会儿也是跟着上面跑,多会儿也是跟着风势走。东风压倒了西风,他就朝东走;西风压倒了东风,他又朝西走。
"这个李九红也太毒了。把我扳倒了就扳倒了,反正我年龄也大了,就是他不把我扳倒我也干不了几年。把我扳倒不算,接着又把你扳倒。把你扳倒,我气得就不行,但气归气,还不至于太生气。扳倒我的时候,我就想到了你。因为你是我的女婿,这家伙迟早要向你下手。说这家伙太毒辣,就毒在把你扳倒,让你娘顶你。让外人一看,好像是你娘夺了你的权。你娘也是犯糊涂,好好的母子俩,有啥话不能说。别人不告你,她倒告了你。这不是把肉往老虎嘴里送?"

"这事也不能光怨我娘。主要怨我。"

"你说这李九红和咱结下啥仇了?"

"仇深着哩。"

"我反过来想,倒过来想,咋想也找不到根子在哪里。"

"哪里也不在。全在我这儿。"

"这我就更糊涂了。你一没和他搭过班子,二没和他共过事,咋能结下这么大的仇?"

"我上西北农大的时候,李九红和我是一个班。其实也没多大的事,就是因为在人口问题上两个人的观点不一致。他说人口多了好,中国应该鼓励妇女多生孩子;我说人口多了不好,应该限制妇女少生孩子,应该实行计划生育。一开始,我们的班主任支持他,他占上风。后来我们的班主任支持我,我又占了上风。反右的时候,我们的班主任被打倒了,戴上了右派帽子。班主任怕我也戴上帽子,就劝我退了学。没想到这事过了这么多年,他还记在心里。他把你往倒了扳,全是冲着我来的。"

"噢——原来是这。"

"不知道底细,都以为我跟着你倒了霉。其实是你跟着我倒了霉。"

"你这一说,我心里就有了底。他李九红咋哩?他屁股上也不干净。"

"他才来,不可能有啥事。"

"我不是说他现在,我是说他过去。你不是说他在学校的时候就反对妇女少生孩子吗?这是啥问题?这是大问题。他反对妇女少生孩子,就是反对计划生育。计划生育现在是中央的大政策,是我们国家的基本国策。这个事情是大事,是要命的事。这个事情比天还大,比地还大,比五湖四海还大,说多大就有多大,说多大都不过头。李九红在上学的时候,在五十年代的时候,就有历史问题,就有这么大的问题，就有可以要了他的命的问题。他不检点自己，他不收敛自己，他不乖乖地把自己的尾巴老老实实夹起来，反倒咬了我咬你，整了我整你。自己尻子不干净，自己身上满是屎，反倒把尿盆子往别人身上泼，反倒把屎盆子往别人头上扣。他不仁，我不义。恶狗要用砖头砸。这样吧，咱俩合伙写个材料，把他的恶行就写到里面。就凭这，不把他告下来才怪，不把他扳倒才怪，不把他打得满地找牙才怪！"

"这，这不好吧。老这么你告他他告你，有啥意思？"

"他狗小子这么毒，把咱两家都害得这么惨，咱还对他讲啥客气？"

"我总觉得这样不太好。"

"你不敢出头我出头。不说了，我赶紧回去写材料。"

把武志安送走后，韩石山觉得一场更大的冲突就要发生。

他站在院子里抬头一看，一团团乌云从西边的山后蜂拥而来。

暴风雨要来了。

他不禁替岳父担心，怕他被这场突然而来的暴风雨浇坏。

## 四十六

暴雨过后出彩虹。

看着悬挂在西边天空中的七色彩带,韩石山不禁为喜怒无常、瞬息万变的老天爷感慨万千。

这老天爷变脸变得也忒快了吧。刚才还电闪雷鸣、狂风暴雨,不到一个时辰,却突然风静雨止、彩练当空。

老天爷真是一个让人琢磨不透的神秘存在。

天蓝风静、日笑月吟的时候,它会蓦然间狂风大作、雷声大作,倾盆大雨铺天而来。

云怒风吼、雷电交加的时候,它会猛然间云散雾尽、阳光灿烂,慈眉善眼爱意融融。

人情如天,天性如人。

纷繁复杂的人世间,有时候你感觉风和日丽、祥云缭绕,猛然间会变得横祸飞来,躲之不及。

而等你有时候感觉险象环生、身处绝境,忽然间山回路转、柳暗花明。

暴雨之后出现的这道绚丽的彩虹,难道是兆示着自己的前程也像这天空骤变一样,要风停雨止、云开日出?

他不敢期望,更不敢奢想。

该来的都会来的,他无法阻挡,也无力阻挡。

该去的一切都会去的，他无法挽留，也无力挽留。

他感到自己像水牛陷进了泥潭里，怎么扑腾也扑腾不出来了。

他感到自己更像摆到砧板上的一条鱼，只能绝望地任人宰割了。

他仿佛看到了一个又一个的厄运向他走来，而且不是一个一个的单个而来，而是更大更多的厄运簇拥在一起缠抱在一起汹涌而来。

然而，路有转弯处，水有掉头时。世界上的任何事情，从来都不以任何人的意志为转移。许多事情在许多时候，却总是在许多人不知不觉中发生着许多不可预料的变化。

几天后的一个早晨，韩石山做梦也没想到，李九红竟然不请自到地主动叩开了他家的门，而且还是表现出一副登门道歉、负荆请罪的样子。

前几天还对韩石山深仇大恨的李九红，满脸堆笑地来到韩石山家，把韩石山弄得丈二和尚摸不着头脑。

"老同学，咱们多少年没见面了呀。"

李九红一见韩石山，就像久别重逢的亲人似的，紧紧地握住韩石山的手半天不放。

韩石山一下醒不过劲来，任凭李九红抓着他的手摇来晃去。

"这么多年了，你咋还是那股劲？"

李九红亲昵无比地拉着韩石山的手，眼眶湿润得都快流出泪来。

韩石山迷茫地看着李九红，弄不清李九红要给他唱哪出戏。

李九红一脸愧疚地对韩石山说："这事也怨我。我来到马家公社，你也不找我，我也不找你。我还以为你娘说的那个韩石山是谁，弄了半天是你。早知道是你，就不会产生那场误会了。你看看，你看看，这不是大水冲了龙王庙吗？"

韩石山心想：啥大水冲了龙王庙！我就是再不找你，你能不知道你撒的那个韩石山就是我？你和我同了几年学，又来过我们村，难道你不知北韩村再没有第二个韩石山？再说了，你在公社大会上直言不讳地捅我在西北农大的旧伤口、老疮疤，不是说我是说谁？

难道北韩还有第二个人和你在西北农大同过学？

见韩石山愣怔着不说话，李九红笑了笑说："其实，那事你也没多少责任。你又不是一把手，那事主要责任怎么能让你一个人承担？"

韩石山听了这话，怕李九红把棍子打到韩茅勺头上，赶紧把责任揽过来："不，那事全怪我，和茅勺没关系。茅勺当时也不同意我那样做，是我不听不同意见，自个儿做主硬要那样干的。"

"不，你那样做是对的，是我政策水平不高，没有领会中央的精神。现在中央又来文件了，就是要在农村实行包产到户责任制。看来，我对中央精神不如你吃得透。"

"怎么？上面的风又变了？"

"这事都怪我，把北韩大队的工作耽误了这么长时间。你被我撤了职，你娘又死活不干，弄得好长时间没人具体抓工作。我真是没把这事处理好，伤了老人家的心。"

韩石山觉得李九红单单为这事不会这么给他赔情道歉的，肯定有啥事有求于他。

"九红，你有啥事？"

李九红叹了口气，脸上露出了难色："唉——实不相瞒，老同学就不客气了，真的有一件事要求你。"

"啥事？"

"你岳父是不是找过你？"

"多会儿？"

"一个月前。"

"找过。"

"你是不是和他说了咱们五七年在人口问题上的那场争论？"

"说过。"

"你岳父把我告到了县里。县里马上就要派人调查。"

"这问题严重吗？"

"有可能严重。因为现在计划生育已经列为基本国策了。"

"县里会不会找我调查?"

"肯定要找你。你岳父在告状信里说你是最有力的证人。"

"你能肯定?"

"差不多。你岳父告诉了别人,别人又告诉了我。"

"那你要我怎么做?"

"我也不好说。你要是实事求是地说,我五七年确实有过反对计划生育的言论。要你说没有这回事,这一方面不符合当时的实际情况,另一方面你又会得罪你岳父。"

"两种说法会产生啥结果?"

"这就要看上面咋处理。如果经过调查证实我有这方面的问题,我这公社书记就当不成了。如果上面经过调查证实不了我有这方面的问题,就等于你在政治上救了我。"

"这样说,你在个人问题上已经到了生死抉择的岔口上?"

"可以这样说。"

"那你放心,我不会见死不救的。"

"还是老同学靠得住。咱俩以后可要互相照应。有用得着我李九红的时候,尽管说话。"

李九红拉住韩石山的手,盈在眼眶里的泪水最后还是流了出来。

十几天后,李九红身上的政治污点彻底洗清了。按照他自己和韩石山的说法,不是洗清了,而是捂住了。

二十天后,韩石山的北韩大队革委会主任的职务重新恢复了。

李九红把公社党委重新任命韩石山为北韩大队革委主任的任命书宣布后的当天,武志安气呼呼地跑到韩石山家,把韩石山狠狠地骂了一顿,回到家里病倒在炕上。

第二年夏天,实行了包产到户的北韩大队粮食获得了大丰收,而实行联产到组的南韩大队的粮食产量反而出现了减产现象。

人们怀着喜悦的心情收割完小麦后，公社书记李九红亲自来到北韩大队传达中央文件。

原原本本地念完文件后，李九红拿着文件激动地说："党中央要求我们全国农村，全面推行家庭联产责任制。家庭联产责任制是什么呢？就是我们北韩大队去年已经搞开了的一家为一户，以户为单位的包产到户责任制。我们北韩大队的农村改革，已经走在了前面，已经看到了成果。现在，你们不用偷偷摸摸搞改革了，你们完全可以正大光明地按照你们已经走过的路走下去了。公社党委支持你们，县委、省委支持你们，中央也支持你们。你们是全公社的改革先锋，也是全公社的改革典范。麦收以后，全公社所有的生产大队都要按照你们的做法进行改革。我代表公社党委感谢你们的大胆探索，感谢你们为全公社的农村改革闯出了一条成功的道路。"

李九红把文件放到桌子上，看了看韩茅勺，又看了看韩石山："在农村工作和农村改革走什么路的问题上，韩石山同志把握政策的水平比我们在座的都要高一些、远一些、准一些。韩石山同志虽然是大队干部，但一直没有加入到党组织里面。这么好的一个同志，不应该老在组织外面，应该吸收到党组织里面。至于韩石山同志的组织问题，你们北韩大队党支部是不是考虑一下？"

韩茅勺急忙接住李九红的话："石山同志的组织问题我们早有考虑，他也写过入党申请，我们正准备研究哩。不过，我和韩秀秀同志交换了几次意见，她都不太同意。"

李九红摇了摇头："韩秀秀同志作为一名老党员、老革命，应该征求她的意见。但按照组织程序，应该提到支部会上讨论表决。你们支部开过会没有？"

韩茅勺愣了一下，赶忙说："本来打算今天开，正好碰上你来传达文件，只好挪到明天。"

韩石山把话拦住："我入党的事对我来说，心情确实很迫切。但我心里还有一个更迫切的事，今天想当着李书记的面说一说。"

韩茅勺心里不高兴，觉得韩石山不管有啥事，在没有事先和他打招呼前，当着这么多人的面直接给公社书记说，有失他一把手的脸面。但看见李九红和韩石山的亲热劲，又不敢当面拨灰，只好心口不一地说："石山这个年轻人特别爱琢磨事情，也特别有点子。有这么一个人才和我搭班子，我真是省心多了。石山，趁李书记在场，有啥好招数快拿出来让李书记听听。"

韩石山看看李九红，又看看韩茅勺："我琢磨着，这包产到户一实行，群众的吃穿问题就不用咱们发愁了。但要真正让群众富起来，还得让群众手里有钱才行。咱们村背靠大山，山里有丰富的铁矿石。咱们是不是办一个炼铁厂，把群众花钱的问题给解决解决？"

李九红当即表态："好主意。上面最近还发了个文件，就是要大力提倡大搞村办经济。我看韩石山同志这个想法很好，我举双手赞成。"

韩茅勺见李九红当场表了态，也赶紧表态道："李书记举双手赞成，我举三只手赞成。"

李九红笑道："三只手？三只手不成了小偷了？"

韩茅勺见自己说歪了，连忙歪打正着地说："李书记这话说得对，我也承认我是小偷。"

说着，故意装出一副嗔态："怎么哩？兴他韩石山有好主意，就不兴我把他的好主意偷过来？"

李九红开怀大笑："只要是好主意，不要说是偷偷偷了，就是明抢都可以。"

在场的人一起大笑不止。

大家正笑着，武雪莲跑进来对韩石山说："石山，我爸来了。"

韩石山收住笑："我们正研究工作哩。研究完我就回去。"

李九红板起脸说："老书记来了还研究啥？走，快领我看看老书记去！"

说完，不容韩石山说话，拉起韩石山就走。

武志安本来是要和韩石山商量如何对付李九红的，没想到李九红满脸堆笑地出现在他面前。

"哎呀老书记，正说要看看你，没想到在这里碰上了。看来咱们真是有缘分呀。"

李九红一见武志安，拉着武志安的手亲热地说。

武志安满脸不高兴："有缘千里来相会嘛，为了二十年前的事，我们不是已经会过了？看来，我们还真要好好会一会。"

李九红并不计较武志安话里面带不带刺，像作检讨似的说："二十年前的事，现在证明我彻头彻尾地错了。前一段发生的事，证明我更是彻头彻尾地错了。我现在当着你和石山的面，向你和石山认错，向你和石山道歉。"

武志安没想到李九红会当面向他和石山认错道歉，反倒被弄得一时不知如何作答。

韩石山赶忙打圆场："一个老书记，一个新书记，碰到一起不容易。今天咱们啥也不说了，让雪莲收拾几个菜，咱们在一起好好坐一坐。"

说着，就扭过头喊："雪莲，弄几个菜，我们三个喝点酒。"

李九红止住："不用，咱们今天直来直去说吧。前一段告武书记的信是我写的，前一段撤石山的职也是我借秀秀婶子的手把石山打翻的。我之所以这样做，是怕石山和我清算二十年前的老账，是怕你和石山联到一起把我打翻。我怕你们先下手，就乘你们没下手前先下了手。"

韩石山本想拿喝酒搪塞，没想到李九红把勾勾叉叉的事硬给往破里捅。他拉着李九红带着几分乞求地说："不说了，不说了，不愉快的事过去就过去了。"

李九红胸部一起一伏，喘着粗气说："不行，不说我心里堵得慌。后来发生的事说明了什么？说明我想错了，说明我做错了。我虽然下手这么狠，做事这么绝，但石山却没有在任何人面前说我个'不'字。调查组调查我的事的时候，石山还保护我。你说面对这样一个以德报怨的老同学，我的良心能下去吗？我今天给你这个被我告下去的老书记掏良心说，我也知道你后来把我告了，但你告了我之后再也没把事情往下做。想起这些，我心口就发疼，我心里就发麻。我今后怎么办？我没有别的，我只有一个想法，好好支持石山干事，好好扶持石山给北韩的群众办事。"

李九红说到这里，眼里流下两颗滚烫的泪珠："我要说的说完了。我再一次向你和石山认错道歉。不管你们怎么想、怎么说、怎么做，我刚才说的话我不会忘了，我会照着做。对不起了，我今天先走了。哪天老书记想通了，哪天老书记没气了，我请老书记喝酒，我再一次向老书记赔礼道歉。"

说完，李九红向武志安和韩石山分别深深地鞠了一躬，转身走出屋子。

武志安和韩石山愣在那里，直到李九红走了好长时间，两人也没醒过神。

## 四十七

韩石山做梦也没想到,过去的死对头李九红彻底反转过来后,他在村里做起事来反倒越来越圪圪叉叉。

李九红前脚一走,韩茅勺就立马召开支部大会,讨论韩石山的入党问题。

韩茅勺干咳两声:"好啦,大家静一静。按照李书记的安排,我们今天专门研究韩石山同志的入党问题。其实,李书记就是不安排,韩石山同志的入党问题也早该研究了。韩石山同志多年来听党的话,积极向党组织靠拢,不管遇到什么挫折,不管受了什么冤屈,始终对党忠心、铁心、不变心,完全符合党员标准。今天,我以严肃认真的态度推荐介绍韩石山同志加入党组织。大家如果没有什么意见,就举手表决。"

韩茅勺看了看大家,一边说:"同意的举手。"一边把自己的右手举了起来。

"我要发言!"

韩秀秀站起来:"我对韩茅勺同志今天的做法有意见。党内同志一律平等,都有一样的发言权。韩茅勺不让大家说话,不让大家讨论,不符合党内民主制度,我坚决反对!"

韩茅勺放下手,看看大家,又看看韩秀秀:"大家是什么意见?大家如果没有什么意见,我看还是开始表决吧。同意韩石山同志入党的把手举起来。"

"不行!"

韩秀秀声色俱厉地喊了起来:"你这是一言堂,家长制,压制民主!"

"那好,你有什么意见说吧。"

韩茅勺无奈地看了一眼韩石山。

韩石山低着头,并没注意到韩茅勺看他。

"我不同意韩石山入党。他变了,变得不搞社会主义,要走回头路,搞资本主义,搞复辟!旧社会,我们受欺负受够了,反动派不把我们当人,恨不得把我们连皮带骨头都吞下去。我们一千个不答应,一万个不答应!"

韩秀秀看着韩石山:"他入党,打死我我也不同意!"

韩石山依然低着头,谁也不看。

韩秀秀坐下后,韩茅勺问道:"你还有什么意见?"

"没啦!"韩秀秀把脖子一梗,直愣愣地看着韩茅勺。

韩茅勺看了看大家:"其他同志有什么意见没有?"

没有人说话,静得连出气声都能听见。

"好。大家如果没有什么要说的,那就开始表决吧。同意韩石山同志入党的同志请举手。"

韩茅勺说完,又一次先把右手举了起来。

除了韩秀秀一人外,大家也跟着举起了手。

"不同意韩石山同志入党的同志请举手。"

韩茅勺看着韩秀秀。

韩秀秀举起手,老半天不放下。

韩茅勺看着韩秀秀举在头上的拳头:"好。韩石山同志的入党问题,以绝对多数表决通过。散会!"

韩秀秀放下拳头,忽地站起身走出门去。

北韩村村中的石头碾子周围,已经成年的村民们黑压压地聚集在一起。

碾子前面,摆着两把黑色的椅子。

韩石山和韩六六背朝村民各坐一把椅子。

韩石山背后放了一个红色的瓦罐,韩六六背后放了一个黑色瓦罐。

韩茅勺站在碾盘上清了清嗓子,两只手做了个"压"的手势:"各位村民,各位选民,大家静一静!"

吃吃吵吵的村民们静下来后,韩茅勺咽了口唾沫接着说:

"各位村民,各位选民!按照上级要求,我们北韩村的革委会从今天起改为村委会。北韩村党支部推荐韩石山同志、韩六六同志为村委会主任候选人。

"大家都看见了,韩石山同志和韩六六同志每人背后分别放了个瓦罐。其中韩石山同志背后的瓦罐是红色的,韩六六同志背后的瓦罐是黑色的。大家看清楚了,这两个瓦罐就是我们今天的投票箱。等会儿每人给大家发一颗红豆,这个红豆就是我们今天的选票。

"同意韩石山同志担任村委会主任的,就把手里的红豆放进韩石山同志背后的红色瓦罐里;同意韩六六同志担任村委会主任的,就把手里的红豆放进韩六六同志背后的黑色瓦罐里。

"大家记清了,一会儿开始投票之前,我们要用席子把这两个瓦罐围起来,韩石山同志和韩六六同志就一起坐在这里了,他们也和大家一样每人领一颗红豆参加投票。

"因为我们今天的投票是不记名投票,就是谁投谁了谁也不能知道,就是为大家保密,就是保护大家的投票权、选举权。

"好了,现在开始围席子、发红豆。领到红豆的村民排好队一个一个走到围起来的席子里面开始投票。第一个进去了,第二个做准备;第一个出来了,第二个再进去。大家现在都考虑好,一会儿进去投票不能在里面待的时间太长,每人十秒钟。"

韩茅勺把工作人员分成两拨,一拨围席子,一拨发红豆。

红豆和席子发好围好后,韩茅勺对排成长队的村民们说:"现在开始投票!大家按我刚才说的,一个一个进去投。"

村民们把发给自己的红豆严严实实攥在手里,神情非常严肃。一个进去,一个准备;一个出来,一个再进去。

投完票后,韩茅勺对村民们拉长嗓门一字一顿地说:"好——现在——选举工作进入最重要的时候,开罐验票——"

说完,便指挥工作人员把两个瓦罐里的红豆分别倒出来进行清点。

清点完后,韩茅勺提高嗓门,满脸严肃:

"现在,我代表北韩村党支部公布选举结果。韩石山同志的瓦罐里共有379颗红豆,韩六六同志的瓦罐里共有203颗红豆。韩石山同志当选!现在请韩石山同志表态发言——"

韩石山走到碾盘前,看了看村民们,发表了一个极为简短的就职演说:

"谢谢大家!谢谢各位!我没什么好说的,我就想说一句,我提议韩六六同志担任村委会副主任。如果韩六六同志没什么意见,如果大家没什么意见,请大家鼓掌——"

村民们一起鼓掌,人群中的韩六六迟疑了一下,也鼓了鼓掌。

刚才还一脸严肃的韩茅勺刹那间一脸笑容:"高姿态!高姿态!对韩石山同志的提议大家既然没有意见,我们就没有必要再喝凉水使筷子——空走那个程序了。韩六六同志就算按照民主选举程序,当选为北韩村村委会副主任。"

选举结束后,韩茅勺当即召开北韩村支委会和村委会研究如何发展村办经济。

韩茅勺抿着嘴深情地看了看韩石山:

"你当了村委会主任,按咱老百姓的话说就是村长。你说说,你这个村长有什么打算?有什么办法带领北韩村的群众发家致富?"

韩石山好像早都考虑好了，直接接过话茬说：

"不瞒大家，这个问题我已经思谋了很长时间。

"现在不是鼓励发展村办经济嘛，鼓励发展村办企业嘛，鼓励借款贷款嘛。政策问题不是问题，资金问题也不是问题，问题是我们办什么、干什么？

"我有一个不成熟的想法，大家看看行不行。

"不管我们办什么、干什么，都要短平快，都要从咱们的实际出发。就是人们常说的那句老话，靠山吃山，靠水吃水。能办成什么就办什么，能干成什么就干什么。

"好多年了，省里的地质勘探队早就在咱们北韩的后山探明山里头埋藏着大量的铁矿石。好多年说要开采好多年也没开采，我们是不是就地取材，就势下手！"

韩石山顿了顿，正准备接着往下说，韩六六耐不住了，站起来打断韩石山的话：

"这个问题我也考虑了很长时间。我觉得咱们应该办个造纸厂。一个是县里的造纸厂由于经营不善关闭了，有现成的技术人员和生产设备；二一个是咱们县沿河各村的河滩地都种着杨树柳树，有现成的生产原料。先下手为强，后下手遭殃。我估摸不少村都可能打这个主意。我们赶紧走到前面，我们就能得手，其他村盘算得再好，也只能干瞪眼没办法。"

韩茅勺止住韩六六：

"一个一个地说。六六你先等一下，让石山把话说完。"

韩石山看了看韩六六，摊开手说："办造纸厂我也想过，但我觉得不是很合适。技术人员我们可以借用，原材料也不存在问题，但造纸污染太厉害。我们办个造纸厂，污水往哪里排？没地方排，只能往黄河里排。又黑又臭的脏水流到黄河里，恐怕会有人反映，会惹来麻烦。"

韩六六一听韩石山要否决他的意见，反手就把韩石山的意见也

给否决了:

"要这么说的话,办钢铁厂就不污染了?钢铁厂排不排污水我不知道,但钢铁厂需要排烟,又黑又呛的烟算不算污染?"

韩茅勺见两人的话针尖对麦芒,谁也不让谁,不失时机地摆出一家之主的架势:

"好了,好了。咱们是来研究问题的,是要解决问题的,不是来抬杠的,更不是来争你高我低的。

"为了咱们北韩村的发展,为了咱们北韩人能过上好日子,谁的点子好咱们就按谁的来,谁的招数高咱们就照谁的干。我看你们两个的意见都很好,都可以采纳。不管是钢铁厂也好,还是造纸厂也好,我看咱们村都有这方面的条件。平心来说,你们两个的想法都不错。既然想法不错,咱们就得有咱们的办法。今天咱们就作个决定,钢铁厂要上,造纸厂也上,两厂一齐上。

"污染问题嘛,也都是存在的,也都应该有个考虑。但是,我们都不是神仙,不可能一下把所有的问题都解决好。我们只能是走到哪里算哪里,碰到什么说什么。车到山前必有路,人到难处请人帮。石山的意见我再补充一下,咱们办钢铁厂有场地、有资源,但我们没有技术人员。这个问题其实不难解决,咱们县不是有个绛州钢铁厂吗,从人家那儿挖现有的技术人员人家肯定不让咱挖,但活人不能让尿憋死。现有的技术人员我们挖不来,但已经退休的老工人我们还是可以花钱雇来的。"

韩茅勺说到这里,看了看韩石山:"你看我这人,说起来就停不住点了。办钢铁厂是石山的主意,具体怎么办我们还是多听听石山的意见。"

韩石山看了看韩茅勺:"我没有其他要说的了。支书补充得挺好,和我的想法一样。"

韩茅勺用征询的眼光看看韩六六:

"六六还有什么意见?"

韩六六想了想:"要叫我说,咱们应该明确一下村办经济谁来挑头。我觉得——"

韩茅勺止住韩六六:"这是下一个议题。现在我们讨论的是我们应该干什么。就这个问题,你刚才已经发表了你的意见。我是说你对刚才你发表的意见还有什么要补充的没有?"

韩六六说:"没啦。"

"其他同志有没有不同意见?"

韩茅勺用征询的眼光环视了一下其他支委委员和村委委员。

众人逐一表态:"没有。"

韩茅勺朝众人点点头:"好。看来大家在我们北韩村目前要干什么上意见是一致的。下面大家说说怎么干。"

韩六六抢先说:"怎么干?铆着劲干呀,大家拧成一股筋干呀。"

韩茅勺用厌烦的眼色看了看总是爱抢话的韩六六:"囫囫囵囵的。从哪儿下口,从哪儿下手?石山先说说。"

韩石山见韩茅勺点他的名字,便神色沉稳地说:

"我觉得这事应该从这么几点入手:一是要拟定一个领导机构。我的意见是成立一个北韩村农工商联合公司,下辖钢铁厂和造纸厂。

"农工商联合公司的书记,应该由我们村的支部书记担任,公司总经理和两个厂的厂长由书记提名,大家表决通过。

"二是应该着手准备公司和两个厂的开办手续。先到县里问问我们办公司、办厂子需要哪些手续,需要走哪些程序,需要提供哪些资料。这事得专人负责,专事专办。

"三是应该马上和造纸厂联系,看能不能把他们的设备和人员利用起来;和钢铁厂的退休技术工人联系一下,看他们愿意不愿意到咱们这儿干,有什么要求,有什么条件。"

韩六六打断韩石山的话对着众人说:"我们必须先下手,不要叫南韩那帮王八蛋抢到咱们前面。"

韩茅勺脸上有了几分愠色:

"咱们说咱们的事,扯人家干什么?管人家干什么?这事我看这样吧:农工商联合公司的书记由我担任。我倒不是贪啥权、图啥利,主要是加强党的领导,健全村办企业的党组织建设。农工商联合公司的总经理由韩石山同志担任,并兼任钢铁厂的厂长。造纸厂的厂长由韩六六同志担任。大家有什么意见?"

众人互相看了看,一个挨着一个说:"没意见。"

韩石山把手举起来说:"我有意见。"

韩茅勺神情有几分迷茫:"你有啥意见?"

韩石山放下手说:"我觉得我担任钢铁厂厂长不合适。前些天,我和绛州钢铁厂的退休总工程师赵起山说过这事,他愿意。他说当不当厂长无所谓,主要是身体还行,还愿意干点事。"

韩六六又一次像篮球场上的运动员一样,把韩石山本来传给韩茅勺的"球"给抢断了:"那就让他做副厂长。"

韩茅勺终于忍不住了,脸上带着几分怒色用眼睛狠狠地瞪着韩六六。

众人和韩茅勺一样,心里也特烦韩六六爱抢话爱打岔的臭毛病。见韩茅勺恼怒地瞪着仍然不识趣不识相的韩六六,一个个笑而不语地心中暗笑。

韩石山没有注意众人的表情,接着自己刚才的话说:

"疑人不用,用人不疑。我又不懂炼钢炼铁那一套,还是放手让人家干。咱们把财务、进料、出库制度健全起来就行了。"

韩茅勺目不转睛地瞪着韩六六,语气怪怪地问韩六六:"六六,你还有啥意见?"

韩六六看见韩茅勺专门征求他的意见,误以为韩茅勺高看自己,脸上露出几分得意地说:

"暂时没有了。一会儿想起来再说。"

韩茅勺不给韩六六留情面了:"一会儿?一会儿散了会大家都走了你朝谁说?你一个人对着四堵墙说?"

众人"轰"的一下全笑了。

韩六六这才发觉韩茅勺的话里头隐藏着一根带刺的棍子，脸色"呜"的一下就阴了下来。

韩茅勺缓了缓问众人："大家呢？大家有没有其他意见？"

众人皆笑着说："没有了。"

韩茅勺见大家都没有要说的了，就对会议作开了总结：

"大家要没意见，村办企业的人选问题就这么定了。咱们干啥，咱们咋干，总体上有了一个大框框。下一步咱们咋的下手、咋的动手，跑啥手续、备啥资料，由我和石山具体操揽，其他人把各自的事干好，把咱们的摊子守好。大家有意见吗？"

众人皆说："没有。"

大家抬起尻子刚要走，韩石山看着韩茅勺说："还有一个问题大家是不是研究一下？"

已经扭过身子准备走的韩茅勺转过脸问道："啥问题？"

韩石山看了看已经站了起来的众人说：

"我们要办的一个公司、两个工厂，都属于村办企业、村办经济，是集体所有的、是全体村民的。对外来说，我们的公司和厂子是北韩村集体的；对内来说，是北韩村全体村民的。只要是北韩村的村民，不论大人小孩，不论男的女的，人人有份，人人有利。咱们应该实行份额制，每个村民都享有一份同等的分红权利。"

韩六六不满地说：

"闹了半天，我们没日没夜地忙活一年，到年底和那些吃奶的娃娃一样？这不是又吃开了'大锅饭'了？这不是辛辛苦苦几百天，年底回到改革前？"

韩石山解释道：

"不是的。我们的资源和我们的生产资料是国家的、大家的，我们除了该上交的上交外，每个村民都有同样的受益权。至于在我们公司和厂子的工作人员，可以按劳取酬，按贡献奖励。"

韩茅勺想了想,看着众人说:

"石山说得好。

"我们之所以要发展村办企业、发展村办经济,不是我们要谋啥财、图啥利,是要带领全村人走共同富裕的路,是要和全村人一起过上好日子。这样做对上符合政府的政策,对下符合广大村民的意愿。我们把资源受益权和劳动权分离开,既可以避免再走吃'大锅饭'的老路子,又可以能者多劳、能人先富;既把好了政策关,又把好了分配关;既不损害大家的平等权,又保护了大家的积极性。在全村村民同样受益分红的基础上,大家能走的走、能跑的跑、能跳的跳、能飞的飞。叫我说,一个字:好。两个字:很好。三个字:太好了。大家说,好不好!"

众人几乎异口同声地说:"好!"

# 四十八

腊月二十三,北韩村年底分红。

韩茅勺之所以把分红时间搁在大年之前,搁在腊月二十三过小年这天,是因为农村人多年来一直习惯过阴历而不过阳历。支委会和村委会一年前给村里人公开许诺:北韩村的村办企业收益,要当年收益当年结算,当年红利当年分配。元旦之后,对城里人来说,上一个年度的日历本就全部翻完了,下一个年度的日历本就掀开了。但在北韩村人的眼里和心里,元旦之后虽然当年的日历本已经成了老皇历,但腊月这个月还是当年,是当年的最后一个月。阳历年不是他们心目中的年,阴历年才是正儿八经的年。流行了几千年的"过罢腊月就是年"这句老话,意思就是过了腊月才是年。年终岁尾,年根岁末,这才是对腊月最好的比喻、最准确的说法。

按照中国老先人形成的习俗,腊月二十三这天,是人们送灶王爷升天向玉皇大帝汇报全年工作的日子。从这一天开始,黄土地上的人们便进入了过大年的准备阶段。因此,腊月二十三这天也被叫作小年。从腊月二十三这天开始,就拉开了过大年的序幕。序幕只是序幕,序幕不是正戏。只在到了大年初一那一天,人们穿上崭新的衣裳,祭拜了天神,祭拜了祖先,震天动地的"串串红""滚地雷""二踢脚"响过之后,才能叫新春伊始、新年伊始、新岁伊始。

与天界一同作年终总结,与天神一起辞旧迎新,喻示北韩人与天界同步，与天神同乐，这才是韩茅勺不为人知的用心和用意。

去年和前年下半年，钢铁厂和造纸厂还在投资建厂、安装设备阶段，等于从两个厂动土奠基到现在，村民们已经两年没有分一分钱的红利。今年开过春之后，造纸厂和钢铁厂的烟囱相继开始冒烟。

在外人眼里，钢铁厂和造纸厂的烟囱是在冒烟。但在北韩人眼里，那是在冒钱、冒人民币、冒全村人的希望和美好生活。

尽管全村人早已预料到今年要分红、要分钱了，也早已做好了到村委会领钱的准备，然而，等大喇叭里广播要分红的消息后，分红分钱的事还是像平地一声炸雷一样，成了全村有史以来最大的"爆炸性新闻"。

本来通知的是一家来一个主事的来领分红，但几乎所有人家都倾巢出动，举家出屋，拥向村委会大院。

刚刚建起来的村委会大院，是一个占地一亩多的院子，面积和容量足够大、足够开阔，但却远远容纳不下全村的人。

来得早的还能圪挤进院子里面，来得晚的只好圪堆在院子外面。

钢铁厂和造纸厂到目前为止，共盈利八百多万元。支委会和村委会经过认真研究，最后决定按人头一万元分红，余下的做日常流水和来年转存。

那个时候，绛州县"万元户"都没多少，都还是令人眼馋眼红的大户人家、巨富之家，也就是人们说的"暴发户"。

突然间，家家户户一下就一个不落地全成了"万元户""暴发户"。人口最多的家户一下就能领到六七万元，就连"一人吃饱、全家不饿"的老光棍王二毛都能领到一万元这么多的钱。

一时间，北韩村家家成了"万元户"，户户成了"暴发户"。北韩村也因此成了全县闻名的"万元户村""暴发户村"。

韩六六见村民们把村委会院子挤得水泄不通，棒插不入，分红工作无法进行，便心笑脸怒地拿了一根胳膊粗的棍子，站在房檐下的廊台上，指着拥挤不堪、相互推搡的村民们大声吼喊："挤尿啥哩？看你们一个一个的样子,和拱食的猪一样,和拱槽的驴一样。都给我一个一个地排好队。一家一个主事的排队,其他人都到院子外面去!"

村民们在家中主事的便一个挨一个地排成了长队,在家里不主事的被韩六六用又粗又长的棍子统统攮到了院子外面。

正在北韩人欢天喜地准备分发和领取分红款时,南韩村的韩黑虎突然出现在众人面前,要求北韩村给南韩村赔偿污染补偿费,并以举报北韩村造纸厂、钢铁厂排污排尘问题要挟北韩村。

韩黑虎气势汹汹地走进北韩村村委会财务室里,一屁股坐到发放分红款的桌子上,两条腿叉开,阴阳怪气地说:

"呵呵——你们有钱了?你们舒贴了?你们拿上钱好吃好喝过大年呀?可你们想过没有,南韩村的人衣服兜里有钱没有?南韩村的人心里难受不难受?南韩村的人拿啥过年关?"

韩六六气得脸色铁青,嘴唇发紫:

"你南韩人有钱没钱关我们北韩尿事?过不过年关我们蛋事?你南韩人是我们北韩人养的龟娃子,还是和我们北韩男人钻一个被窝的烂鳖女人?凭什么跟我们要钱,凭啥跑到我们门上讹赖我们?"

韩黑虎半闭着眼睛拉长声调:

"好!看来北韩还是讲理的。我问你们:你们北韩造纸厂的脏水流到哪里了?你们北韩钢铁厂的脏气飘到哪里了?"

韩六六用手指指窗外,又指指头上:

"流到哪里了?流到河里了!飘到哪里了?飘到天上了!"

韩黑虎用非常瞧不起的眼神瞟一下韩六六:

"你们的造纸厂排出的脏水流到河里了是不是?流到河里就把河水弄脏了是不是?流到河里的脏水我们南韩要用它浇地是不是?用脏水浇地要把庄稼苗烧死是不是?把庄稼苗烧死我们南韩就没有收成是不是?

"你们的钢铁厂排出的脏气飘到了天上是不是?天上一刮风就刮

到了我们南韩是不是？刮到南韩我们南韩人就吸到了肚子里是不是？我们南韩人把脏气吸到肚子里就会得日七八怪的病是不是？得了日七八怪的病就得花钱治病是不是？

"你们北韩人掏良心说应该不应该补偿我们？你们北韩人总不能撅起尻子想往哪儿拉就往哪儿拉吧，总不能掏出老二想往哪儿尿就往哪儿尿吧？拉完了尿完了提起裤子就啥也不管了？说我讹你们哩，说我赖你们哩，你们扪心问问自己，我哪一点说得不对，哪一点说得不在理？我们南韩人多会儿讹过人，多会儿赖过人？多会儿和别人胡搅蛮缠过，多会儿和别人空口说白话过？"

韩六六说不过韩黑虎，瞪起眼珠子"啪"地一拍桌子：

"老子今天明告诉你，你就是说得天花乱坠、天旋地转，想从我们这儿拿走一分钱，两个字：没门！"

众人跟着韩六六一起吼喊：

"没门！没门！"

韩黑虎一看惹怒了众人，从桌子上跳下来两手一摊：

"不给我讲理是吧，不给我讲理我还懒得和你们讲。过几天有人会来和你们讲。到那时候，可别怪我韩黑虎不给你们面子！"

韩黑虎说完，气冲冲地拨开众人走了出去。

众人冲着韩黑虎的后背说道："讹人贼！大赖皮！"

韩黑虎扭过头大声说道：

"等着吧！等着过几天一起看好戏吧！"

一边喊着，一边哈哈大笑着朝南韩村方向飞快跑去。

韩六六把韩黑虎来北韩要钱的事给韩茅勺和韩石山学说了一遍，脸上露出了得意的笑容。

韩茅勺和韩石山听了惊出一头冷汗。

韩六六一门心思自顾自得意，根本顾不上留心韩茅勺和韩石山脸上有啥反应：

"这一回可把韩黑虎那小子给日砍坏了。还算这小子今天识相,要不然,不扒他一层皮才怪!"

韩茅勺听得不耐烦,忽搭一下把脸黑下来:"吹尿啥哩?惹下大祸了不知道?"

韩六六本来想在韩茅勺跟前邀功请赏,没想到当头挨了一棒:"咋啦?咋就惹祸了?"

韩茅勺气呼呼地喊叫起来:"咋啦?韩黑虎要告咱们了!"

韩六六一下蒙了:"告咱们?告咱们啥哩?"

韩茅勺气得指着韩六六说:"甭啰唆了,马上开会!"

韩六六一头雾水:"开吧,开吧。"

一边说着,一边就准备坐下开会。

韩茅勺表情凶得要吃人似的:"坐啥哩?还不快去叫人?"

韩六六惊惊颤颤地问:"叫谁哩?"

韩茅勺像牛一样地吼道:"叫班子里的人都来,马上都来!"

韩六六丈二和尚摸不着头脑,嘴里一边不停地嘟囔"这是咋啦,这是咋啦",一边撒开两腿日急慌张地跑出去叫人。

北韩村两委委员很快到齐。

韩茅勺开门见山:"今天我们召开支委会、村委会紧急会议,马上研究一下南韩村朝我们要污染赔偿费问题。"

两委委员一听这事,"嗡嗡嗡"吵成一片。

韩茅勺止住大家:"都不要吵,一个一个地说。石山先说说你的意见。"

韩石山一脸忧愁地说:"我有一个初步的意见,也不一定很成熟,我说完了大家看行不行。"

正说着,韩黑虎却一头冲了进来:"讨论啥哩?讨论我们的问题哩?讨论我们的问题我也听听。"

说着,就一屁股坐在韩茅勺身边。

韩黑虎刚才从北韩村村委会大院出来，本来打算跑回村里把告北韩村的告状材料拿上，去县里头告发北韩村污染黄河、污染空气，忽一想没见北韩村的一、二把手。按他原来的谋划，给北韩村要污染赔偿费的事，应该先礼后兵，不战而屈人之兵。如果这招不灵，再到县里告状也不迟。刚才只是见了北韩村的村副韩六六，而韩六六又主不了事、拍不了板，和他说等于白说，和他说等于没说。自己只有见了韩茅勺和韩石山的面，见了韩茅勺和韩石山的话，才算是见了北韩村的底话，才算是得了北韩村的实底，才能决定自己到不到县里告北韩。于是，等他走到黄河滩里的时候，临时决定返回来直接找韩茅勺和韩石山言明利害，说个长短。

韩六六站起来一脸不屑地看着韩黑虎："哎呀——羊群里跑出来个骆驼，瞎逼圪钻哩？"

韩黑虎眯缝着眼晃着脑袋：

"啥羊群骆驼的。羊群怎么了？骆驼怎么了？说我们南韩的事不让我们南韩人听听？"

韩六六也眯着眼睛晃着脑袋：

"说你们的事不假，可我们是北韩村两委开会，你是北韩村的？你是北韩的两委委员？"

韩黑虎忽地站起来：

"啥尿两委，老子今天就要听！"

韩六六指着韩黑虎的鼻子：

"老子今天就不让你听！"

韩黑虎一把扯住韩六六的手：

"老子就要听！"

韩六六举起另一只手：

"老子就不让你听！"

两人吵着吵着，就互相揪扯起来。

韩茅勺火了，"啪"一拍桌子：

"你俩干尿啥哩?说事就说事哩,又吵又打的干啥哩?像个干部吗?有个干部的样吗?有本事到外面打去,打死了地球上还怕少你们两个?"

两人感到有失干部身份,就停下手、闭住嘴,黑着脸直愣愣地坐着不动。

韩茅勺喘了口气:

"既然黑虎要参加我们的两委会,那就留下一块听听。这事也没啥可瞒人的,咱们当面锣对面鼓地把这事说清。不过,有一点必须亮明:今天我们这个会,是北韩村的两委会,只有北韩村的两委委员才有发言权。黑虎只能竖起耳朵听,不能乱插嘴、乱打岔。"

韩黑虎把脸扭到一边,韩六六张嘴要说啥。

韩茅勺瞪了韩六六一眼:

"好!现在两委会开始研究污染赔偿问题。两委委员发言按顺序进行,不要东一榔头西一棒槌。石山先发言——"

韩石山看了看众人:

"也不知道南韩村叫我们赔多少?"

韩黑虎把右手食指竖起来:

"一人一万,少一分都不行!"

韩茅勺脸上不高兴地对韩黑虎说:

"哎哎哎,不是有言在先吗!怎么说话不算话哩?"

韩黑虎斜了韩茅勺一眼:

"是我要说的?是我要说的?是石山问我哩呀?"

韩石山不以为然地看着韩黑虎说:

"这话我是问了,但不是问你的。我是问我们的韩支书、问我们的两委委员,问韩六六。"

韩黑虎被噎得答不上话,脸憋得通红。

韩石山脸上又显出非常宽容的神情对韩黑虎说:

"虽然这话不是问你,但你既然抢答了,也算给我们北韩出了个要价。你要的这个价,也就是我们北韩村每个股东的分红数。你觉得你们南韩人和我们北韩人平起平坐地分红合适吗?"

韩黑虎把脖子一梗:

"我不管你们北韩人分多少红,我只管我们南韩人一人要多少。"

韩石山似笑非笑地瞟了一眼韩黑虎:

"听你这个意思,好像在和我们北韩做一笔生意、谈一笔买卖似的。我们北韩人出的土地、我们北韩人出的资金、我们北韩人出的劳动力,临到头我们北韩人倒得和你们南韩人二一添作五平半分?"

韩六六抢过话茬:

"对呀!你问问天,天下有这么好的好事吗?你问问地,地上的强盗也不能这样的呀!想抢钱哩?想抢钱有本事到银行抢去!"

韩茅勺立刻把韩六六的话拦住:

"胡尿打啥岔?让石山接着往下说。"

韩石山把手一摊,做出一副最后摊牌的样子:

"我的意思是,给南韩村一户五百!"

韩黑虎把眼一瞪,摆出一副断然拒绝的样子:

"啥?一户五百?打发要饭的哩?"

韩六六急得立马把嘴又插了进来:

"要饭?要饭你能要这么多?要饭的还要给人求求情、说说好话,还知道要个脸!要饭的有像你这样不要脸的吗?要饭的有像你这样胡尿乱要的吗?"

韩黑虎腾的一下又站了起来:

"你他娘的说谁不要脸、说谁是要饭的?"

韩茅勺把两只手平伸到胸前,摆出一个要一碗水端平的神态:

"吵啥哩吗?吵能解决问题?"

然后又像长辈训斥争吵的小辈、领导训斥争论的下属那样,朝韩六六瞪了一眼,又朝韩黑虎瞪了一眼,摆出一副颇具威严的样子朝两人大声吼道:

"都给我坐下,都给我把鳖嘴噘住!"

韩黑虎坐下不说话了,韩六六愤怒地瞪着韩黑虎。

韩茅勺缓了口气,看了一下韩六六:

"六六,你说说你的意见——"

韩六六抬了抬尻子:

"我不同意!"

韩茅勺问韩六六:

"你是不同意给南韩村一人一万,还是不同意给南韩村一户五百?"

韩六六摇着头:

"一个也不同意!一万的五百的都不同意!"

韩茅勺对韩六六的态度虽然很不满意,但脸上却没表现出来:

"好。这是你个人的意见。对这个事我说说我的想法:大家发表意见的时候既要考虑到北韩人的利益,也要适当考虑一下南韩人的要求。总的来说,这个事的处理总体原则,是把问题处理了,把事情处理了。大家接着发言——"

"不同意!"

"不同意!"

"不同意!"

众两委意见一边倒,全都支持韩六六的意见。

韩茅勺见众人的意见没有一个和自己与韩石山对卯,只好暂不决断、留有余地地说:

"好。看来大家都不同意给南韩赔偿。不过,我今天也当着大家的面、当着黑虎的面,把我个人的意见说清楚:我同意石山的意见。大家是不是考虑考虑,考虑好了再发表意见?"

韩六六立马狠狠地板着脸,摆出一副绝不更改的样子:

"没啥考虑的,两个字:不给!"

韩茅勺看着其他两委委员,眼睛里充满期望和期待:

"六六的意见不改变,其他委员发表一下自己的意见。"

"不变!"

"不变!"

"不变!"

两委委员众口一词,坚决坚持原先的意见。

韩茅勺两手一摊:

"少数服从多数。石山的意见被否决了,我的意见大家也没采纳。"

话是说给两委委员的,但眼睛却看着韩黑虎。

韩黑虎虎着脸,"腾"的一下站起来:

"你们这个两委算个鸟!我就不信,没人管得了你们这个烂屎两委!等着吧,你们北韩要有好戏看了,要有大戏看了!"

说完,气呼呼地走了出去。

韩六六得意地笑道:"癞皮狗!"

说着,朝韩黑虎的背影"呸"吐了一口唾沫。

韩茅勺脸色铁青,又气又恼地冲着韩六六吼道:

"屎趴牛翻跟头——显你日能哩!五百块钱不给,恐怕五千块钱也抹不了了。"

韩六六对韩茅勺的话大为不解:

"咋哩?还怕他来抢哩?"

韩茅勺气恨交加地说:

"抢!抢倒好啦!恐怕人家不来抢,我们倒要赔着笑脸给人家送到门上哩!"

韩六六挺了挺胸脯:

"送他个屎!送他一包屎吃去!"

众人立刻附和:

"对!送他一包屎尿大吃二喝吧!"

韩茅勺不耐烦地说:

"行啦!行啦!这事就这了。现在继续开会,研究一下两个村办企业和计划生育问题。"

韩茅勺对刚才关于处理南韩村要赔偿款问题的研究结果很不满意，心烦意乱，感到这样的结果凶多吉少、吉凶难测，心底不由得生出一种不祥的感觉。

韩石山也对这样的结果不是很满意，也感到这样的结果会把事情越弄越大，难以平息。但看上去却任凭风浪打，稳坐钓鱼台。

他方寸不乱地接住韩茅勺的话发表自己的意见：

"关于造纸厂和钢铁厂的污染问题，县上也说了几次，这个问题不能再拖了，必须想个办法解决。我有个想法，造纸厂的污染问题不好解决。污水流到河里面，影响沿河村子的吃水和沿河村子提水浇庄稼。原先县造纸厂之所以关闭，一方面是经营不善，一方面是污染解决不了。按照我们村目前的能力和财力，我们无法解决这个问题。短期内如果解决不了，很可能会带来巨额罚款问题。与其等上面罚款，不如我们先主动把造纸厂关了。"

韩六六一听要关造纸厂，急忙打断韩石山的话：

"造纸厂存在污染问题，钢铁厂就不存在污染问题？"

韩茅勺火了：

"急啥哩急？不插话能把你憋死？当干部当了这么长时间，遇到事怎么老是尻子里塞进了木头棍，一点儿也稳不住？你能不能有个沉稳样？能不能叫石山把话说完？"

韩石山虽然也讨厌韩六六爱插杠子的毛病，但觉得和这样不识相的人不能一般见识。如果非要和他一般见识，倒会显得自己和他四两对半斤、三尺对一米了。

他看着韩六六笑了笑说：

"六六同志说得对。造纸厂存在污染问题，钢铁厂同样也存在污染问题。钢铁厂的污染问题，主要是排气问题、污染空气的问题。这个问题也不好解决，光靠我们北韩村的能力和财力肯定不行。这个问题要解决好，得从两方面着手：一方面，我们村拿出一部分资金，表明我们想解决这个问题的态度；另一方面，我们要主动到上面找一找有关部门，争取财政拨一部分资金。现在上面鼓励和支持环境治理，听说有不少扶持资金。这样，两方面结合起来，两方面努一把劲，这个问题应该能够解决。还有一个问题，就是钢铁厂也存在排放污水问题，只不过上面现在抓得还不是特别紧。现在抓得不是特别紧，不等于以后不会抓得特别紧。排气问题解决了之后，我们就应该着手解决排水问题。根据轻重缓急情况，我们把它排个先后顺序，一个一个逐步解决。"

韩六六听了韩石山的话，立马就不高兴了：

"一样的两个厂，为啥要两样对待？我的意见要关都关，要不关都不关。"

韩茅勺看着韩石山和韩六六：

"好了，你俩别争了，大家说说——"

众人意见一致：两个厂都不关。

由于韩茅勺心里很乱，竟然忘了对这个议题作结论性的总结，直接把会议议题往下推进：

"这个问题就这么定下来。现在研究计划生育问题——"

爱打头炮的韩六六，对韩茅勺变得很难看的脸色一点儿也没觉察到，仍然和以往一样第一个抢先发言：

"计划生育工作一直是我管的工作。咱们村的经济发展一直是先进，唯独计划生育工作在全乡全县拖后腿，上面批评了咱们好多次，要咱们加大工作力度。对咱们村的超生户，我也不知道批评了多少次、教育了多少次、说了多少好话，但好说歹说，就是不听，就是把我的话当成耳旁风。这个工作不下狠心不行了。我的意见是，对咱村三十六户超生户最后再通知一次，如果三天内不交罚款，就派人上房撸房顶。"

由于韩茅勺被搅得心不在肚子里了，一向对村领导分工一清二楚的他竟然忘了计划生育工作韩六六已经不分管了，前一段开会已经把这项工作调整给韩石山了。

他误以为这项工作还是韩六六管的事，不待多说地对韩六六能简就简地说：

"六六再催一下，尽量让他们都交了。撸房顶的事，暂时先放一放，看看情况再说。大家说说行不行？"

众人皆说："行。"

韩茅勺心烦得把手一挥："那就这么定了。散会。石山留一下。"

其实，韩六六刚才光顾抢话，韩石山当场想说这件事是自己分管，见韩六六把自己的事揽到他头上了，正好自己又不想管太多的事，便没有把这事当场挑破。后来韩茅勺也误以为这件事是韩六六的事，就更是顺水推舟地闭住嘴装糊涂、装哑巴了。

多一事不如少一事。一个抢事，一个给事，他何苦非要再争回来？

众人走后，韩茅勺对韩石山说："六六这个二屎货把事情捅大了。"

韩石山点头："是。"

韩茅勺又说："黑虎没达到目的，肯定会告咱们。"

韩石山又点头："是。"

韩茅勺接着说："上面肯定要罚咱们的款。"

韩石山还是点头："是。"

韩茅勺叹着气说："今天两委被六六煽惑得不知道东南西北了，都跟着他瞎跑。当着黑虎的面，我又不好硬刖他，只好同意大家的意见。"

韩石山仍是点头："是。"

韩茅勺急了："哎呀，你别光说是是是，快说说这事咋办哩？"

韩石山无奈地笑了笑："有啥办法？只能死马当活马医了。黑虎一告，上面不会不问不管，罚款是肯定的，我们现在只能找人做工作，看能不能少罚点。"

韩茅勺满眼期待地说："你在县里有不少同学，你去找找他们行不行？"

韩石山想了想："行倒是行，就是我一个去不合适。还是咱俩一起去好一些。"

韩茅勺也想了想："这样也行。我是支书，你是村长，咱俩一起去显得咱们村主要领导很团结，给上面领导留个好印象。"

韩石山又点了一下头："是这个理。"

韩茅勺急不可待："这事不敢再耽搁了，你回去给家里说一声，咱们立马就走。"

韩茅勺和韩石山到县里托人找到环保局的韩局长，主动向韩局长如实说明了北韩村造纸厂和钢铁厂的污染情况，并以北韩村两委的名义写了一份深刻检查。

韩局长听了他俩的情况说明、看了他们的检查后，和蔼而又细声细气地说：

"你们俩姓韩，我也姓韩，一笔写不出两个韩字，五百年前是一家。这话是咱们私下说，可不能端到桌面上。

"至于你们北韩村造纸厂和钢铁厂的污染问题，咱们还是要公事公办，依法依规。

"第一，你们能主动来环保局说明你们造纸厂和钢铁厂的污染情况，说明你们对两个厂的污染问题认识是清醒的、态度是端正的。

"第二，你们对两个厂的污染问题能主动地提出整改措施，说明你们能够正视问题，并且还准备自行整改，是难能可贵的，是一般工厂和企业不易做到的。

"第三，态度决定一切。你们既然能主动到我们环保局说明你们的问题，表明你们的决心，亮明你们的措施，我们在处理时就要把这些因素考虑进去。

"第四，既然有问题，我们当然是要认真处理的。但考虑到你们对这个问题已经认识到位，态度明确，也有整改的决心和措施，我们就教育从严，处理从宽，对你们可以轻罚少罚，但不能不罚。

"第五，希望你们在我们处罚以后，不要以为处罚了就了了。处罚你们是了的开始，而不是了的结束。要彻底了了，需要你们彻底把所有整改措施落实到位，把污染问题彻底解决。另外……"

韩局长正准备接着往下说，韩黑虎一头冲了进来。

看见韩局长正和韩茅勺、韩石山和风细雨地说话，自乱方寸地直看韩茅勺和韩石山。

韩局长脸上掠过一丝不悦：

"有事吗？我正和北韩的两位村领导说话，请你先出去回避一下。"

韩黑虎看了看韩茅勺和韩石山，然后又看着韩局长说：

"赶巧了！我就是来反映他们北韩村造纸厂和钢铁厂的污染问题。"

韩局长听了韩黑虎的话，说话的态度就有变化：

"既然是反映他们的问题，那你就反映吧，让他俩回避一下？"

韩黑虎指着韩茅勺和韩石山："领导不要听他们胡说。他们是恶人先告状！"

韩局长见韩黑虎错把韩茅勺和韩石山当成了告人黑状的恶人，急忙给韩黑虎解释：

"他们不是来告你的。他们是来主动检查的。"

韩黑虎听韩局长说韩茅勺和韩黑虎并不是先告状的恶人，说话的口气一下又硬了许多：

"主动检查？主动检查就没事了？主动检查就不处理了？"

韩局长见韩黑虎的做派不是个善茬，说话的口气便不像刚才和风细雨了：

"谁说没事了？谁说不处理了？"

韩黑虎步步紧逼：

"那你说怎么办？那你说咋处理？"

"咋处理不是我一个人说了算！咋处理我们要上会研究！"

脾气和蔼的韩局长突然火了。

"那我问你，你是不是局长？你是局长你说了不算？"

韩黑虎咄咄逼人，不依不饶。

"说得不假，本人就是局长，但本局长明确告诉你：这事得局里研究才能决定。"

韩局长板着脸寸步不让。

"你大局长不要给我小老百姓说这么多！你就给我说，你处理还是不处理？"

韩黑虎死死地咬住处理北韩村的问题不放。

"处理不处理，上会大家定！"

韩局长扭住原则不放松。

"你不处理是不是？你不处理我到县长那儿告你去！"

韩黑虎朝韩局长放出了撒手锏。

韩局长站起身，气昂昂地走到门口，手指颤抖着指着门外：

"告去吧！想告到哪里告到哪里！"

说着，就把韩黑虎往门外推。

"咋哩？还要动手！不用你攥！我自己会走！不要以为你是个局长就没人管得了你！"

韩黑虎说完，狠狠地甩了一下手，"噔噔噔"走了出去。

韩石山讪笑道："不好意思，给你惹麻烦了。"

韩局长余气未消："这这这，这叫啥事吗？这是啥人吗？"

韩茅勺与韩石山本来和韩局长说得好好的，没想到让韩黑虎半道插进一杠子。

回村的路上，两人心里很烦，互相之间一句话也没说。

没想到刚一进村，因为韩六六组织村保人员对拒不交计划生育罚款的十八户超生户强行拆房顶，遭到超生户家人的强烈抵抗，村保人员和超生户多人受伤，并闹到村委会大院。

韩茅勺火上加火，气上加气，吼出的声音大得满村子都能听到：

"六六！六六！把六六给我叫来！"

## 四十九

韩六六听说韩茅勺火冒三丈，吼喊着叫他马上到村委会，知道自己闯了大祸，吓得脸色煞白、两腿发软。

一进村委会大门，韩茅勺扯着像牛一样的嗓门日砍开了："干屎啥哩？干屎啥哩？叫你做做工作，叫你上房子揭瓦了？！叫你撸人家房顶了？！谁叫你这么干的？谁给你的权力？"

韩六六说不出话来，满头大汗，嗫嗫嚅嚅地嘟哝："我……我……我……"

韩茅勺指着韩六六的鼻子："我啥哩我！能干了干不了？干不了别干了！"

韩六六抬起眼皮看了看韩茅勺，吓得连嘟哝也不敢嘟哝了。

"你说，你说这事咋办哩？"

"我，我也不知道咋办。"

"不知道咋办？不知道咋办就敢上人家房子？不知道咋办就敢撸人家房顶？"

韩石山见韩茅勺一时火气难消，就走到韩茅勺跟前劝道：

"你别日砍他了。光日砍也解决不了问题。你消消气，还是想想这事咋处理。"

韩茅勺喘了两口气，转过脸问韩六六：

"你说，你说今天这事咋处理？"

韩六六嗫嗫嚅嚅地说:"我想想,我想想。"

韩茅勺指着韩六六的脑壳:"想啥哩想!就凭你个狗脑子能想出啥好办法!"

韩六六吓得又嘟哝开了:"我……我……"

韩茅勺不容韩六六答话,转过脸看了看韩石山。

韩石山朝韩六六努了努嘴,韩茅勺这才突然醒了过来。

韩茅勺看出了韩石山眼神里的意思,强压住心头的火气,看了看浑身哆嗦的韩六六,然后又看了看围在身旁闹事的人,把火药味降下来说:

"今天这祸是六六惹下的,他是挑事的一方,没有资格处理这事。再说他也没这个本事。大家如果没有啥意见,我看就由石山处理这事。"

众人见韩茅勺要让韩石山处理他们的事,便对韩茅勺说:

"不管谁处理,只要不把尻子坐歪就行。"

韩茅勺含着几分歉意对众人说:

"好!既然大家没啥意见,这事就由石山处理了。"

"看看六六有啥意见?"

韩石山的话虽然是说给韩六六的,但眼睛却看着韩茅勺。

"他有啥意见?他有个狗屁意见!"

韩茅勺不容韩六六发表任何意见。

韩六六看见韩石山替他顶杠子,赶忙顺坡下驴:

"没意见,没意见。"

韩茅勺为了平息众人心中的火气,故意拿话棒子敲打韩六六给众人看:

"谁让你表态了?你有啥资格表态?甭说你没有处理意见,就是有处理意见也不让你处理。不管这事最后咋处理,第一个要处理的就是你!"

韩六六吓得往后退了两步。

韩茅勺见众人的火气消了许多，说话的口气也变得平和了很多：

"好了，这事就叫石山给你们处理好。六六跟我到党支部办公室。我现在马上就代表支部对他进行批评教育。"

韩茅勺把手背到身后，径直往村委会办公室走。

韩六六跟在韩茅勺尻子后头，耷拉着脑袋不敢作声。

众人用得胜的表情目送韩茅勺和韩六六进了党支部办公室。

韩茅勺和韩六六刚一走，众人立刻又炸开了锅：

"叫六六给我们认错！"

"叫六六给我们把房顶补上！"

"叫六六给我们赔钱！"

韩石山耐着性子任凭众人叫喊吵闹，直到没有一人再言声才开口说道：

"大家还有啥说的可以接着说。"

众人你看看我，我看看你，然后又一起对韩石山说：

"没说的了。你就痛痛快快给我们个话，咋办？"

韩石山用一双极其真诚的眼睛看着众人：

"好了，不说那么多了。我先问问你们：六六为啥要撸你们的房顶？"

众人七嘴八舌地嚷嚷：

"他瞎胡来哩！他瞎胡闹哩！"

韩石山又问众人：

"他为啥跟你们瞎胡闹？他为啥不跟别人瞎胡闹？"

众人面面相觑，舌头像被麻绳捆住似的说不出话来。

韩石山笑了笑说：

"你们不好意思说吧？你们不好意思说我替你们说：因为你们超生了，因为你们是超生户，因为你们违反了计划生育规定不交罚款。是不是？"

众人又嚷嚷开了：

"我们超生是不对，可我们千不对、万不对，也不能上我们的房子撸房顶呀？"

韩石山依然笑模笑样地问众人：

"撸房顶不对，但不交罚款对不对？"

众人又一次被问得哑然无语。

韩石山不再问众人了，换了一副商量的口吻：

"事从两边看，话从两头说。我说说我对这件事的看法，大家看我说得在不在理。首先来说，你们不执行计划生育规定，不主动认缴罚款，并且六六给你们做工作仍然抗拒不交，这是你们的不对。但是，做不通工作就上房子，就撸房顶，这个处理办法就是简单、就是粗暴，就是一种能力不强的表现。你们说，我这个评判对不对？"

众人纷纷点头。

韩石山仍是一副商量的口吻：

"对你们来说，罚款是不是一定要交？不交是不是不行？既然不交不行，非交不可，那就应该首先心平气和地商量，今天商量不成明天还能商量，这次商量不成下次还能商量。要叫我说，咱们是不是可以采取这么两种办法：一种是你们回去拿钱，现在就交；另一种办法是村里先给你们垫上，然后从你们下次的分红款里面，或者是从你们家里人的工资里面补扣。你们说，哪种办法好？"

一个超生户说："我家里没有现成的，从我的工资里面扣吧。"

又一个超生户说："我家里没人上班，能不能从分红款里面扣？"

韩石山朝众人点点头：

"可以。大家还有没有别的意见？"

众人都说：

"没了。"

韩石山笑着站起来：

"好，这事就这么说定了。一会儿你们到会计那里报一下，愿意交现款，愿意从工资里面扣，愿意从分红款里面扣都行。不过，不管哪种办法，都得白纸黑字写个纸条，免得以后为这事再打麻缠。关于六六的问题，我的意见是，六六在这个问题上的确处理得不好，应该给大家赔礼道歉。这事大家也不要太着急，我们叫六六一家一户地上门认错。赔礼道歉是六六个人的事情，但这个事没处理好村委会也有责任。三五天之内，由村委会组织人员给每户撸了房顶的补好修好。这事就这么说定了，如果大家没啥就散了吧。"

一个超生户说："还是村长会处理问题。"

又一个超生户说："还是村长有水平。"

正在众人夸赞韩石山、韩石山正准备转身去党支部办公室向韩茅勺汇报处理结果时，绛州县环保执法大队走进了村委会大院。

一个看起来像大队长的人冲着众人说："谁是韩茅勺？谁是韩石山？"

韩石山急忙迎上去："我是韩石山。"

那个看起来像大队长的人掏出一个执法工作证，让韩石山看。

还没等韩石山看清，其他执法人员也一齐把自己的执法工作证递到韩石山手里。

韩石山笑了笑说："不用看了。有啥事吗？"

看起来像大队长的人对着众人说：

"我们今天专门给你们北韩村送达环保局处罚决定书。大家听着，我现在宣读决定书——

"绛州县环保局处罚决定通知书：经绛州县环保局查证查实，马家乡北韩村村办造纸厂、钢铁厂因排放污水、烟尘等，严重污染了周边河水、空气和土地，造成了非常严重的环境污染后果。

"经县环保局研究决定，给予北韩村以下严肃处理：

"一、责令北韩村造纸厂立即停止生产、立即关闭；

"二、责令北韩村钢铁厂立即整顿，整顿期限为三个月。如在期限内不能整顿达标，责令关闭；

"三、责令北韩村十日内向县环保局缴纳三十万元罚款。

"宣读完毕，请在处罚决定送达回证上签字。"

韩石山正准备签字，在场的众人立刻吵作一团：

"凭啥罚我们的款？凭啥关我们的厂子？"

韩茅勺和韩六六听见院子里吵儿八闹，尻子像针扎了似的，"噌"的一下蹿起来跑了出来。

韩茅勺一边往大队长跟前跑，一边问："啥事吗？啥事吗？"

韩六六走到大队长跟前："我们村的厂子污染了，其他地方的厂子没污染？其他地方的厂子为啥不罚款？为啥不关闭？"

众人一听，立刻哄闹起来："咋哩？欺负人哩？专门往我们头上屙屎屙尿哩？"

吵着吵着，就和执法大队撕扯到一起。

执法大队人少势弱，寡不敌众，有的衣服被撕破了，有的手臂被扯伤了。

韩石山急忙扯开嗓门："都住手！都住手！无法无天了，暴力抗法呀！"

韩茅勺气得浑身直抖，照直朝韩六六脸上狠狠地扇了两个逼斗："娘的个鳖！刚给老子惹的事还没处理完，又给老子闯个大祸！"

众人一看韩茅勺急得打开了人，这才感到事情不妙，赶忙停下了和执法大队的撕扯。

韩石山慌忙走到村委会大院门口，"啪嗒"一下将大门关死：

"今天谁也不能走！一个一个给执法大队的人认错！谁要是不认错，就甭想出这个大门！"

韩茅勺深深地向大队长鞠了两躬：

"对不起！对不起！我是北韩村的支部书记。今天的事我有直接责任，我给你们赔礼道歉，我给你们认错检查。县环保局对我们的处罚我们坚决执行。罚款我们马上就交。不，我们立即就交，我们现在就交。造纸厂我们现在就关闭,钢铁厂我们一定整改、一定达标。实在对不起。我代表北韩村党支部、村委会再次认错,再次道歉。"

大队长铁青着脸不言声。

韩茅勺朝韩六六可着嗓子喊道:"六六,愣你娘鳖那儿干啥?还不过来赔礼道歉?"

韩六六走到韩茅勺跟前:"我,我也是为了村里的利益。"

韩茅勺照着韩六六狠狠地踹了一脚:"为你娘的个鳖!刚才的事还没给你把尻子擦了,现在又给老子屙下一堆!小娃子屙到你娘裤子里了,越铺摊越大了。"

韩六六半醒半昏地走到大队长跟前,勉强鞠了个躬:"对不起,我错了。"

韩茅勺对着众人喊:"都杵在那里干啥?都过来赔礼道歉。"

众人一个挨着一个给大队长鞠躬认错。

韩茅勺朝众人喊道:"都给我滚回去!"

站在院门口的韩石山把院门打开,把众人放了出去。

韩六六朝院门走了两步,扭过头站着不动了。

韩茅勺朝韩六六喊道:"你也滚出去!啥他娘的水平!北韩村没你这个村干部!滚——"

韩六六很不情愿地走了出去。

韩石山走到大队长跟前,鞠了一个又大又深的躬:

"我们韩支书刚才给你们认了错、赔了情,我作为北韩村村委会主任,我也真诚地向你们全体执法大队的同志赔礼道歉。"

韩茅勺向大队长赔着笑脸:"你看今天这事弄得多不好,多不好意思。今天别走了,中午在我们这儿吃饭。"

大队长这才开口说道:"还吃饭哩,差点儿让你们北韩人把我们吃了。"

韩石山也赶紧朝大队长赔着笑脸:"我们支书有这么个心意,想留下你们认错谢罪。我看咱们这么着吧,既然你们大老远来了,我们就如实让你们看看我们两个厂的污染情况,看看我们整改的决心。您看,咱们是不是再实地看看,再给我们现场指导指导?"

人心都是肉长的。

大队长被韩茅勺和韩石山的真诚和软话融化了:"指导谈不上,实地看看倒有必要。"

转身对队员们说:"大家说,看不看?"

众队员齐说:"听队长的。"

大队长对队员们说:"既然大家都想看看,那咱们就看看吧。"

韩茅勺朝队员们点着头说:"谢谢给我们面子。那好,那咱们就一起看看?"

韩石山提醒韩茅勺:"是不是把六六也叫来?"

韩茅勺翻着白眼:"叫他干啥?不机密的懵懂货!"

韩石山朝韩茅勺跟前跨了一步,把嗓门压下来对韩茅勺说:

"一码归一码。犯了错误该咋处理咋处理,都是村里的主要干部,撇到一边不合适。"

韩茅勺用眼睛看大队长:"那得看大队长原谅不原谅他?"

大队长显出一副大人不计小人过的样子:"这是你们村的内部事务,你们定。"

韩石山走进村委会,对一直趴在窗台上朝外面看的村会计说:"你去叫一下六六,告诉他直接往河滩走,顺便到我家告诉我老婆,叫她拾掇几个菜,到小卖部买上几瓶酒。千万注意,不能花村里的一分钱。"

韩石山出来,对韩茅勺说:"安排好了。六六直接往河滩走,咱们在河滩碰面。"

韩茅勺、韩石山、大队长和执法大队一干人走出村委会大院后,没想到大院门前黑压压地挤满了北韩村的村民。

村民们以为执法大队要把韩茅勺和韩石山带走,一齐聚拢上来把警车围了个水泄不通。

"不能把我们支书和村长带走!"

"今天的事不关村干部的事,是我们自己闹下的!"

"要带人带我们,不要带村干部!"

大队长听明白了村民们的意思,对村民们摆摆手说:

"大家不要误会。我们是和村干部们一起实地查看一下污染情况,不是要把你们的村干部带走。"

"你甭日哄我们,要带人就带我们。"

大队长从车上下来:"既然大家不相信我的话,那我们就不坐车了。咱们一起去后山和河滩看看。"

说罢,大队长招呼坐在车上的韩茅勺、韩石山和执法大队的队员们:"你们下来吧,咱们和大家一起步行去河滩和后山吧。"

一干人从车上下来后,韩石山对大队长说:"我看咱们这么着吧:要是和村民们一块看后山、看河滩,得花很长时间。不如咱们坐车到后山简单看看,然后再到河滩和村民们在河滩会合。"

大队长说:"好,恭敬不如从命。你给村民们把咱们的意思说清楚。"

韩石山对着村民们说:"经过请示大队长同意,大家现在往河滩走,我们坐车到后山简单看上一眼,然后去河滩和大家一起碰头。"

村民们听清后,顿时散开了,警车缓缓地从人群中开出村庄、驶向后山。

四十分钟后,一干人和村民们在黄河滩如约会合。

大队长站在人群中间,非常动情地说道:

"各位父老乡亲、各位北韩村的村民,我们今天是来执行给你们送达处罚决定书任务的。

"从执法这个角度说,我们是执行者,你们是被执行者。我们是依法执行公务，你们必须配合履行义务。但从根本上讲，我和你们没有两样。

"我也是一个从深山里走出来的农村人。你们受的苦、受的累、受的穷、受的难，我一样都不少，全都经历过。想改变自己的生活，想过上富裕的好日子，想把北韩村的集体经济壮大起来，想把北韩村建成方方面面都好起来的新时代的新农村，这是你们的心愿，也是我们的心愿。

"但是，我们不能为了发展，为了一时的物质利益，就不顾将来、不顾别人，甚至连自己眼下的身体健康都不顾。

"我们刚才简单看了一下，看到你们村的两个村办工厂确实给周边的环境、周边的空气、周边的植被造成了很大的污染，产生了很大的破坏。这一点，你们比我们更看得清，心里更明白。

"你们看看你们的后山，成片成片的树木枯萎枯死，原先清秀可人的树林被空气中的大量烟尘铺盖得严严实实；你们再看看眼前，满河滩的小麦被污水中大量的碱、硫等有害物质大片烧死，即便有一些顽强地活了下来，也是萎萎缩缩、缺秆少叶。别的不说，就说你们自己，你们成天呼吸着这样的空气、吃喝着这样的饭食、生活在这样的环境中，心情能好吗？身体能好吗？

"我们辛辛苦苦挣钱、辛辛苦苦发展，到底图了啥？最终为了啥？还不是图个心情舒舒畅畅，身体健健康康？还不是为了活得有滋有味，活得快乐长寿？

"再说，保护环境，那也是上面非抓不可的事、非管不可的事，而且是越抓越紧、越管越严的事，是躲过今天躲不过明天、躲过初一躲不过十五的事。

"从我内心里来说、从我良心上来说，我真的不忍心关你们的厂、罚你们的款。因为你们能发展到今天，这里面包含着多少人的心血和汗水，包含着多少艰难和困苦。

"但是，不痛下决心，不刮骨疗毒，迟早有一天，我们的村办企业会连根拔掉，我们的集体经济会连锅端掉。到那时候，我们就会后悔莫及，就会干瞪眼没办法。

"长痛不如短痛，扬沸不如抽薪。我们要想从根子上解决问题，要想从根本上一劳永逸，就要借这次机遇，把我们的污染问题彻底解决，把我们的环保工作长远谋划。

"处罚你们不是我们的最终目的，也不能从根本上、根子上解决问题。关键是你们要吸取教训，清醒头脑，心胸大一些，眼光远一些，分清大小，看清远近。把眼前的事情处理好，把现在的问题解决好，是为了我们今后发展得更好，发展得更大，发展得更顺。换句话说，是为了我们北韩人民奔向更加美好的明天，奔向更加美丽的前方。

"还有一点，也算是题外话，也算是老话。过去学大寨的时候，有一句很励志的话，叫'先治坡，后治窝'。就是你们先不要忙着盖房建舍，要先把经济做大做强，再一步到位把村容村貌、村房村舍的建设，做一个统筹规划，把宜居、排污等问题，做一个统筹规划，不要今年拆、明年建，到了第三年又落后，翻来倒去，年年重复，费钱费力，效果不好。"

"讲得好！讲得好！"

韩茅勺带头鼓掌，村民们击掌叫好。

掌声之后，韩茅勺异常激动："大队长真是高人。我听了后，真是长见识了，长知识了。听得我心里敞亮了，听得我心里有数了。我们今天的事咋的办，我们今后的路咋的走，清清楚楚，明明白白。具体咋的个办、咋的个走，我们的村主任石山给大队长表个态。"

韩石山好像对此事早有所谋，接住话茬就滔滔不绝地讲开了：

"我的意见，造纸厂马上关，罚款马上交，钢铁厂整改马上干。

"关于钢铁厂的整改问题，不是一时能解决的，也不是光靠我们能办得了的。我想，我们应该争取各方面的支持，发动各方面的力量。具体来说，就是咱们要村里出一点、村民集一点、上面拨一点、银行贷一点、其他方面借一点、设备款项赊一点、工资分红欠一点、整改标准高一点。村民们的集资按投资入股算,采取自愿原则;工资分红先记到账面上,等咱们渡过了眼下这个难关后再加上利息一块发。'先治坡、后治窝'的办法非常好。我的意见是大家的房子都不要急着新建翻建,等我们资金实力非常雄厚的时候,由村里面统一标准、统一规格、统一建设。不建则罢,要建就建一个高标准、高质量、高环保、高舒适的高级别的社会主义新农村。"

"好!八点四高,总结得好,归纳得好。起点高、落点高、着眼点高、着力点高。"

大队长说完,带头鼓掌。

众人跟着热烈鼓掌。

众人鼓掌间,大队长腰间的手机响了。

接完电话,大队长脸色立刻严肃起来。

韩茅勺走到大队长跟前,对大队长小声说:"时候不早了,咱们是不是先吃饭?"

大队长满脸遗憾地说:"吃不成了。领导临时交代任务。我们的执法大队去南韩村执行任务被围攻殴打,领导要求我们立即前去解救。"

韩茅勺不解地问:"南韩有啥问题?"

大队长对着韩茅勺,同时也对着众人说:"你们北韩村集体办了个造纸厂,南韩村不少人见你们办造纸厂挣了大钱,一家一户地学着你们偷办造纸小作坊。我们执法大队另一路人马去了那里被打了。来不及多说了,我们得马上去!"

说罢,大队长向执法大队的队员们一挥手:"快上车,马上去南韩村!"

执法大队的队员迅速上车。

警车快速启动,一溜烟地离开了北韩村的黄河滩,很快消失在飞扬的尘土中。

## 五十

南韩村要污染款的事刚刚安稳了几天，绛州县又出了三宗轰动全县的怪事：

头一宗是县城里的龙兴塔时隔几十年又开始冒烟；

第二宗是北韩村村后的干水沟一到晚上就出现忽忽悠悠的鬼火；

第三宗是年近九旬的韩秀秀突然又长出了几颗新牙。

三宗怪事，其中有两宗出在北韩村。

韩石山一连两天憋在家里不出门，白天黑夜地翻箱倒柜、看电脑上网。

武雪莲做好饭，一连叫几回都叫不到饭桌上，饭菜来来回回热了凉、凉了热。

"石山，你咋了？"武雪莲看着着了魔似的韩石山问。

"不咋。"韩石山头也不抬，面无表情地答。

"不咋你咋饭不吃、水不喝？"

"我咋了你不知道？"

"你不说我咋知道？"

"哎——还不是这几天那几宗弄神作鬼的事。"

"咳——这和咱有啥挂连？"

"哪宗都和咱有挂连。我娘快九十岁了嘴里又长了牙，这第一宗就和咱家有关,就是咱家的事。第二宗闹鬼的事,直接就是咱们村的事。第三宗神塔冒烟的事,事情的地方倒是离咱们几十里地,可造成的影响却扩大到周边好几个县。闹得人心惶惶的,你说我咋能吃得下、咽得下。"

"三宗事只有一宗和咱有关,那两宗和咱不挂连呀?"

"都有挂连。九十多年前,咱们绛州就出过三宗怪事。头一宗就是县城里的神塔冒烟。不知道从哪辈子人开始,都说这神塔一冒烟,必出大事、坏事。九十年前神塔冒烟后,绛州县就出了旱灾,旱灾未了又出水灾,水灾未了又出鼠灾,鼠灾未了又出匪灾,匪灾过了,日本人又打了进来,这等于又出国难又出国灾。第二宗是说不清哪村哪庄,有个女人生娃生了个大肉球,那家男人用刀捅破后,就出来一个说鸟不是鸟、说兽不是兽的东西,扑扑棱棱从窗户上飞了出去。第三宗也是说不知道哪村哪庄,一个女人生了一个女娃,那女娃一生下来就喊了一声娘,嘴里还长着两颗牙。这个女娃就是我娘。往远了说,九十年前的三宗怪事有一宗和咱挂连。往近了说,九十年后的今天,三宗怪事有两宗直接就出在咱村咱家。三宗怪事都传得很邪乎,都说预示着绛州又要出大灾大难。你说这当口我还能有啥心思吃、有啥心思喝?"

"哎呀——那可咋弄?"

"能有啥法?只能一个一个地破,一个一个地解。"

"有啥法子破?有啥法子解?"

"我这几天不是在想办法吗。"

"想下了没有?"

"想是想下了,不知道行不行。"

"那你先给我说说,我看看行不行。"

韩石山把他想好的破解办法一五一十地说给武雪莲。

武雪莲先是皱着眉头竖着耳朵不声不响地听,听着听着眉头就舒展开了,再听到后来就笑了起来:

"行、行，我看行，我看肯定行。"

"你要说行，那就肯定行。"韩石山如释重负。

"那你就快吃饭吧。"

"吃、吃，吃得饱饱的。人是铁、饭是钢，吃得饱饱的才能干咱的事，才能把咱的事干好。"

韩石山接过武雪莲递过来的饭碗，狼吞虎咽地吃了起来。

自从进了韩家门，武雪莲从来就没见过韩石山吃饭吃得这么香。

在武雪莲惊讶的目光中，韩石山大嚼大咽，连喝汤都发出"咕咕咕"的响声。

吃饱喝足后，韩石山把碗筷一推，扭脸上床，倒头就睡。

睡了大约两个时辰，韩石山睁开眼，在床上"扑腾"一下来了个鹞子翻身，跳下床朝正在拖地的武雪莲尻子上狠狠拍了一掌：

"走，戴上草帽、戴上口罩、戴上手套，跟我捉鬼去！"

"捉鬼？到哪儿捉鬼？"武雪莲愣怔着问。

"我吃饭前不是给你说得好好的吗，忘了？"

"正大光明的事，为啥要偷偷摸摸？"

"这不是偷偷摸摸，这是我专门设计好的心理战术。咱们越是搞得神神秘秘，就越能引起他们的好奇，引起他们的注意。只要咱们能撩拨得他们好奇地问、好奇地看，咱们要干的事就越能干成、越能干好。"

武雪莲用食指点住韩石山的脑门："真鬼！比鬼还鬼！"

五黄六月，正值一年最热的季节，人们热燥得恨不得把衣服扒光。

毒辣辣的阳光下，有人发现韩石山和武雪莲用草帽和口罩，把脑袋和脸捂得严严实实，手上还套着白亮白亮的手套，蹑手蹑脚溜出村子，神神道道地向村后快步走去，便好奇地你传我我传你，一起像跟屁虫似的尾随而来。

韩石山和武雪莲来到村后的干水沟里,把散落在沟里已经几十年的碎骨头渣款款捡到搪瓷盆里,然后又用白色的纱巾款款盖上,迈着轻飘飘的步子向村中走去。

走到村中石头碾子前,款款将盖在搪瓷盆上的纱巾揭开,款款将盆子里的碎骨取出,款款把碎骨摆在碾盘上。

有人不解地问:"干啥哩?"

韩石山摇摇头,缄口不言。

见韩石山不答话,这人便转过脸问武雪莲:"干啥哩?"

武雪莲用极低的声音轻轻嗫嚅:"引鬼、捉鬼。甭说话,甭把鬼吓跑了。天整个儿黑了来看。"

韩石山和武雪莲神神鬼鬼地摆弄完,不声不响地款款离去。

众人圪闹不清韩石山和武雪莲圪闹啥鬼,又不敢靠前细看,只好怯怯疑疑地站在不远处望着撒满白骨的碾盘。


夕阳西下,天色渐黑。

夜色笼罩下的北韩村,散发着神奇而恐怖的气氛。

天空完全黑下来后,一阵凉风轻轻吹来。

这时,碾盘上忽然出现了忽蓝忽绿、忽明忽暗、忽隐忽显、忽摇忽飘的鬼火。

有人在人群中喊叫:"鬼来了!鬼来了!"

女人们吓得"叽叽喳喳"乱喊乱叫,小娃们吓得钻到大人怀里"吱吱哇哇"哭了起来。

韩石山走到碾盘跟前大声说道:

"大家不要怕。这不是什么鬼,也不是什么鬼火。这是死人的骨头,是死人的骨头晒了一天散发的气体。

"为什么死人的骨头曝晒一天就会产生气体,就会变成鬼火?过去我们不懂,我们的科学技术也不发达,我们就以为是在闹鬼,就以为是鬼火,是鬼打灯笼、鬼赶集。

"现在的科学研究已经证明，所谓的'鬼火'，其实就是一种叫磷的东西在燃烧。这种东西燃点很低，只要温度够就能着起来。这种东西我们每个人的骨头里都有，猫啦、狗啦、羊啦、猪啦，啥动物的骨头里都有。

"大家好好想一想，我们常说的鬼火、鬼打灯笼、鬼赶集，是不是只有在酷热的夏天晚上才能看见，而其他季节没有看见过？为什么哩？因为夏天天气炎热，并且雨水也多，各种动物的尸体经过水的浸泡和太阳的曝晒，动物骨头里的磷就发生化学反应，就会产生一种叫磷化氢的气体。这种气体遇到高温就会自燃，就会自己着起来。

"那么，这种气体既然一遇高温就能自己着起来，为什么我们从来没有在白天看见过，而全是在晚上看见的？这是因为白天太阳光线很强，天空中的亮度太亮，我们才被强烈的太阳光照得看不见。

"如果不相信我说的这些，大家不妨在白天也可以自己做做实验。我们把这些骨头经过水的浸泡、经过太阳的曝晒，然后把门窗关住，用门帘和窗帘把门窗遮住，而后再把泡过、晒过的动物骨头放在阴暗处，最好把它放在黑得伸手不见五指的地方，动物骨头的磷化氢便会产生自燃现象，便会像鬼火一样飘摇起来。

"大家也许要问，这种东西自燃之后为什么会出现不同的颜色哩？现在我告诉大家，科学研究证明，由于各种动物骨头里所含的元素不同、浓度不同，因此自燃后产生的颜色也就不同。通常来说，这种东西自燃后会产生绿、蓝、红三种颜色，我们今天看到了绿色和蓝色。其实只要我们看得仔细些、看得认真些，我们今天看到的颜色里面也有红色，只不过是不明显、不容易看出来。大家好好看看，在鬼火的根部、底部，是不是有一点儿红的颜色在里面？"

众人伸长脖子、瞪大眼睛一看，发出"嘘"的一声："真的，真的稍微有一点儿红的在里面。"

"那么，大家可能还会再问，为什么这种所谓的鬼火有时候还会追人哩？这个问题其实也不难回答。因为磷化氢这种东西非常轻，

617

轻得稍微给它一点点风就会摇动,就会飘移。如果我们晚上近距离看见,一惊乍,一喊一跑,就会带动周围的空气,就会产生鬼火追人的现象。如果距离远一点儿产生向你跟前跑的现象,那一定是当时的风朝你这边吹。风吹着已经着了的磷化氢,所谓的鬼火也就自然跑向你的方向。"

众人又发出一阵嘘声。

"好!大家弄明白鬼火和鬼无关之后,肯定马上会问,既然鬼火和鬼无关,那你和你老婆白天为什么戴着草帽、戴着口罩、戴着手套,是不是专门装神弄鬼,是不是专门吓唬人哩?"

韩石山笑了笑,接着说道:

"不是的。我今天专门给大家破解鬼火问题,怎么能装神弄鬼哩?因为磷化氢这种东西是一种毒气,是一种很毒的毒气,一旦侵入人体,会造成口腔、呼吸道、肺等脏器的感染,严重的时候可能造成死亡。因此,大家白天看见动物骨头和腐烂的尸体,千万不要随意靠近。我和雪莲白天把自己浑身上下捂得严严实实,就是怕被这种毒气感染了、伤害了。"

众人叽叽喳喳议论:"这东西原来这么毒,以后可不敢靠近它,可不敢拨弄它。"

韩石山止住众人:

"这几天,还有一件所谓的怪事风传到几十里以外,说我们北韩村有一个老太太嘴里突然长出几颗牙。这个老太太就是我的老娘。我的老娘嘴里确实长出几颗牙,但不是突然长出来的。

"大家都知道,我的老娘过了八十岁的时候嘴里的牙基本全掉光了。前些时候,我老娘总感觉牙根不舒服。过了清明后,我老娘的牙床上长出了一颗新牙。快到芒种的时候,又发现长了七颗新牙。全家人高兴之余,对老娘长新牙的事也感到奇怪。

"那么,这件事到底是好事还是坏事?我们一家子一时也弄不清。于是,我和我家雪莲就到县里市里咨询牙科专家,也上网查了许多有关资料。经过咨询专家和查阅资料，我们全家得出一个结论：这件事不能说是好事，也不能说是坏事。看起来反常、异常，其实没啥不正常。老年人长新牙这种事非常少有，但不是没有。

"老年人长新牙大致有三种可能：第一种是原来的牙埋藏在恒牙下面，等到年老的恒牙自然掉落或被拔掉后，新牙就出现了。第二种是在掉牙或拔牙后，原来恒牙的断根被埋藏在牙床内，后来牙根又逐渐显露出来，其形状类似长出的新牙。第三种是原来就有的牙埋伏在牙槽骨的浅层里，在原有老牙或假牙基托板的刺激下，加上牙槽骨逐渐萎缩，被阻挡在牙槽里的牙由于没有了阻力，便自然而然地长了出来。

"这件事对我的老娘本人来说，无所谓好与不好。但如果非要我说个好与不好，我认为是中性偏好。因为不管怎么说，长牙总比掉牙好，有牙总比没牙好。

"令人不解的是，有人把我老娘长牙的事说成是妨害他人、克害他人、对他人不吉利的不祥兆头。说到这里，我不禁又想到另一种说法，和老人长牙一样，刚出生的小娃娃长牙也是对他人不吉利、不吉祥的。

"有的人可能知道，九十年前绛州县也发生了三宗怪事：神塔冒烟；一个小娃一生出来就喊了一声娘，嘴里还长着两颗牙；一个女人生了一个说鸟不是鸟、说兽不是兽的怪物。这三件怪事中，那个一生下来就喊了一声娘并且嘴里还长了两颗牙的小女娃，就是我长命百岁的老娘。我娘出生后，妨谁了、克谁了？我娘出生前，辛亥革命爆发了，中国最后一个封建王朝被推翻了；我娘出生后，五四运动爆发了、中国共产党成立了、日本鬼子打进来又被我们打出去了、飞机加大炮的国民党部队被小米加步枪的共产党部队赶到台湾岛上了、不可一世的美国鬼子打到了我们的家门口又被我们打回了三八线以南、任人宰割的旧中国巍然屹立在世界东方、被称为东亚病夫的中国人扬眉吐气地过上了衣食不愁的幸福生活；我娘出生后，北韩村历经战乱匪乱、历经水灾旱灾、历经鼠疫瘟疫、历经苦难艰难，不是都挺过去了吗？不是发展成了全县全市有名的新农村、富裕村了吗？

"从我内心来说，这些历史天空中飘过的往事烟尘和我娘一出生就长牙、快到九十岁又长牙没有联系。如果非要说有联系的话，不是兆示着不吉利、不吉祥，而是兆示着大吉大利、大祥大瑞。"

众人听到这里，纷纷感慨："咳，这事和啥事也不相干，长牙就是长牙，哪有那么多说道。"

"要硬说妨谁克谁了，就是妨了歪斜的、克了凶险的。"

"非要说和这和那有关联，这肯定是个好兆头，这肯定兆示着我们北韩村的光景越过越好，兆示着我们北韩人日子越过越红火。"

人们交头接耳，窃窃私语。

"好。三宗怪事我给大家解开了两件，剩下的一件明天看结果。"

韩石山说罢，穿过人群，消失在回家的路上。

第二天，从县城传回一个消息：

北韩村村长韩石山冒险爬到冒烟的龙兴塔塔顶，用涂满蜂蜜的毡子粘了大量体积极小的蚊虫。

韩石山以此证明，龙兴塔塔顶上冒的烟，其实是蚊虫翅膀在阳光折射下产生的。

紧接着，又传回一个消息：

韩石山从塔顶下来时，不慎跌落摔伤，住进了医院。

再接着，人们就看见武雪莲慌慌张张走出家门、走出村子，消失在通往县城的路上。

## 五十一

传说毕竟是传说。

传言只能是传言。

韩石山爬到塔顶是真的，韩石山捕捉到蚊虫也是真的。但韩石山从神塔半截窝里摔下来是假的，韩石山被摔成重伤住了医院也是假的。

话越传越多，事越传越玄。

韩石山只是顺着龙兴塔里的木梯爬到了塔顶，只是用涂满蜂蜜的麻袋片粘住了飘弋在高空中的蚊虫，只是以此证明龙兴塔冒出的白色物体是蚊虫翅翼在阳光折射下产生的幻影，而不是什么神烟。

但是，在人们口口相传中，添油加醋地添入了韩石山从高空中摔下来的情节，添加了韩石山被摔成重伤住进医院的后果。

一些善男信女更是展开形象思维的臆想，煞有介事地推定：韩石山之所以从神塔上摔下来，之所以被摔成重伤，是冒犯神灵遭到的报应和处罚。

谁的事情谁当心，谁的人谁心疼。

对其他人来说，自然都把这件事当成满足猎奇心理的闲谈来传，而对韩石山的女人武雪莲来说，则是晴天炸雷，当头一棒，脑袋里"嗡"的一下眼冒金花，心里头"轰"的一下瞬间崩塌。

当石岭慌慌张张跑回家里，慌慌张张说给武雪莲后，武雪莲当即脸色苍白，神色痴呆，两眼滞愣，浑身瘫软，头晕得不要说往起站了，就是连坐也坐不稳了。

龙兴塔是绛州城最高的建筑，又高又尖的塔顶直刺天空，直入云端，自己的男人从那上面摔到地上，那还不把整个一个囫囫囵囵摔得稀巴烂？摔成碎渣子？他隐约觉得自己的男人仿佛已经灵魂出窍了，恍惚感到自己男人已经离开了人世。

过了好大一阵，武雪莲才晕晕乎乎地站起身，晕晕乎乎地走出家门，晕晕乎乎地走到通往县城的路上。

武雪莲迷迷糊糊地想着，迷迷糊糊地走着，迷迷糊糊地在半路上碰上了急急忙忙往回赶的韩石山。

韩石山迎住着魔似的武雪莲，一脸疑惑地问："你咋了？你要去哪儿？"

武雪莲痴愣着眼，痴呆着脸，痴痴地瞪着韩石山。

韩石山并不知道武雪莲为何这般发痴，满脸迟疑地问："你咋了？你要干啥去？"

武雪莲突然如梦初醒，扑上去就是一阵捣蒜式的乱捶："吓死我了！吓死我了！"

韩石山任凭武雪莲在他胸口上乱捣乱捶，一声不吭地用上牙齿咬住下嘴唇，湿润的眼里掉下两颗滚烫的泪珠。

"你不是从塔上摔下来了吗？你不是住到县医院了吗？"

武雪莲抱住韩石山，泪眼婆娑地抬起头盯着韩石山的脸。

韩石山的胸口明显感觉到武雪莲"怦怦怦"的剧烈心跳，感触到武雪莲"嘟嘟嘟"的抖动。他这才意识到可能有人说他从塔上摔了下来，并且摔得生死不明、死多活少。

他轻轻擦拭着武雪莲脸上的泪水，笑着对怀里的武雪莲说："我没有从塔上摔下来，我这不是活得好好的吗？"

武雪莲这才醒过神来，狠狠地剜了韩石山一眼，狠狠地在韩石山身上拧了一把，挎住韩石山胳膊就往回走。

两人进了村子，本来是要直接往家里走。但是，他俩遇到一件事，把韩石山回家的双脚绊住了。

路过村委会大院的时候，他俩听见里面吵儿八闹的。

韩石山让武雪莲先回去，自己走了进去。

众人一见韩石山，呼啦一下围过来。

一个老太婆颤颤歪歪地指着孙媳妇，嗫嚅着用满嘴没有一颗牙的窝窝嘴走风漏气地说："伊款这唏年轻因（你看这些年轻人），不球七不球火的（不愁吃不愁喝的），油悠咬因吉呀怯（又有老人给拉扯），就稀扑吉醒娃（就是不给生娃）。"

孙媳妇走到韩石山跟前："我咋不生，我不是生了一个吗。"

老太婆把牙齿已经掉光了的窝窝嘴一撇："醒了（生了）？醒了过甚（生了个甚）？醒（生）了个带把的？"

孙媳妇低下头说："咋哩？女娃就不是娃？"

老太婆指着村委会的门框子说："外愣顶巨门吗（外能顶住门吗）？"

孙媳妇刚要张嘴说话，被韩石山做了个手势止住。

一旁的韩六六插进嘴说："是哩！没男孩咋能顶门立户？"

韩茅勺瞪了韩六六一眼："咋马槽里又多出一张驴嘴？"

韩六六指着自己的嘴说："老天爷给人的鼻子底下安插的这个肉窟窿，就是让人吃喝、让人说话。不让人说话，那还不把人憋死？"

韩石山"扑哧"一下笑了："这话说得在理。鼻子底下这个肉窟窿，是人吞咽食物的器官，也是人发声的器官。六六同志，现在就请你用你的发声器官开始发声——"

韩六六乜斜了一下韩石山："我是个大老粗，肚子里没啥墨水，不会咬文嚼字，也不会文绉绉的，但我也不是不明世事、不明事理的人。你说咱村的年轻人都不愿意生娃，那咱村的人不是就越来越少吗？咱北韩这些年来为啥就老受南韩人的气、老让南韩人欺负？还不是因为咱北韩人没有南韩人多吗？还不是因为一闹起来人家南韩人身强力大的年轻人多吗?"

韩石山明知故问地说:"南韩人是欺负过咱们,他们最终咋样了?现在咋样了?"

韩六六做了个把什么东西往一边拨拉的动作:"咋样也不咋样!就他们那一窝穷鬼样,谅他们也把咱咋样不了!"

韩石山接过韩六六的话说:

"说对了。过去,南韩人倚仗他们人多势众,随便找个借口就讹诈咱们,就打到咱们村里来,甚至打到咱们的家门口、家里头。咱们总是打不过人家,咱们总是吃亏,咱们总是打掉牙往肚里咽。咱们一次又一次忍了,一回又一回让了。咱们的前辈有多少人被人家打得遍体鳞伤,有多少人为此而流血流泪,还有的人为此献出了宝贵的生命。为了出这口恶气,为了维护咱们北韩人的尊严,咱们北韩人百折不挠,屡败屡战。

"北韩人的前辈是富有血性的,是可敬可佩的。咱们都应该为北韩人有这样的前辈感到骄傲和自豪!但是,更让咱们北韩人骄傲和自豪的,是咱们一代又一代、一茬又一茬的北韩人,是过去和现在都能忍辱负屈、埋头生产的北韩村里的所有先人和现人。无论是风调雨顺的时候,还是遇上天灾人祸的时候,咱们北韩人的生产生活都比南韩好,都比南韩强。最近这些年,南韩人虽然也和我们斗过,也和我们闹过,可他们打过我们没有,动过我们一指头没有?"

韩六六挺着腰板拍着胸脯说:"他敢!没有王法了?没人管得了他?"

韩石山做了个把什么东西捏在手心里的动作:"对!现在的政府不是过去的旧政府。现在的政府是为正义做主的,不允许靠人多势众就可以胡作非为欺负别人。"

韩六六满脸英雄神情地指着门外:"叫他们那帮狗小子欺负欺负咱们试试!叫他们那帮狗小子打打咱们试试!叫他们那帮狗小子动动咱们试试!"

众人也跟着韩六六群情激愤开了："对着哩！叫他们那帮狗小子欺负欺负咱们试试！叫他们那帮狗小子打打咱们试试！叫他们那帮狗小子动动咱们试试！"

众人正在激愤，没想到韩黑虎一头闯了进来："哎哟——有两个枣钱就不知道天高地厚了？咋着哩？欠我们的钱不给了？欠我们的钱要赖呀？"

韩六六立马针尖对麦芒顶了上去："哎哎哎，要脸不要脸。没钱花也得客气点，再不咋样也得作个揖、低个头，说几句好听的呀！"

韩黑虎指着韩六六："谁不要脸了？"

韩六六指着韩黑虎的嘴："空口白牙，满嘴嘟沫，开口闭口说我们欠你钱，到别人家讨吃要饭也得先装个屄样子吧？"

韩黑虎也用手指着韩六六的嘴："满嘴喷粪，甭把屎花子溅到别人身上！哪个女人裤裆不小心开了，跌出你这么个尿东西来！"

韩六六用手指着韩黑虎的鼻子："你他娘的敢骂人？"

韩黑虎把脸往后一仰："谁骂人了？谁骂人了？明明是你满嘴屙屎屙尿，咋还把屎尿盆子往我头上扣？"

"扣你娘的鳖哩！"韩六六说不过韩黑虎，上去就要动手打韩黑虎。

韩黑虎猛地一拳打过去，一下把韩六六打得坐在地上。

韩六六从地上爬起来就往韩黑虎身上扑，被韩石山一把拽住。

韩茅勺接住话茬："黑虎，都这么大的人了，说话可得有凭据。你说我们欠你钱，欠你啥钱了？有啥证据？拿出来让我们看看。"

韩黑虎把头转向韩茅勺："欠啥钱？欠啥钱你不知道？"

韩茅勺一脸茫然："知道我还问你？"

韩黑虎指着韩茅勺胸部："欠我们污染费！"

韩茅勺反过来指着韩黑虎胸部："我们污染你啥了？"

韩黑虎指着窗户外面："你们污染了黄河，污染了我们吃的水。"

韩六六插嘴道："人家沿河村都打了深井，都吃深井水，你们南韩咋就还吃黄河里的水？同样都是长着两只手，你们咋不也打一口深井哩？"

韩黑虎又转过身对着韩六六："前些年打过。水位下降了，干了。"

韩六六指着韩黑虎说："干了？干了不会再打？"

韩黑虎用手在胸前做了一个划拉的动作："老子就不打！老子就要吃河里的水！咋哩，这黄河是你家的？有本事把黄河搬到你家！"

韩六六摊着手摇着头说："你吃黄河水我不管，可你朝我们要钱我总不能不管吧？"

韩黑虎又用手指着窗户外面："是不是你们的厂子把河水污染了，污染了水该不该赔？"

韩六六用手捂着自己的胸部："我们污染了河水我们该赔，那上游的人在河里头屙屎屙尿你让不让人家赔？你吃喝了人家的屎尿你为啥不让人家赔？"

韩黑虎没想到韩六六来了这么一招，干张着嘴却说不出话。

韩六六用黄河上游人屙的屎尿堵住了韩黑虎的嘴，报了刚才被韩黑虎用满嘴喷粪、屎花子溅人噎住他的一"溅"之仇，脸上露出了得意的笑容。

韩黑虎被韩六六得意扬扬的劲儿激怒了："老子今天就吃喝了别人的屎尿，老子就要你们北韩人赔钱！"

说着，又要动手打韩六六。

韩茅勺用胳膊肘架住韩黑虎："你一会儿说我们北韩村欠你们南韩村的钱，一会儿又说要我们北韩村赔你们南韩村的钱。你这人说话鼻子不照嘴，越说越歪。我现在就听你一句话，你到底是要欠款，还是要赔款？"

韩黑虎把两手合在一起："欠款也好，赔款也好，都是一回事。"

韩茅勺摆着手一脸假笑："越说越没准头了。欠款和赔款能是一回事？"

韩黑虎把眼瞪了起来："你们村的钢铁厂和造纸厂是不是污染了

黄河?"

韩茅勺把两只眼眯了起来："别看我,接着说。"

韩黑虎仍然把眼睛瞪得溜圆："我们南韩人吃了黄河的水是不是都得了病?"

韩茅勺仍然眯着眼："别看我,接着说。"

韩黑虎把眼睛瞪得更大了："我们南韩人得了病是不是要看病,我们南韩人看病是不是要花钱?"

韩茅勺依然眯着眼："别看我,接着说。"

韩黑虎把瞪着的眼睛眨了眨："那这看病钱你们北韩村是不是应该赔?"

韩茅勺仍然眯着眼："别看我,接着说。"

韩黑虎不朝韩茅勺瞪眼了,也像韩茅勺一样眯着眼看韩茅勺："你们北韩村应该赔我们南韩钱不赔,是不是欠了我们南韩的钱?"

韩茅勺依旧眯眯着眼："别看我,接着说。"

韩黑虎睁开眯着的眼："说啥哩说,该赔钱不赔钱,不赔钱不是欠钱?欠账还钱,天经地义,你们北韩人讲理不讲理?"

韩茅勺也睁开了眯着的眼："证据?有证据吗?"

韩黑虎又做了一个把什么东西划拉到一边的动作："要啥证据?县环保局的处罚通知不是证据?"

韩茅勺"噗"的一下笑出了声："县环保局的处罚通知是处罚我们北韩村的,那上面说让我们北韩村赔你们南韩村钱了?环保局对我们北韩村打也打了、罚也罚了,这事早就了了,和你们南韩村有啥干系?"

韩黑虎见自己说的话把自己推到了沟里,便一脸蛮气地说开了蛮话："我不管干系不干系,今天要是不给我钱,老子就住在你们北韩不走了,看你们谁敢动我一根毫毛!"

韩六六突然冲上来："蛮不讲理,胡搅蛮缠,给老子滚出去!"

韩黑虎迎上去,和韩六六撕扯在一起。

武雪莲因韩石山有公事,自己先回家做饭。

饭做好后,左等不见韩石山回来,右等不见韩石山回来,就对坐在院子里晒太阳的韩秀秀说:"娘,你去村委会叫石山回来吃饭,我把你换下来的衣服洗洗。"

韩秀秀拄着拐杖,一步一步圪歪地来到村委会。慢慢挪到韩石山跟前,刚准备要说让韩石山回家吃饭,正好被正在和韩六六厮打的韩黑虎一拳抡过来,"咕咚"一下,一尻子坐到地上,"咕噜"一下滚到台阶下头,"噢"了一声就不省人事了。

韩石山见老娘昏过去了,一边大叫一声"娘——",一边把韩秀秀抱起来。

众人吼叫着围上来,雨点般的拳头一齐落到韩黑虎身上。

韩茅勺大喝一声:"打啥哩!还不赶快打电话叫救护车?"

韩黑虎见势不妙,赶紧缩着头准备悄悄溜走。

韩六六一把扯住韩黑虎对着众人说:"给公安局打电话,报警!"

不一会儿,一辆闪着急救灯、拉着急救警报的救护车开进北韩村,将昏迷不醒的韩秀秀拉到了县医院。

紧接着,一辆闪着警灯、鸣着警报的警车也开进了北韩村,把吓得瘫软在地上的韩黑虎拉到了县公安局。

韩秀秀再也没能醒过来。这个从一出生就因嘴里长了一颗牙、喊了一声"娘"的女人,一辈子受尽苦难、冤屈,追随共产党参加游击队,被树为英雄母亲,最后被南韩村支书韩黑虎本来抡向韩六六的拳头结束了她倔强、执着而又悲壮的一生。

韩黑虎被公安局带走后,南韩村老支书韩四小的重孙子韩强国接替了韩黑虎,成为绛州县最年轻的村支书。

韩秀秀出殡那天,天空阴得乌黑,鞭杆似的雨柱不停地下着。

韩秀秀的追悼会由韩六六主持,韩茅勺致悼词。

韩茅勺声泪俱下地刚念完悼词，准备按照老先人传下来的乡俗吆喝一声"起棺——"，几个半大小子慌慌张张跑进来："不好了，南韩村来了一大帮人。"

悲痛而又悲伤的北韩人一下子静了下来。

顷刻之间，只有"沙沙沙"的雨声和"呜呜呜"的风声在韩秀秀的灵堂前徘徊。

## 五十二

韩强国领着南韩村一干人刚走进韩石山家的院子里,武雪莲扑上去照着韩强国的脸上又抓又挠,直到把韩强国满脸挠得血呋糊啦。

但不管武雪莲咋的抓咋的挠,韩强国和南韩人全都一声不吭,任凭武雪莲疯了一般地骂、疯了一般地挠。

武雪莲仍不解恨,又捞起靠在墙边的扫帚在南韩人身上头上乱打乱捅。

韩石山站在一旁,不动声色地静静看着。

看着看着,韩石山觉着不对劲:往日南韩人一来北韩,凶神恶煞一般,今天咋就尿成这样?

他走到武雪莲跟前,夺过武雪莲正在乱抡乱捅的扫帚:

"别闹了,叫他们说说今天来这里干啥?"

武雪莲这才回过劲儿,愣愣地站在那里。

韩石山走到韩强国跟前:"你说,你们今天干啥来了?"

韩强国抬起满是血痕的脸,低声说道:"韩村长,你们误会了。我们今天不是来闹丧,我们是来奔丧的。"

韩石山急忙把韩强国扶起来,对着武雪莲说:"你去接一盆凉水,叫他们洗洗脸。"

韩强国拦住武雪莲,用一副满是血污的脸对韩石山说:

"不用了。在北韩人眼里,南韩人早都自己把自己的脸皮揭下来了,早都是已经没有脸皮的人了。既然早都没皮没脸了,就让我用这张没了皮的脸和你说话吧。

"过去我们南韩人仗着人多,做了许多不该做的事,伤了你们北韩人的心。我们今天借老人家出殡,专门来上门道歉赔不是。没想到你们把我们当成专门来闹丧的。这不怪你们,要怪只能怪我们自己。怪我们自己把事情做得太绝,怪我们把事情做得太离谱。

"从源头上说,从根脉上说,南韩人和北韩人应该同宗同祖,同门同胞。不管是南韩人也好,还是北韩人也好,一笔写不出两个韩字来,五百年前我们是一家。一家人本应和和美美,互相帮扶,但却没完没了地闹来闹去,没了没完地斗来斗去,谁也没个好,谁也不能安生。特别是我们南韩人,不仅不把这当成让外人笑话的家丑,反倒当成向外人炫耀的荣耀。

"多少年了、多少辈子了,我们两个村闹过来、斗过去,闹成个啥、斗成个啥?还不是两败俱伤?还不是一损俱损?

"中国人历来讲究和为贵、和气生财、家和万事兴。可我们南韩人把老先人的好传统撂到一边,一心谋着把你们北韩人整倒弄垮。讹诈了你们好多回,讹诈了你们好多东西。说句难听话,我们南韩人做了许多不顾脸、不要脸的事。

"今天雪莲婶子把我的脸挠破了、挠烂了,我不怪雪莲婶子。从今天开始,我这张破烂不堪的脸就不要了,正好重新换一张脸和北韩人好好相处。石山叔,请你受侄子一拜。"

说着,韩强国就要给韩石山跪下。

韩石山急忙扶住韩强国:

"快不敢,快不敢。是我不对,是我们不该这样对你们无礼。"

韩强国眼巴巴乞求道:

"石山叔,我们今天既然来了,你就高抬贵手,让我们把我们今天要办的事办了。"

韩石山看着满眼乞求的韩强国:

"你们要办啥事？你们要办啥事就办吧。"

韩强国眼里流下了泪：

"我们今天不办别的，就是想送送老人家。"

韩石山把韩强国扶到韩秀秀的灵前，陪着韩强国上了三炷香、磕了三个头。

之后，南韩人一个挨着一个在韩秀秀灵前上了香、磕了头。

韩茅勺等南韩人祭奠之后，闷闷地长吼一声："起棺——"

韩强国和一同奔丧的南韩人加入到送丧队伍中，一直把韩秀秀的灵柩送到墓地。

按照绛州县的习俗，丧事办完之后，主家应该设宴再次祭奠逝者，并答谢帮忙的人和前来吊唁的宾朋亲友。

韩石山依照惯例，摆了几桌酒菜酬谢众人。

席间，韩石山逐桌逐客一一敬酒致谢。

韩石山敬了韩强国后，韩强国举杯回敬韩石山：

"石山叔，我今天来北韩，一是为老人家奔丧致哀，二是有一件大事想求石山叔，不知石山叔应不应。"

"应！哪有不应的理？"

"那小侄就直说了？"

"说！只要我韩石山能办得到，决不驳你韩支书的面子。"

韩强国沉吟了一下：

"我想把南韩村并入你们北韩村。"

"啊——"

韩石山没想到韩强国会提出这样的问题，想了想说："这事我做不了主，你得给我们的老支书说。"

韩石山看着坐在首席位置上的韩茅勺：

"老书记，这事得你拿主意。"

没等韩茅勺说话，韩六六倒抢先说了："你们南韩人想打就打，想闹就闹，想合就合，想咋就咋？"

韩茅勺打断韩六六的话：

"你急啥？先听听石山的意见。"

韩石山想了想说：

"我不同意并入，但我同意合并。'并入'这个词太难听，让人觉得北韩吞并了南韩。"

韩石山说到这里，觉得应该看看韩茅勺和韩强国是否同意他的说法。

他朝韩茅勺看了看。

韩茅勺朝他点了点头。

他又朝韩强国看了看。

韩强国也朝他点了点头。

得到韩茅勺和韩强国首肯后，韩石山才接住自己刚才的话继续往下说：

"其实，南韩和北韩各有所长、也各有所短。北韩这几年经济发展得好一些，但人手少，劳动力严重缺乏；南韩这几年经济发展相对弱一些，但人手多，特别是年轻人多，劳动力资源非常充沛。如果两家合并在一起，聚拢在一起，正好可以取长补短、优势互补，也可以叫强强携手、强强联合。不知道老支书是啥意见。"

韩石山说完，特意用征询和请教的眼神看向韩茅勺。

韩茅勺看了看韩石山、看了看韩六六，接着又看了看韩强国，然后一字一顿地说：

"从今天开始，北韩村的事由石山做主。南韩村换支书的事前几天我就知道了。这件事对我冲击很大。我老了，跟不上时代了，乡党委已经批准了我的辞职申请。本来想明天开会宣布一下，现在看来不用等明天了。既然现在已经把这事说开了，就等于正式告诉大家了。明天上午，北韩村就召开党员大会改选支部班子。说到两个村合并的事，这可不是说句话就能办得了的。先得我们两个村申请，还得上级政府批准。好在我今天正式卸任了，一切都由石山扯揽。"

韩石山本来已经被南韩突然要并入北韩弄得六神无主，现在又冒出一个韩茅勺辞职的事，一时不知说啥才好。

对此事早已谋划好的韩强国显得不慌不忙："这事不用石山叔操心，咱两个村该出啥手续出啥手续，剩下的事我来扯揽。"

韩茅勺对着众人说：

"这事就这么说定了，相关的事你们去办。大家都忙活了一天，回去早点儿歇息吧。"

韩茅勺说着，自己竟先抬腿走了。

韩茅勺一走，韩石山和韩强国顿时满脸迷茫，满面疑惑。

片刻之后，两人会心一笑，一同朝着韩茅勺离去的方向投去满眼的敬意。

众人看见，也都一起用钦佩的眼神看向韩茅勺离去的方向。

第二天，韩石山当选北韩村党支部书记。

韩石山当选村支书后，当即召开新一届支委会会议。

会议提名韩六六作为候选人，接替韩石山的村委会主任职务。

没想到韩六六坚决不当村委会主任候选人，连支部委员也坚决不当。

韩石山一再劝请无济于事。

韩六六握着韩石山的手，泪盈满眶：

"别再劝我了，让年轻人干吧。这方面我们北韩不如南韩。南韩的年轻人起来了，而我们北韩的老人却压得年轻人起不来。南北韩就要合在一起了，要多吸收南韩的年轻人进班子。不管是北韩人也好，南韩人也好，能干好就好。我这次退出来，是为了南北韩好好地合，是为了南北韩合得好好的。"

韩六六说罢，朝韩石山和众人深深地鞠了一躬，泪流满面地走了出去。

两个月之后,南北韩合并仪式在北韩村举行。

北韩的河滩地里插满了五星红旗和各色彩旗,两个村几乎所有的人都参加了,老汉汉老婆婆们拄着拐杖笑得露出了没有牙齿的牙床,小媳妇们抱着吃奶的娃娃踮着脚直往主席台看,半大不小的娃娃们穿着新衣服在大人们中间窜来窜去。

上午九点整,南北韩合并仪式正式开始。

仪式主持人韩强国对着麦克风神情凝重地郑重宣告:

"各位父老乡亲,各位同胞同仁:现在,我怀着极其激动的心情向南北韩全体村民宣布:由南韩村和北韩村联合组建的南北韩村正式成立!与此同时,南北韩农工商联合开发公司也于即日起成立!南北韩支部书记由我们德高望重的老前辈韩石山担任,南北韩村委会主任由我——韩强国担任;南北韩农工商联合开发公司董事长由老前辈韩石山兼任,总经理由我——韩强国兼任。"

韩强国顿了顿,接着说道:

"悠悠岁月长,冉冉旭日升。几百年来,在人类的历史长河中,南韩村和北韩村历经磨难、历经苦难、历经艰难,在坎坷和曲折中一路走来,已经完成了她的历史使命,带着她的往日风尘、昔日沧桑和落日余晖载入史册!忆往昔,我们拥有过峥嵘岁月,也有过跌落起伏;有过爱恨恩怨,也有过悲欢离合;有过以诚相待,也有过以拳相见。展未来,我们两韩合一韩,两村合一村。我们不仅要合村,也要合心、合力,共建、共享我们南北韩的美好未来、灿烂未来、幸福未来!"

韩强国做了个展望未来的手势:

"那么,我们的南北韩的未来要建成什么样子,要发展成什么样子呢?经过南北韩党支部、村委会研究,在三到五年内,南北韩村要五轮齐驱、五业齐兴、五区齐美。具体来说,就是我们的党支部、村委会、理事会、董事会、股东会,要依职依责、尽职尽责,我们的农业、林业、工业、餐饮旅游业、环境净化业要统筹谋划、一体发展，我们南北韩村的工业园区、农业园区、生态园区、生活园区、娱乐保健园区，都要按照美丽乡村的标准建好、用好、发展好。更详细的部署、布局，我们一会儿把实施方案发给大家。

"大家的事大家说，大家的事大家做主，大家的事我们听大家的。好了，现在，我们请南北韩党支部书记、南北韩农工商联合开发公司董事长韩石山讲话——"

韩石山站起来，用深沉的目光凝视着众人：

"各位父老乡亲，各位同胞同仁：伟大领袖毛主席几十年前讲过这么一句话：人是世界上最宝贵的。只要有了人，什么样的人间奇迹都可以创造出来。几千年来，我们的祖先都笃信一个理念：人多力量大，人多好办事。无论哪个朝代、哪个社会阶段、哪个国家的政权，都把人的生产当成第一产业，都把人的生产当成第一生产力。

"我不敢说这种理念是错的，但我绝不认为这种理念是绝对对的。因为世界上的一切事没有人是不行的，但是光有人也是不行的。

"一八四〇年以来，外国列强轮番攻打我们，轮番欺负我们，是我们人少他们人多吗？不是。第一次世界大战，英国帝国主义打遍全球无对手，打成了一个日不落的国家，是英国人多而其他国家人少吗？不是。二十世纪三四十年代，我们的邻国日本的铁蹄踏进我们的国家，是日本人多我们人少吗？也不是。

"有人说，是因为人家的武器比我们先进；也有人说，人家的社会制度比我们先进；还有人说，人家的工业比我们先进。但是，这些说法都只是看到了事物的表象，而没有看到事物的本质、实质。本质的根子、实质的根源，是人的质量问题。

"优越的制度需要优秀的人去建立，也需要优秀的人去维系；优越的生产方式需要优秀的人去创新，也需要优秀的人去维护；优越的武器需要优秀的人去制造，也需要优秀的人去使用。中华民族一百年的耻辱，就是因为腐败的政府、腐朽的体制和腐烂的社会，压制了优秀人才、压抑了人的创造力、压垮了人的精神支柱。

"中国共产党为什么能领导中国人民推翻三座大山,为什么能打败一个又一个中外反动派,为什么能带领我们全面建成小康社会?就是因为建立了好的政党、好的政府、好的制度,就是因为人民群众的积极性、创造性、奋发性得到了激励和激发。

"那么,具体到我们南北韩来说,不能满足于一合了之,不能寄希望于一合就兴,更不能止步于描绘美好的蓝图,而要着眼于、专注于、致力于人的质量。

"总体来说,人是世界上最宝贵的。但是,具体来说,是不是每个人都是最宝贵的?怎样才能使我们每个人都成为最宝贵的?

"第一,要提高人的精神质量。不论是我们的南北韩支委会、村委会两委班子,还是我们的南北韩农工商发展公司董事会、股东会两会机构,所有的章程、制度、规定,都要把着眼点和落脚点放在激励和激发人们人人为公、人人平等、人人助人为乐和奖优罚劣、奖勤罚懒、奖能罚庸上。也就是说,我们要营造一个人人争先、人人争优、人人助人的良好氛围,展现我们南北韩人特有的风范、风度、风格和风气。

"第二,要提高人的文化质量。毛主席他老人家说过:没有文化的军队是愚蠢的军队,而愚蠢的军队是不能战胜敌人的。我们的敌人是什么?是落后的思想、陈旧的理念、过时的观念。这些落后的、陈旧的、过时的东西大家都知道需要破除。但怎么破除,光靠说一说喊一喊就能解决吗?不能。根本的办法还是要提高大家的思想水平、认识水平、文化水平。

"第三,要提高人的技能质量。我们建了两个厂,一个是造纸厂,因为污染问题关闭了;一个是钢铁厂,因为污染问题我们整改了、解决了。但是,怎么解决的?是我们本村的人解决的吗?我们本村人能解决了吗?不能,是我们引进人才解决的,是依靠我们村以外的人解决的。如果我们的技能质量不提高,我们就只能是干些打扫打扫垃圾或看看门房、护护厂区的人。年纪大的人干干这些也算是老有所为。年纪小的呢？能不能好好学学技术，能不能好好练练技能？

"第四，要提高人的身体质量。身体是所有知识、技术和能力的载体。没有一个好的身体，成天病病歪歪的，纵使有再多的知识、再高的技术、再强的能力，也白搭，也白有。所以，我们要建健身房、要建健身广场，目的就是要大家强身健体，以强健的体质、旺盛的精力投入到工作当中。

"第五，要提高人的生活质量。要有一个结构科学、营养均衡、环境优美、空气清净的生活习惯和生活氛围。随着科学、医学的进步，人的寿命远不止现在的水平。我预言，再过二十年，长命百岁不是不可实现的奢望，一百岁以前死亡属于非正常死亡。我们要好好地活着，健健康康地活着，高高兴兴地活着，不要辜负了我们有幸遇到的这个比历史上'文景太平盛世''贞观太平盛世''乾康太平盛世'还要'太平盛世'的'太平盛世'，不要愧对了我们这个'没有战争的硝烟、没有灾害肆虐、没有瘟疫横行'的国度。

"第六，要提高人的兴趣质量。趋利避害是动物的本能，但我们有的人连动物的一般本能都丢掉了。手里有了几个爪钱，就烧得放不下了，有的闲得没事去赌博、去吸毒、去嫖娼，丢人不丢人？败兴不败兴？新中国、新时代的农村人，要努力、要奋斗、要拼搏，但也要劳逸结合，也要享受生活，也要有闲情逸致。积极、健康、快乐、向上，这才是新农村人应有的追求，应有的风貌，应有的农民范儿。"

"讲得好！讲得好！"韩强国带头鼓掌。

在场的人一齐鼓掌。

韩石山接着讲：

"刚才我讲的是提高人口质量，但这只能是亡羊补牢，软地基上盖房，没有抓住根本，虽然也管用，但是很有限。根本的办法是从源头抓起，从基础做起。

"第一，要高标准择偶。如同我们要生产产品一样，没有好的生产材料，没有好的生产设备，是不可能生产出好的产品的。品质好不好，特别是思想品质好不好，应当作为择偶的重要条件，甚至是先决条件。孩子是父母的产品。父母是孩子的第一任老师，也是孩子的终身老师。从孩子形成生命的那一刻起，父母对这个生命是否健康、优质，是否茁壮成长，都有很强的影响力、渗透力。因此，我们的年轻人在选择配偶的时候，不要光看对方有钱没钱、钱多钱少，要德、智、体、美全面衡量，修心、修身、修养、修行综合把控。

"第二，要高起点孕育。对妇女受孕怀胎这种事，现在有个时髦说法，叫'封山育林'，我很同意这个观点。年轻人准备生孩子，先要把自己的身体清理干净，不能有任何污染源。包括现在一些年轻人准备生孩子的时候忌烟忌酒，把身体、心情调整到最佳状态，都是应当推崇、推行的。要用干净的身心，环保的体魄，孕育幼苗，无菌生产。

"第三，要高品位保胎。现在条件好了，就应该对胎儿全程进行保护。作为父母，特别是作为母亲，一定要有个良好的饮食习惯、生活习惯，一定不能乱吃东西，特别是乱吃药，一定要保持心情愉快，不能乱生气、乱发脾气。保胎要积极地保、健康地保、科学地保，不能胡保、乱保、走火入魔地保。最近有个老板的儿子生孩子，因为听了一个伪专家的意见，不让孩子的母亲在怀孕期间吃肉、吃高热量的食物，结果孩子一生下来就因营养不良得了癌症。这是一个惨痛的教训，必须认真汲取。

"第四，要高质量护理。妇女在怀孕期间，不能生气，但也不能太娇惯；不能干重体力活儿，但也不能不干力所能及的活儿；不能乱用药，但也不能病得要死要活而讳疾忌医。总之，采取的办法和措施一定要适度、适当、适合。

"第五，要高要求检测。孩子在胎儿期间发育是否正常，是否有重大残疾，都要早检测、早发现、早防控、早处理。既不能不检测，也不能过度检测,以免对胎体和母体造成不必要的伤害。

"第六,要高水平生育。生孩子是人命关天的大事,必须高度重视,认真对待。妇女生孩子的时候,有两个人要大哭一场:一个是母亲,又哭又喊,惊天动地;一个是孩子,拼命大哭,哭得撕心裂肺。孩子要从出生通道来到人间,母亲疼,孩子更疼。疼痛其实还不是最主要的,最主要的是一旦出个差错闪失,还有可能把生孩子的事弄成要人命的事。我们一定要尽最大的努力,确保母婴安全,确保母婴平安。

"所以说,刚才我讲的'六提'加上现在的'六高',才是提高人口质量的完整过程和根本保障。人往高处走,我们南北韩的各项事业要想'步步高',要想'大丰收',要想'喜盈盈',就从这里起步,就从这里做起,就从这里开始往高处走。"

参加南北韩成立仪式的所有人一起长时间地鼓掌。

在众人雷鸣般的掌声中,韩强国望了望台下的韩茅勺和韩六六,把手往下一按,做了个"停"的手势:

"同志们,乡亲们,有一句老话,叫饮水思源。我们南韩和北韩之所以能走到今天,一定不能忘了我们的老祖先,一定不能忘了我们的老前辈。现在,就让我们以热烈的掌声欢迎我们南北韩的代表、我们的老领导韩茅勺同志给我们讲几句——"

韩茅勺走上主席台,声音哽咽地说:

"我没啥好讲的,我们的韩支书、韩董事长、韩石山同志和我们村的韩主任、韩总经理、韩强国同志讲得非常好。我有一个提议,就是在我们南北韩联合走向美好未来的今天,一是要谢天谢地,因为天地孕育了我们人类;二是要拜谢孕育我们中华民族的母亲河——黄河;三是要拜谢我们爱戴和拥戴的革命老前辈、我们的英雄母亲——韩秀秀同志,因为以韩秀秀为代表的老前辈为我们今天的幸福生活付出了辛劳、付出了心血,甚至付出了生命。

"我提议——全体人员脱帽——拜谢天地——三鞠躬——"

全体人员脱帽,三鞠躬。

韩茅勺接着喊道"拜谢母亲河,三鞠躬——"

全体人员三鞠躬。

韩茅勺最后喊道:"拜谢老前辈,三鞠躬——"

全体人员面向北山,面向韩秀秀墓地方向三鞠躬。

众人鞠完躬后,韩强国特意向韩茅勺深深鞠了一躬:

"韩茅勺老前辈的提议非常好。我们不管在任何时候,不管走到哪一步,都不能忘了孕育了我们人类的天地,养育了我们生命的黄河,培育了我们事业的前辈。

"现在,进行我们南北韩大联合的最后一项议程——奏乐。"

南北韩唢呐演奏队的队员仰起脖子、鼓起腮帮、使出吃奶的劲儿奏起了中华民族演奏了几千年的民族曲魂——《步步高》《喜盈门》《大丰收》。

激昂高亢的唢呐声中,韩茅勺从怀里掏出一张用金粉写着一个大大的"合"字的大红纸,像小孩似的欢蹦乱跳地绕着全体参会人员笑着转着。

转了三圈,韩茅勺戛然止步,纹丝不动地伫立在主席台中央;

猛然间,人们又突然看见韩六六从怀里掏出一张用金黄色的金粉写着一个大大的"和"字的大红纸,同样像小孩似的欢蹦乱跳地绕着全体参会人员笑着转着。

转了三圈,韩六六戛然止步,纹丝不动地伫立在韩茅勺身边。

所有的人全都望着韩茅勺胸前的"合"字和韩六六胸前的"和"字,欢天喜地地雷鸣般地长时间鼓掌。

潮水般的掌声中,唢呐队又奏起了喜气洋洋的《迎新曲》。

震耳欲聋的掌声和唢呐声汇合在一起,越过河滩,越过黄河,飞向万里无云的蓝色天空,飞向光洒大地的红色旭日。